YSGOL GLAN-Y-MOR, PWLLHELI

Book No....3......

Date of Issue	NAME	Form
7/1/80	Theresa-E. Thomas	6th

TROIS CONTES

TROIS CONTES

BY

GUSTAVE FLAUBERT

Edited with an
Introduction, Notes and Commentary
by
COLIN DUCKWORTH M.A., Ph.D.
DEPARTMENT OF FRENCH, BEDFORD COLLEGE
UNIVERSITY OF LONDON

HARRAP   LONDON

First published in Great Britain 1959
by GEORGE G. HARRAP & CO. LTD
182 High Holborn, London WC1V 7AX

Reprinted: 1961; 1963 (*twice*) ; 1964; 1966
Reprinted with alterations: 1969; 1971; 1976
Reprinted: 1978 (*twice*)

ISBN 0 245 53048 7

Printed and bound in Great Britain by
Redwood Burn Limited
Trowbridge & Esher

PREFACE

THE aim of the present edition is to provide the material necessary for the advanced student to read the *Trois Contes* with the sensitive appreciation and sound scholarship they deserve. To this end considerable use has been made of the Commentary, a method of exposition admirably suited to such difficult but intensely rewarding works of art as these stories.

I have tried not to commit the common fault of editors, of leaving the reader 'high and dry' at moments of obscurity or abstruseness in *La Légende de Saint Julien* and (above all) in *Hérodias*, believing that unless the reader is in the privileged position Flaubert expects him to be in (that is, of knowing at least as much as the author himself), it is impossible to avoid a *fantaisiste* approach to the problem of the stories' originality.

All criticism of *La Légende de Saint Julien* was put out of date by the investigations into sources made by Miss S. M. Smith, M.A., and I am very grateful to her for allowing me to make use of her unpublished material. A similar courtesy has been extended to me by Dr Joyce Cannon, with regard to her valuable study (also unpublished) of the sources of *Hérodias*. I am also indebted to Dr C. A. Burns for permission to use his painstaking transcription of the manuscripts at the Bibliothèque Nationale. The work of these Flaubert scholars has served as a firm basis for my own investigations, and for my appreciation of the *Trois Contes*.

My thanks are also due to Dr M. F. Lyons for her help with the Old French *Prose Tale* of St Julian.

C.R.D.

LONDON,
August 1958

CONTENTS

ILLUSTRATIONS

The illustrations in this edition are reproduced thanks to the
kind permission of:

M. Pol Neveux, owner of the copyright of the portrait
of Gustave Flaubert, which appeared in *Flaubert par lui-
même* (1951) by La Varende, published by Editions du
Seuil; Archives Photographiques, Paris (*Saint Julien
L'Hospitalier: Stained-glass window of Rouen Cathedral*);
Messrs Hodder and Stoughton Ltd (*Machaerus to-day,*
which appeared in *The Life and Times of Herod the Great*
by Stewart Perowne); and the Courtauld Institute of Art
(*Tympanum of Rouen Cathedral*).

INTRODUCTION

I. GUSTAVE FLAUBERT, "L'HOMME-PLUME" (1821–80)

> Le seul moyen de ne pas être malheureux, c'est de
> s'enfermer dans l'art.—G. FLAUBERT.

Flaubert's Achievement

The *Trois Contes* were first published in 1877, twenty years
after the sensational appearance of Flaubert's first major work,
Madame Bovary. Between these dates came out the three other
important works that go to make up his originality and achievement—*Salammbô* (1862), *L'Education Sentimentale* (1869), and *La
Tentation de Saint Antoine* (1874). He did not repeat the success
of *Madame Bovary*, and came to regret that it was above all by
this work that he would be remembered; and then, at the age
of fifty-five, prematurely aged, financially ruined, feeling close
to death, and sure that his creative ability had dried up, Flaubert
wrote three stories that received almost universal praise of the
kind that he valued. Not only, then, do the *Trois Contes*
represent an outstanding example of Flaubert's varied art, but
the story of their composition constitutes a most moving
testimony to the power of mind over material circumstances.

Five books in twenty years, and only two acclaimed by both
press and public! Flaubert published nothing else in his lifetime,
apart from a couple of unsuccessful plays, *Le Candidat* (1874) and
Le Château des Cœurs (1880). When he died suddenly in 1880,
at the age of fifty-eight, he had almost finished the first volume
of another novel, *Bouvard et Pécuchet*, which for many critics
would have been *un livre manqué*. On the face of it, not a
brilliant achievement; and yet Flaubert, with Balzac, Stendhal
and Zola, stands head and shoulders above all other nineteenth-
century French novelists. His greatness is now undisputed, but
it cannot be illustrated by quoting either a series of public

1*

successes or a vast production, as is the case with Balzac and Zola—and with many writers whose names are now mere names. Flaubert stands out as the supreme example of the dedicated artist, "l'homme-plume" as he called himself, living only by the act of creation and in the search for artistic perfection and beauty.

Although he was held in great esteem, especially after *Salammbô*, Flaubert's worldly success did not by any means reflect his intrinsic greatness. He deliberately chose to be an 'outsider'—an essential part of his greatness, for it was his originality that kept him aloof from the prevailing literary schools of Realism (whose leader he has often been called, wrongly and *malgré lui*), and of Naturalism (to which he is frequently ascribed membership, wrongly again). Not only from a literary standpoint did he hold aloof, but socially too, preferring the seclusion of his little *pavillon* overlooking the Seine at Croisset, a few miles downstream from Rouen, to the *arrivisme* and self-advertisement that seemed an essential part of literary life in the capital, as personified by his ambitious friend Maxime Du Camp. Although he could be most amusing company and had many literary friends (Maupassant, Louis Bouilhet, Du Camp, Zola, Turgeniev, George Sand, Renan, Taine, Alphonse Daudet, the Goncourt brothers, Ernest Feydeau, Sainte-Beuve, etc.), and was himself a loyal and generous friend, he did not seek the support of literary allies or follow doctrines that were not of his own making. All his life he wrote "pour le seul plaisir d'écrire, pour moi seul," as he confided to Mme Schlésinger (14.1.1857). This made it more difficult to please even some of the people some of the time. To the general public and to *les petits journalistes* he was a mysterious and morbid animal, accomplishing vast labours in a remote lair and, once every few years, bringing out something unusual in which human beings were treated with scant respect and little affection. For it is one of the ironies of Flaubert's destiny that he succeeded at all as a novelist (since the novel, traditionally, must deal with people and, at a higher level, throw some new light upon human behaviour); Flaubert believed, in a truly Romantic fashion, that humanity was divided into artists (*i.e.*, creators) and the rest. "Pour moi," he wrote to his mistress, the violent blonde poetess Louise Colet, "je ne sais pas à quoi peuvent passer leur temps ici les gens qui ne s'occupent pas d'art" (22.9.1846).

His Attitude to Life

Flaubert's intractable misanthropy goes· back to his earliest youth; since it marks his writings very distinctively, we should see why it developed and how its effects reveal themselves in his attitude to life and literature.

His father was a stolid, hard-working doctor—a surgeon of some note—from whom Gustave seems to have inherited a capacity for prolonged mental effort, an easily roused temper, and a well-ordered mind. His mother had, like him, a tendency to morbidity and nervous instability, despite a robust physique. The medical environment in which he spent his early years had a profound effect on him: he developed, side by side with an emotional temperament and a brilliant, creative imagination, a liking for careful research (usually scientific or historical), precise details, and descriptions of death and disease. All these characteristics reveal themselves in his works, and result in apparently contradictory tendencies labelled by critics as 'Romantic' or 'Realist', although it is difficult to see what is gained by translating personality traits into these imprecise literary terms, since they are basically extra-literary qualities quite independent of literary influences.

His adolescent reactions to literature reflect the imaginative side of his personality: at the Collège de Rouen, which he detested, he became an ardent supporter of the new Romantic school of the 1830's, as much on account of their appeal to his imagination as of their symbolic value in his own resistance to school discipline and traditional education based on the classics.

His early tastes, then (to be radically re-appraised later in life), were for Rousseau, Chateaubriand, Lamartine, Hugo, Scott, Byron and Goethe, as well as for authors more acceptable to his teachers—Rabelais, Montaigne and Shakespeare. He slept with a dagger under his pillow, and thought he felt a truly Romantic *isolement* from his fellow-pupils. It was not Romanticism however: it was the beginning of his hatred for and estrangement from the ordinary manifestations of human social life. His letters show this misanthropy gradually descending like a cloud upon him.

When he was thirteen he wrote of "cette plaisanterie bouffonne qu'on appelle la vie" (29.8.1834). At seventeen he described, without exaggeration, his *ennui* as "une maladie". Human existence, he wrote (24.2.1839), consists of "de l'ennui pendant la vie, et une tombe après la mort, et la pourriture pour l'éternité." In 1846 he described in the most evocative terms his distaste for life: "C'est étrange comme je suis né avec peu de foi au bonheur. J'ai eu, tout jeune, un pressentiment complet de la vie. C'était comme une odeur de cuisine nauséabonde qui s'échappe par un soupirail. On n'a pas besoin d'en avoir mangé pour savoir qu'elle est à faire vomir."

Time and again in the fascinating letters he wrote to Ernest Chevalier between the ages of fourteen and eighteen we find evidence of his increasing desire to escape from the hatefulness of life. So continuously does this feeling develop that there can be no question of pose. In February 1839 he described himself as going through "une époque transitoire": his imagination, until then so violent and poetic, seemed to dry up as his discontent grew. This was, as his insight told him, an intensely formative and critical period; we see this from letters of the previous few months:

> Je n'estime que deux hommes, Rabelais et Byron, les deux seuls qui aient écrit dans l'intention de nuire au genre humain et de lui rire à la face. . . . J'en suis venu maintenant à regarder le monde comme un spectacle et à en rire. Que me fait à moi le monde: je m'en importunerai peu, je me laisserai aller au courant du cœur et de l'imagination (13.9.1838).

> Je dissèque sans cesse, cela m'amuse; et quand enfin j'ai découvert la corruption dans quelque chose qu'on croit pur, la gangrène aux beaux endroits, je lève la tête et je ris (26.12.1838).

> Mon existence que j'avais rêvée si belle, si poétique, si large, si amoureuse, sera comme les autres monotone, sensée, bête (24.2.1839).

One might think that this kind of morbid and destructive pessimism is characteristic of 'angry young men' of every generation; but with Flaubert it lasted all through his life. In 1851, at the age of thirty, he wrote: "J'ai la vie en haine.... Oui, la vie et tout ce qui me rappelle qu'il la faut subir. C'est un supplice de manger, de m'habiller, d'être debout..." (21.10.1851); in 1854, "J'aime à voir l'humanité et tout ce qu'elle respecte ravalé, bafoué, honni, sifflé".

But why? Flaubert's early life was pleasant enough. He had a charming younger sister, Caroline, whom he adored; he enjoyed from his earliest youth the ability to harness his remarkable imaginative powers and to write with ease and fluency; he had several good friends who shared his delight in boisterous buffoonery and farcical situations. Even his laughter, however, and his liking for clowning (which never left him) have their roots in the pleasure he took in showing up *la bêtise humaine*, the folly and stupidity he always found around him. The link between his buffoonery and his misanthropy is to be found in that grotesque character called *Le Garçon*, conjured up by Flaubert and his friends Alfred le Poittevin and Ernest Chevalier, as the symbol and parody of all the ineptitudes, absurdities, pomposities, prejudices and fixed ideas they met with every day. There can be no doubt that environment was much to blame for the genuine contempt for society inherent in *Le Garçon*. These early years were spent in the stolidly bourgeois, conventional atmosphere of the Norman city of Rouen, which stood for provincialism at its most materialistic and least imaginative. But Flaubert did not always have to live there: he studied law in Paris for three years; this did nothing to improve his morale. He expected life there to be a gay bohemian round of parties with artists and actresses, all chatting about art and philosophy and generally *épatant les bourgeois*. In fact he had such a small allowance (and consequently so few friends) that he was obliged to study to fill in the time. And when the boredom was just too much to bear, he relieved it by polishing his boots.

L'ennui! So profound that even when he began frequenting

the studio of the sculptor Pradier in 1843, with its busy, gossipy, artistic ambiance, even when he became an habitué at the Schlésingers' in the same year (Gustave had fallen passionately but, perforce, chastely, in love with the wife of this well-known music-publisher in Trouville in 1836) his enthusiasm for life was not awakened.   He failed his examinations, got into bad habits —overeating, overworking, oversmoking—spent too much time day-dreaming because of his increasing dissatisfaction with social reality.   His constitution, weak despite his deceptively robust frame, was being steadily undermined.   Something had to give way. . . .

The Crisis (1844) and its Effects

Flaubert did nothing to remedy his increasing nervous and physical debility.   In January 1844 it took a violent turn which was to affect his whole life and outlook.   He was driving one night with his brother Achille in an open gig, along the road between Trouville and Rouen, near Pont-l'Evêque.   Suddenly he collapsed unconscious.   He said afterwards that he felt as if he had been swept away in a torrent of flame.   This was the first of many similar attacks, thought for a long time to be epileptic, but it was more probably a form of hysteria.   He had a recurrence, for example, in the 1870's, as a result of anxiety, and—as we shall see—the writing of the Trois Contes played a large part in his rehabilitation.

He was not allowed to study or pursue any normal kind of occupation or existence, for the attacks and subsequent complete exhaustion continued for a long time after 1844.   The effect on his mind was to intensify his feelings of remoteness from society, and to make him hypersensitive to visual and aural stimuli.   As Du Camp puts it, in his Souvenirs littéraires, "il avait dans l'esprit je ne sais quelle force lenticulaire qui grossissait les choses".   In a way, the attack had a beneficial effect, for it made Flaubert realize the necessity for disciplining the chaotic emotions and ideas striving for expression within him.   His mind was brought brutally to maturity.   He made a decision of vital importance: his life would be devoted to writing, even if his father did consider it a frivolous occupation. It is, then, to an hallucinatory nervous malady which made normal social life impossible—or so it seemed in 1844—that we owe Flaubert's untiring devotion to art. There is little doubt that he would in any case have become a writer, but art would not have become, as it did for the rest of his life, an *alternative* to life. Thirteen years after the first attack he wrote: "La vie est une chose tellement hideuse que le seul moyen de la supporter est de l'éviter. Et on l'évite en vivant dans l'art." Art became his religion, his defence against the reality in which at first he could—and later, would—no longer participate.

What was the effect of the malady on Flaubert's imagination and creative powers, on his development as a writer? It is, of course, impossible to say how and what he would later have written under different circumstances, but by comparing his manner of writing in the years prior to 1844 and the years after, one can come to some sound conclusions.

Although Flaubert's public life as a writer began in 1857 with the publication of *Madame Bovary*, he had in fact written as much during the preceding twenty years as he did during the rest of his life. The year 1857 was the exact half-way mark in his life as a writer. His diffidence, his high standards, and the advice of his friends, led him to keep these early writings to himself. Fortunately, they were found and published after his death—fortunately, not so much because of their intrinsic merit, but because they enable us to answer the very question posed in the last paragraph. All these early works—plans, stories and plays—are exuberantly, violently Romantic, bearing the stamp of Goethe, Chateaubriand, and Walter Scott; sombre, melancholy, satanic, mysterious, exotic, fantastic stories, showing more than once the influence of *Faust*. A few titles will illustrate these qualities: *Agonies, pensées sceptiques, Voyage en enfer, Rêve d'enfer, Danse des Morts, Rage et Impuissance, Passion et Vertu, Un parfum à sentir, Smarh, vieux mystère, Ivre et Mort, Mémoires d'un fou, Novembre*. Other works show a well-developed historical interest that will not surprise readers of *Salammbô, St Julien,* and *Hérodias*: *La Mort de Marguerite de Bourgogne, Deux mains sur une couronne, Un Secret de Philippe le Prudent, Mort du Duc de Guise, La Peste à Florence, Loys XI*, and so on.

A third *genre* is represented among these precocious juvenilia by the first literary effort ever published by Flaubert, called *Une Leçon d'Histoire naturelle: Genre commis; Mœurs rouennaises (Le Colibri* (Rouen), 30th March 1837). It was a satirical sketch of the travelling salesman 'type', in the style of the *physiologies* popular in the later 1820's and early 30's, and in which Balzac excelled. Flaubert's article was based, of course, on the close, methodical, well documented observation of reality which is usually called 'Realism', but it has not the detachment required for the writing of *l'histoire naturelle*; the surprisingly precocious psychological insight is spiced with the satirical comments on human folly which are characteristic of Flaubert at any age.

Three tendencies can be distinguished, then, in these early works: wild flights of imagination, love of history, and acute but satirical observation of social realities. The last two become stronger with the years, alternating regularly: *Madame Bovary* (social reality), *Salammbô* (history), *L'Education Sentimentale* (social reality, but treated with the historian's eye for the significance of the near past), *La Tentation de Saint Antoine* (*mélange* of legend and history), *Bouvard et Pécuchet* (social reality), *Saint Iulien* (legend and history), *Un Cœur Simple* (social reality), *Hérodias* (history), and then back to *Bouvard et Pécuchet*. This schema is simpler than the strict truth, since Flaubert often abandoned ideas and projects, and took them up again later; nevertheless, the general conception of the alternation of past and present as settings holds true. As for the wild flights of fancy, they still manifested themselves occasionally (especially in *Salammbô, La Tentation de Saint Antoine*, and *Saint Julien*),[1]

---

[1] "Il y a en moi, littérairement parlant, deux bonshommes distincts: un qui est épris de gueulades, de lyrisme, de grands vols d'aigle, de toutes les sonorités de la phrase, et des sommets de l'idée; un autre qui fouille et creuse le vrai tant qu'il peut, qui aime à accuser le petit fait aussi puissamment que le grand, qui voudrait vous faire sentir presque *matériellement* les choses qu'il reproduit; celui-là aime à rire et se plaît dans les animalités

but in a relatively subdued manner. Now, was this due to conscious suppression and discipline, or because Flaubert had lost the lyrical facility and spontaneity of the early works? Flaubert certainly found writing much more difficult after 1844; many would have given up despondently, but Flaubert's innate urge to create was not so easily defeated, although for the rest of his life composition was almost intolerable torture. A constant theme in his letters is the difficulty he found in self-expression. His natural verve and abandon having left him, he began writing again according to new aesthetic principles, which he unconsciously chose and gradually evolved to suit the changes wrought in his abilities and outlook. He developed a sensitivity to sound and rhythm rare in a novelist, seeking cadences and choosing words as a poet would; thus began the famous *affres du style*, the meticulous sentence-by-sentence search for *le mot juste* rendering his thought exactly and with the right balance, harmony and sonority. His method was to write a few sentences, read them out aloud to himself over and over again, changing words and word-order until idea and form were in complete harmony. If the right expression "n'arrive pas," believed Flaubert, "c'est que vous n'avez pas l'idée" (30.9.1853) —the thought itself is not clear. His stylistic preoccupations were really a constant striving for clarity and concision of thought. "Le style n'est qu'une manière de penser," he wrote to Feydeau in 1859.

Scientific precision and beauty of form became his dual aims; the demon of perfection possessed him, and transformed him into both a fanatic and a martyr. His acute self-knowledge and frankness made him realize that this was just an admission of his lack of genius, for great writers "n'ont pas besoin de faire du style . . . ils sont forts en dépit de toutes leurs fautes et à cause d'elles. Mais nous, les petits, nous ne valons que par l'exécution achevée" (25.9.1852); what he admired most in *Don Quixote*

de l'homme" (Letter to Louise Colet, 10.1.1852). This is true of *St Julien* and *Hérodias*, in which we find great beauty of form and style, with minute precision of detail. The "deux bonshommes" are in perfect harmony here.

was "l'absence d'art" (22.11.1852). The subject—all the aspects of characterization, plot, dialogue, description of milieu—became a secondary and rather tiresome necessity. He aspired to writing "un livre sur rien, un livre sans attache extérieure, qui se tiendrait de lui-même par la force interne de son style . . . qui n'aurait presque pas de sujet, ou du moins où le sujet serait presque invisible, si cela se peut" (15.1.1852). This *affranchissement de la matérialité*, as he calls it, is part of his desire to avoid all contact with the abomination of reality, to create, in fact, Art for Art's sake.

Flaubert's Choice and Treatment of Subjects

In the light of this ideal, how can we explain the fact that Flaubert is usually called a Realist? Why did he choose for his first published novel a subject deeply embedded in the mire of social reality? First, a word must be said about his choice of subjects generally. According to Maxime Du Camp's *Souvenirs littéraires*, Flaubert's nervous crisis arrested his artistic development completely. He maintains that at the end of his life, Flaubert was exactly the same as in 1844, liking the same poetry, working over the same ideas, striving after the same comic effects. "Gustave Flaubert a été un écrivain d'un talent rare; sans le mal nerveux dont il fut saisi, il eût été un homme de génie," wrote Du Camp; but his judgments on Flaubert are always suspect, as he was often prompted by jealousy to make uncharitable comments. It is nevertheless true that Flaubert continued to utilize the ideas, experiences, themes and subjects dating from the time when he was a young man. Du Camp was led by this fact to ignore the steady progress he made towards confidence and maturity as a writer; he did not realize that because of Flaubert's slow method of working, his arduous preliminary documentation, his painstaking search for stylistic perfection, he never caught up with himself. Fresh ideas were constantly forthcoming, but there was always some project, conceived long before, to be perfected, before a new one could be tackled. The genesis of *L'Education Sentimentale*, for example, can be traced back to 1837 (*Mémoires d'un fou*), through *Novembre*

(1842), the first version of *L'Education Sentimentale* (1843–45), and finally the second (1864–69) published in 1869. The central theme, the unrequited love of a young man for a married woman (based on his own experience with Elisa Schlésinger) is utilized throughout, but the final version is radically different in plan, unity, characterization, and social background. There is no mistaking Flaubert's artistic development, compared with the 1843–45 version—indeed, the final version is considered by many connoisseurs of Flaubert to be greater than *Madame Bovary*.

La Tentation de Saint Antoine, completed in 1872 and published in 1874, began life even earlier, and went through many stages: *Voyage en enfer* (1835), *Rêve d'enfer* (1837), *Danse des Morts* (1838), *Smarh* (1839) and three versions of the *Tentation* itself (1846–49, 1856—of which fragments were published in *L'Artiste* in 1857—and 1869–72). "C'est l'œuvre de toute ma vie," he wrote. Barbey said the same thing less kindly:

> Il y a des années qu'on parlait de la *Tentation de Saint Antoine*, ce vieux nouveau livre de Gustave Flaubert, lequel n'a point, comme on le sait, la production facile, et à qui il faut du temps pour accoucher (*Le Constitutionnel*, 20.4.1874).

What Barbey did not know—and even if he had it is doubtful whether he (or the other journalists, who were always Flaubert's most hostile critics) would have seen its importance—was that the final version of the *Tentation* had, like *L'Education Sentimentale*, undergone profound changes and showed considerable development. Two underlying thoughts remain in the final version, however, in all their black nihilism: our existence on earth is Hell, and there should be no life whatsoever after this one.

Flaubert had the first idea of *La Légende de Saint Julien* in 1845, took it up again in 1856, then forgot it for twenty years. Some aspects of *Un Cœur Simple* can be traced back to 1836, others to 1850. The central scene in *Hérodias*, Salome's dance, was inspired by dances he saw in Egypt in 1850 (see later section on Composition). *Bouvard et Pécuchet* is a harking back to the *Leçon d'Histoire naturelle* of 1837, and the *Dictionnaire des Idées Reçues* to which Flaubert added constantly from 1852 onwards.

Exceptions to this general practice of developing a theme in stages over many years are *Salammbô* (suggested by Théophile Gautier in 1857 and taken up immediately "comme réaction" against "des sujets à milieu commun"), and *Madame Bovary* (in which, however, many elements previously used in some of the *Œuvres de Jeunesse* are incorporated). Why did he develop certain subjects in preference to others? To comply with some inner temperamental urge. "On ne choisit pas ses sujets," he explained, "ils s'imposent. Trouverai-je le mien? Me tombera-t-il du ciel une idée en rapport avec mon tempérament? Pourrai-je faire un livre où je me donnerai tout entier?" (1.1.1869). "Le secret des chefs-d'œuvre est là, dans la concordance du sujet et du tempérament de l'auteur," he wrote in 1861. *Saint Julien* and *Hérodias* both satisfied this requirement to a supreme degree.

It is important to bear in mind, then, that *Madame Bovary* was not Flaubert's own choice of subject. The question of who put it into his mind is a controversial one. According to Du Camp, it was suggested to him by his friends Bouilhet and Du Camp himself, whom Flaubert had invited, in September 1849, to hear *La Tentation de Saint Antoine*. For four days they listened, eight hours a day. Flaubert was full of confidence. "Si vous ne poussez pas des hurlements d'enthousiasme," he told them, "c'est que rien n'est capable de vous émouvoir!" They were unmoved. "Il fallait l'arrêter," explains Du Camp in his *Souvenirs littéraires*, "sur cette voie où il perdrait ses qualités maîtresses." Bouilhet timidly informed Flaubert of their judgment on the *Tentation*. "Nous pensons qu'il faut jeter cela au feu et n'en jamais reparler." Flaubert was naturally shocked and infuriated at having his cherished brain-child, nurtured for three years, considered worthless. The judgment was unnecessarily harsh, and, as we now know, was certainly motivated by Du Camp's jealousy. After much argument Flaubert agreed to some of its weaknesses; but he did not destroy the manuscript. It was then that Bouilhet made a suggestion: "Prends un sujet terre à terre. Pourquoi n'écrirais-tu pas l'histoire de Delaunay?" The story of Delphine Delamare (not Delaunay), née Couturier, was merely a tragic though common enough case of provincial adultery ending in suicide, and involving a romantic, dissatisfied young woman and her dull, unimaginative husband, an *officier de santé* in a Normandy village.

Du Camp's version has become traditional, having been perpetuated by generations of critics. It is effectively demolished, however, by M. René Herval in *Les Véritables Origines de Madame Bovary* (1957). He maintains that the novel is in fact the story of Louise Pradier, imposed on earlier material —especially *Passion et Vertu*—and that it was Alfred Le Poittevin who suggested the idea.

Flaubert considered this and several other projects during his journey to the Middle East (1849–51). Finally, after much hesitation, he decided in September 1851 to write the novel *as a salutary exercise*, even though he found the subject boring and distasteful; an exercise that took four and a half years of hard and solitary labour to complete.

The Theory of Impersonality in Art

Madame Bovary was the first novel in which Flaubert put into practice his principle of impersonality in art. This was an implicit condemnation of everything he had previously written, a systematic effort to remove from his writing all traces of his own personality—opinions, feelings, likes, dislikes, and implicit or explicit moral judgments. "L'artiste doit s'arranger pour faire croire à la postérité qu'il n'a pas vécu" (27.3.1852). "L'impersonnalité est le signe de la force. . . . Notre cœur ne doit être bon qu'à sentir celui des autres. Soyons des miroirs grossissants de la vérité externe" (6.11.1853). "Je ne veux pas considérer l'art comme un déversoir à passion" (22.4.1854). "Plus vous serez personnel, plus vous serez faible. . . . Moins on sent une chose, plus on est apte à l'exprimer comme elle est" (6.7.1852). "Un romancier n'a pas le *droit* de dire son avis sur les choses de ce monde; dans sa création," he must "imiter Dieu dans la sienne, c'est-à-dire faire et se taire" (20.8.1866).

Subjectivity, in Flaubert's opinion, leads to a falsification of reality. Moralizing is not the novelist's function; he should not aim at performing a socially useful act. *L'art pour l'art*, not *l'art pour l'utile*, should be his goal. One should not, however, confuse Flaubert's impersonality with impassibility. The former is a conscious striving towards that unattainable ideal, objectivity; the latter implies a natural indifference and insensitivity, of which Flaubert was never guilty. Occasionally, in *L'Education Sentimentale* and *Un Cœur Simple*, for example, he lifts the veil for a moment, and we glimpse his natural tenderness. He suppressed his own feelings so as to be able to render more forcefully those of his characters: "Mes personnages imaginaires m'affectent, ou plutôt c'est moi qui suis en eux," he wrote to Taine in 1868. When he described the suicide of Emma Bovary, he had the taste of arsenic so strongly in his own mouth that he had a severe attack of indigestion and vomiting.

The origins of this principle of impersonality are psychological, not literary. It is part of his desire for self-annihilation, part of his proud refusal to establish personal contact with the vulgar mass of unknown people who might read him; the expression or representation of personal feelings in a work of art seemed to Flaubert an indecent and inexcusable form of exploitation akin to prostitution. He buried himself in art in order to "rompre avec l'extérieur" (Sept. 1845), and the break must, to be logical, be applied to art as well. Rather pretentiously, perhaps, he thought of himself as creating an alternative world *beside* that created by God, trying to "se mêler des œuvres du bon Dieu". But this grandiose design is accomplished in a spirit of humility, for "le premier venu est plus intéressant que M. Gustave Flaubert, parce qu'il est plus général et par conséquent, plus typique" (5.12.1866).

The complete enunciation of his doctrine is to be found in a letter to George Sand, written when he was struggling with *Saint Julien* in December 1875. She had reproached him with trying to spread unhappiness in his works, and he replied:

Je ne fais pas "de la désolation" à plaisir, croyez-le bien, mais je ne peux changer mes yeux! Quant à mes "manques de conviction", hélas! les convictions m'étouffent. J'éclate de colère et d'indignations rentrées. Mais dans l'idéal que j'ai de l'art, je crois qu'on ne doit rien montrer des siennes, et que l'artiste ne doit pas plus apparaître dans son œuvre que Dieu dans la nature. L'homme n'est rien, l'œuvre tout! Cette discipline, qui peut partir d'un point de vue faux, n'est pas facile à observer. Et pour moi, du moins, c'est une sorte de sacrifice permanent que je fais au bon goût. Il me serait bien agréable de dire ce que je pense et de soulager le sieur Gustave Flaubert par des phrases, mais quelle est l'importance dudit sieur?

Je pense comme vous, mon maître, que l'art n'est pas seulement de la critique et de la satire; aussi n'ai-je jamais essayé de faire, intentionnellement, ni de l'un [sic] ni de l'autre. Je me suis toujours efforcé d'aller dans l'âme des choses et de m'arrêter aux généralités les plus grandes, et je me suis détourné exprès de l'accidentel et du dramatique. Pas de monstres et pas de héros! . . .

Je regarde comme très secondaire le détail technique, le renseignement local, enfin, le côté historique des choses. Je recherche pardessus tout la *beauté*, dont mes compagnons sont médiocrement en quête. . . .

However, if the basic material for art is not to be subjective, is not to come from within the artist's personality, then it must come from the detested outside world. "L'art est une représentation, nous ne devons penser qu'à représenter" (13.9.1852). The same thought recurs eleven years later: "Homère, Shakespeare, Goethe, tous les fils aînés de Dieu (comme dit Michelet) se sont gardés de faire autre chose que représenter" (23.10.1863). This, then, is Flaubert's artistic dilemma; he abhors self-revelation, but he regards the outside world with revulsion. So where is he to draw his subjects from? The problem was solved admirably when he turned to historical subjects—especially *Salammbô*, *La Légende de Saint Julien*, and *Hérodias*—which were in complete harmony with his temperament. For the rest, he succeeded in writing well only because his endeavours to achieve impersonality and to break with social reality did not succeed—fortunately. *Madame Bovary* is full of personal reminiscences, of *reprises* of his early subjective works: *Passion et Vertu*, *Mémoires d'un fou*, *Agonies*, and *Novembre*.[1] Emma herself has some of Flaubert's own characteristics, his *inquiétude*, his

---

[1] See L. Bopp, *Commentaire sur M*me* Bovary* (1951), pp. 25–28.

nervous weaknesses and instability. He utilized, very legitimately, his experiences during the nervous attacks, in the form
of recurrent images. And as in all his works we see in *Madame
Bovary* the subtle transformation into art of his own excessive
capacity for sensation, as J.-P. Richard has shown in a most
illuminating analysis.[1] St Julian has unreasonable fits of exasperation very akin to Flaubert's own violent hates: Julian "fut
pris de haine contre [la souris blanche]." 'La persistance de la
vie [du pigeon] *irrita* l'enfant." "Julien *ex aspéré*" kills the doe.
"Cette déception l'*exaspéra* plus que toutes les autres." Similar
expressions of exasperation and irritation constantly recur in
Flaubert's later letters. "Plus je vais, plus ma sensibilité
s'exaspère." "Le moindre dialogue avec qui que ce soit
m'exaspère." All criticisms "l'irritent, l'exaspèrent," and so on.
It is not, in fact, at all difficult to distinguish, from a close reading
of his works, the characteristics of Flaubert's personality. Later
in life, Flaubert seemed to realize that this was inevitable:
"Toute œuvre d'art renferme une chose particulière tenant à
la personne de l'artiste . . ." (preface to Bouilhet's *Dernières
Chansons*, 1872). And elsewhere he acknowledges a fact which
vitiates at its very heart the theory of impersonality in art:
"L'art n'est pas la réalité. Quoi qu'on fasse, on est obligé de
choisir dans les éléments qu'elle fournit" (letter to Huysmans,
Feb. 1879). It may seem self-evident that an author expresses
or exerts his personality when he *chooses* a subject, *chooses* the
manner of treating it, *chooses* the characters, *chooses* the details
about them and their environment which he considers necessary,
and finally *chooses* out of an infinite number of possibilities the
words with which to render intelligible the choices he has
already made. Inherent in these choices voluntarily made is
the author's conscious or unconscious desire to present his
imagined world in a certain light, to give it a certain meaning.
Flaubert saw—eventually—that one cannot represent things as
they are; words are only an approximation towards the reality
they 'express'. It is to his credit that he saw this, since the
Realists of the mid-nineteenth century, among whom Flaubert

[1] *Littérature et Sensation* (1954), Ch. II.

is usually counted (sometimes abusively, and always erroneously), were too naïve to perceive the fallacy.

Flaubert and the Realists

All discussion of Realism is complicated by the lack of well-defined terms. Even if we restrict our frame of reference to the French Realist school of the 1850's, we find the same confusing variety of definitions.

In its wider connotation, there has always been 'realistic' literature incorporating acute observation of the world in which the author lived. During the eighteenth century, novelists such as Fielding, Smollett, Defoe and Richardson in England, and Prévost and Marivaux in France, challenged literary traditionalism by setting great store by the strong individualization of characters, and the originality and authenticity of the experiences related. They sought to convince the reader that what he is reading happened in reality, and turned their backs on the borrowed plots, the generalized human types of classical literature. 'Realism', in this sense, is a general trend in post-eighteenth-century fiction; it is inherent in the very form of the modern novel, and can be better defined as 'formal realism'. A clearer understanding of what this is may be gained from the following passage from Lucian, showing precisely what it is *not*: "I write of things which I have neither seen nor suffered nor learned from another, things which are not and never could have been, and therefore my readers should by no means believe them" (*True History*, I, 14).

From this formal point of view Flaubert, like all novelists who seek to make their vision of reality authentic, can be called a realist; not only in *Madame Bovary*, *L'Education Sentimentale* and *Un Cœur Simple* does he endeavour to convince us of the reality of what he recounts, but in his historical reconstructions, *Salammbô*, *Hérodias* and *Saint Julien*, he gives to the past, by means of an accumulation of precise and characteristic details, a quality of presentness, of *actualité*; we feel that a Gustavus Flaubertus writing in 250 B.C. of the First Punic War, or in A.D. 31 of goings-on in Palestine, or bent over his parchment in the thirteenth century setting out a popular legend, would have produced a very similar result (and herein, incidentally, lies the secret of the true appreciation of the *Trois Contes*).

Towards the middle of the nineteenth century the French novel went through a gradual transformation, in reaction to the unconvincing fantasy of much Romantic writing; emphasis was shifted so that material details and characters' physical sensations, for the first time, constituted not just an element, but the most important element of a novel. This tendency, which began (so far as imperceptibly evolving tendencies in literature can be said to 'begin' anywhere in particular) with Restif de la Bretonne (1734–1806), gathered momentum with the *physiologies* of the 1820's and 30's, followed by the vastly influential *Comédie Humaine* of Balzac, until in July 1856 it blossomed forth in a review called *Réalisme*, founded by Duranty.

The main aim of *Réalisme* was to deal the death-blow to Romanticism; but it also aimed at attacking the doctrine of *l'art pour l'art*. On only three points do Flaubert and Duranty agree, in principle:

(1) art is a representation of life;
(2) the artist must be sincere and objective in depicting an aspect of society;
(3) Romanticism must be combated.

Duranty included in the official Realist doctrine certain other precepts quite foreign to Flaubert's aesthetic views:

(1) the historical novel is mere "mensonge", because its facts have not been observed at first hand (but this *genre* was admirably suited to Flaubert's temperament);
(2) the artist's aim must be socially utilitarian and morally didactic (but according to Flaubert, "on fausse toujours la réalité quand on veut l'amener à une conclusion qui n'appartient qu'à Dieu seul" (23.8.1863); art, he said, is "moralisant par son élévation virtuelle et utile par le sublime" (21.8.1853));
(3) style must be regarded as unimportant: "Vous ne vous

doutez pas," stated Duranty, "qu'écrire est aussi simple que parler, que le style est un instrument et non un but" (*Réalisme*, 15.3.1857). (*L'art facile* was, on the other hand, a totally meaningless concept to Flaubert.)

By 1856 the term 'Réalisme' no longer meant to the general public (as it had in 1853) a method of presenting life, pleasant or unpleasant, convincingly; it was applied to the subject instead, as a term of abuse denoting 'low life', or 'sordid realism'. Charles Perrier, for example, in *L'Art Français au salon de 1857*, contrasted *réalisme* (*i.e.*, the reproduction of vulgarity) with *naturalisme* (*i.e.*, the search for truth). In 1857–58, critics were in total disagreement over the question of whether to class *Madame Bovary* as a 'roman réaliste', being confused by Flaubert's successful combination of analysis of banal reality and true art. It should be noted that Duranty gave Flaubert's novel a hostile review.

As a result of this confusion, the term began to change its meaning: instead of denoting excessively exact and platitudinous reproduction of trivialities (as it had done in 1855), it came to mean stylistic excess, lack of perspective through the enlargement of insignificant details (Flaubert's microscopic vision). In 1858, however, critics observed the contradiction springing up in definition, the extent of which can be judged from the fact that Baudelaire was placed with Champfleury in 'l'école réaliste' in *La Revue fantaisiste* of 15th March 1859! In December 1859 there was an attempt to clarify the term. The critics Aubryet, Merlet, Laurent-Pichat and Vapereau finally established the distinction between Flaubert's art and the "commérage solennel" of Champfleury, who was called the following year the "copiste patient de la réalité", intent on photographing vulgar scenes that give "la juste idée de ce qu'on peut appeler un roman réaliste" (Vapereau, *L'Année Littéraire*, 1860). In the 1860's the same confusion was caused by the term *naturalisme*. Flaubert disposes of them both: "Comment peut-on donner dans des mots vides de sens comme celui-là: 'Naturalisme'? Pourquoi a-t-on délaissé ce bon Champfleury avec le 'Réalisme', qui est une ineptie de même calibre, ou plutôt la même ineptie," he wrote to Guy de Maupassant (25.12.1876).

The Realists' inept ideas about the relationship between art and life are summed up in Champfleury's statement: "Ce que je vois entre dans ma tête, descend dans ma plume, et devient ce que j'ai vu." Duranty proclaimed that the thing reproduced should be "l'expression réelle de tous les faits" (*Réalisme*, 15.11.1856). But how many years would it take to reproduce all the facts of the simplest human situation? "Il ne faut raconter que ce qu'on a vu," states Duranty (*ibid.*). Dialogue thus becomes a mere transcript of the average colourless and insignificant exchange. "C'est justement la cause du petit, du prosaïque, que nous prenons et nous en ferons le bon et le grand, bon sens en main." Now compare Duranty's statement with what Flaubert wrote to Laurent-Pichat, director of the review which first published *Madame Bovary*: "Croyez-vous que cette ignoble *réalité* dont la reproduction vous dégoûte ne me fasse pas tout autant qu'à vous sauter le cœur? Si vous me connaissiez davantage, vous sauriez que j'ai la vie ordinaire en exécration. . . . Mais esthétiquement, j'ai voulu cette fois et *rien que cette fois* la pratiquer à fond."

It is in their attitude towards the reality to be represented that Flaubert and Duranty differ, and this creates the fundamental incompatibility separating Flaubert's art and Realist art. Flaubert is less concerned with the description than with the analysis or dissection of reality (viewed with his "coup d'œil médical"), and the transformation of that observed reality into art. His main difficulty in *Madame Bovary* was "de bien écrire tant de choses si communes" (12.7.1853), since he admitted that "la perspective esthétique n'est pas la physiologique" (22.4.1853). Physical reality, then, must be given an artistic meaning, since it had not, in Flaubert's view, any meaning in itself. He did this, in *Madame Bovary*, by means of symbols, themes, and leitmotifs recurring in a pattern which is imposed on the reality represented. Flaubert's constant preoccupation with beauty ("Le but de l'Art, c'est le Beau avant tout," he wrote (18.9.1846); and thirty years later: "Ce souci de la beauté extérieure que vous

[George Sand] me reprochez est pour moi *une méthode*" (10th–14th March 1876)) and style ("J'estime par-dessus tout d'abord le style et ensuite le Vrai" (12.12.1856)) detracts further from his 'realism', since he chooses words (and therefore the objects or concepts those words represent) for aesthetic or poetic reasons, not for realist ones. He was not free, as Champfleury claimed to be, to put down just what he saw, to imitate reality exactly.

Duranty wrote: "La réalité me paraît si sublime, si immense, si divine, que je ne conçois pas qu'on ne veuille strictement s'y tenir" (*Réalisme*, 15.11.1856). At almost the same time, Flaubert was writing this: "On me croit épris de réel, tandis que je l'exècre; car c'est en haine du réalisme que j'ai entrepris ce roman [*Madame Bovary*]" (Oct. or Nov. 1856). He had to restate his independence of Realism again, many years later: "Et notez que j'exècre ce qu'on est convenu d'appeler le *réalisme*, bien qu'on m'en fasse un des pontifes" (to G. Sand, 6.2.1876).

It was Flaubert's misfortune that he brought out *Madame Bovary* just when *Réalisme* first appeared. The public never managed to separate them in their minds—neither did many critics. The objection to calling Flaubert a 'realist', then, is not so much that it is wrong (since the term can be stretched to include a wide range of literary characteristics); it is that one has not said anything precise, significant, or profound about his art or his originality. One has merely touched the surface, below which lie his true poetic, artistic, and mystical qualities. Mr Thorlby, by the title of his study *Flaubert and the Art of Realism* (1956), raises hopes of a clear definition of his realism, but is obliged to resort to paraphrases; realism is ". . . a creative definition of what things really matter in his experience", it is a "definition of reality" (p. 8). But if "the art of realism" means "the art of defining reality", we should do better to say so quite plainly and avoid the word 'realism' altogether. This example of a very recent attempt to use the term serves to show that a word with a multiplicity of meanings has little meaning at all.

Saint-Valry, in his review of the *Trois Contes* (*La Patrie*,

8.5.1877) made a brave attempt at defining Flaubert's art as "réalisme idéal".

> Voilà (he admitted) deux mots dont la réunion a l'air d'une dispute. Rien cependant ne peut mieux rendre, à mon gré, l'impression que laisse le récent volume de M. Flaubert, cette admirable combinaison d'exactitude et de poésie, cette compréhension étonnante du vrai extérieur jointe à une pénétration exquise du sens intime et idéal des choses.

In the *Trois Contes* Flaubert achieved a combination of poetry and precision unsurpassed in any of his other works. But it was hard won.

II. TROIS CONTES

> Pour faire de l'art, il faut avoir un insouci des choses matérielles, qui va me manquer désormais!... Je me sens déchu! enfin, votre ami est un homme fini! Et je vous assure que je fais des efforts pour sortir de là. La semaine prochaine je me mettrai même à écrire un petit conte... (2nd Oct. 1875).

Value of the Study of a Work's Genesis

Anyone who has been fortunate enough to watch a painter at his easel, or to hear a composer at his piano (pencil between his teeth) will know how much his appreciation of these arts is enhanced. André Gide wrote: "Si nous avions le journal de *L'Education Sentimentale* ou des *Frères Karamazov*, l'histoire de l'œuvre, de sa gestation! Mais ce serait passionnant ... plus intéressant que l'œuvre elle-même" (*Les Faux-Monnayeurs*). Gide was naturally aware that this would place the reader in a very privileged position. One cannot look over the shoulder of a great writer and observe him in the act of creation, but thanks to the fact that Flaubert's correspondence has been carefully preserved, collected, and published, we can follow almost day by day the slow, painful elaboration of all his works. In this way we are able to appreciate them not just as finished products, with their deceptive polish and unity, but as part of the author's living and often agonized experience.

La Légende de Saint Julien l'Hospitalier and Hérodias present
particular problems if we are to appreciate them fully. Both
of them are based on literary sources—Saint Julien on versions
of a mediaeval legend, Hérodias on the Bible and Roman
historians. In order to judge the true originality of these stories
with exactitude, it is not enough to speak vaguely of Flaubert's
"documentation minutieuse"; it is essential to know precisely
which details and ideas are of his own invention, which are
borrowed from the many books he consulted for social, historical
and geographical background. With this detailed knowledge
at our disposal, we can appreciate how Flaubert moulded this
amalgam into an artistic form. Fortunately, many of the notes
Flaubert made for the Trois Contes still exist and (despite their
frequent illegibility) give us invaluable information on this
subject.[1] Many of these notes are reproduced in the Commentary at the end of this edition.

The Dark Years, 1870–75

We owe the existence of the Trois Contes to the unfortunate
circumstances in which Flaubert found himself, for since 1869
life had been a series of growing misfortunes. First there was
the death of his friend Louis Bouilhet, an irreparable loss, followed by the death of the critic Sainte-Beuve who, despite his
frequent maliciousness, was sincerely mourned by Flaubert.
Then came the échec of L'Education Sentimentale, which was
received by the critics with hostility and by the public with

[1] They are kept at the Bibliothèque Nationale, N.Acq.Fr. 23663, and
the Bibliothèque de la Ville de Paris. Valuable work on the transcription
of these notes has been done by Dr Joyce Cannon for a study of L'Esthétique
de Flaubert d'après Hérodias (unpublished M.A. thesis, Manchester University, 1952). Many other notes, references to sources, and manuscript
versions of the Trois Contes are reproduced in Dr C. A. Burns's article
"The Manuscripts of Flaubert's Trois Contes", French Studies, Oct. 1954,
pp. 297-325. Another unpublished M.A. thesis (Manchester University,
1944) by Miss S. M. Smith examines Les Sources de la Légende de Saint
Julien l'Hospitalier. I have expressed my debt of gratitude to the authors
of these studies, which supplement the researches of Mme M.-J. Durry
(Les Projets inédits de Flaubert, Paris, 1950).

indifference. "Tout cela ne me fait aucune peine," he lied to George Sand, "mais m'étonne grandement." The round of deaths continued in 1870, with his old friend Jules Duplan and the writer Jules de Goncourt. The links with the past were all being severed. The future was uncertain.

On 19th July 1870 France declared war on Prussia, and six weeks later the Second Empire fell. Croisset was invaded by a horde of relatives; this upset Flaubert more than the collapse of Napoleon III's régime. Nevertheless, he was deeply affected by the suffering other people were going through on account of the war, particularly that wrought by the Prussians on civilians. In October Croisset was occupied by Prussian soldiers, and Flaubert moved with his mother to Rouen, where his nervous attacks began again, making him constantly ill. During the day he did menial tasks for the Prussians; every night he thought he was about to die.

In April 1872 came the worst blow of all: his mother's death. Now that this possessive and irritable woman had died, he needed her more than ever. She symbolized the security of the past, and his nervous illness had made him more and more dependent on her since 1870. She had not, apparently, much faith in her son, for she left Croisset to her granddaughter, Caroline, and attached conditions to the property and money she left to Gustave, so that he could touch only the interest.

In October 1872 occurred another death: that of Théophile Gautier—"le meilleur de la bande, celui-là"—one of the few whom Flaubert acknowledged as a true artist, and one who had influenced him since his schooldays. The adverse criticisms of *Salammbô* and *L'Education Sentimentale* had shaken Flaubert's confidence rudely, and he hesitated for eighteen months before exposing the final (third) version of *La Tentation de Saint Antoine* to the same treatment. It appeared in April 1874, sold well, but had the hostile press to which Flaubert was now accustomed. On 11th March his outspoken political satire, *Le Candidat*, was first performed. It was a complete failure (mainly because it attacked all political parties equally bitterly) and Flaubert withdrew it on the fourth night.

The future seemed to hold little for him. Around him he saw only humbug, hypocrisy, philistinism, in every sphere of life—politics, art, literature, law, and journalism. In the summer of 1872 this intense misanthropy (which included disgust at his own ignorance and stupidity) had become crystallized into the idea of *Bouvard et Pécuchet*, a vast satire on the inadequacy of the human mind before the challenge of acquiring Truth. He began work on it in August 1874. The two characters, Bouvard and Pécuchet, are simple-minded clerks, ridiculous fellows who think they can learn the truth about any subject merely by consulting the recognized authorities. As they collect more and more facts, as their curiosity and intelligence develop, they suffer more through their growing consciousness of the world's stupidity. They become the *porte-parole* of Flaubert himself. The novel demanded a vast amount of research into every branch of knowledge, on which he was still working when he died.

He found the work extremely fatiguing. At the beginning of 1875 he wrote to George Sand (to whom he turned during these years for friendship, comfort, and motherly advice): "Il se passe dans mon individu des choses anormales. Mon affaissement psychique doit tenir à quelque cause cachée. Je me sens vieux, usé, écœuré de tout. . . . Cependant je travaille, mais sans enthousiasme car j'ai entrepris un livre insensé. . . . Je me perds dans mes souvenirs d'enfance comme un vieillard . . ." He wrote that on 27th March; he had not yet reached the depths, however. The following month Commanville, the husband of his adored niece Caroline, found himself in great financial trouble; business had been increasingly difficult since the war, and now he could not pay his debts. Either he acquired a vast sum of money, or he would have to go bankrupt. For Caroline's sake (and also on account of his paradoxically 'bourgeois' dislike for scandal) Flaubert sacrificed 1,200,000 francs, his entire fortune, including the money raised by selling his property at Deauville. George Sand, hearing that Caroline might have to sell the house at Croisset (where Flaubert still lived, working in his *pavillon*), offered to buy it—she could not really afford to—so that Flaubert could stay there for the rest of his life. This

generous offer did not have to be implemented, however.
Despite loans and guarantees from several of Flaubert's friends
(including Edmond Laporte, who guaranteed all he possessed,
25,000 francs) Commanville's affairs had to be liquidated.

The "angoisse mortelle et incessante" of the past five months,
aggravating his already poor physical health and the mental
exhaustion caused by his labours on *Bouvard et Pécuchet*, made
Flaubert realize the urgent need for rest and change of air. So
he went to stay in the little fishing port of Concarneau, in
Brittany, where a naturalist friend, Georges Pouchet, lived.

It was at the Hôtel Sergent, Concarneau, in September 1875,
that he began wearily to work on the legend of St Julian.

The Composition of "La Légende de Saint Julien"

On 18th September 1875 Flaubert wrote to his niece that
anxiety about what he would have to live on in future was
making any work impossible. And yet, four days later, with
astonishing strength of mind, he began to plan *Saint Julien*, when
most people would have lapsed into despondent inactivity. In
three days he wrote half a page of the plan, alone in his little
room at the inn, with the rain falling outside (26.9.1875). He
was taking up a story which, according to Maxime Du Camp,
had first attracted Flaubert in 1845–46. "C'était dans une de
ces excursions [dans les environs de Rouen] que Flaubert,
regardant, je crois, les vitraux de l'église de Caudebec, conçut
l'idée de son conte *Saint Julien l'Hospitalier*."[1] Du Camp's
statement is correct, but what Flaubert saw in the picturesque
Eglise de Notre-Dame in Caudebec-en-Caux were stained-glass
windows representing the story, not of St Julian, but of St
Eustache (or possibly St Hubert). The lives of these three saints
have much in common—in particular the encounter with a
talking stag. Hubert was like Julian in other respects: he was
a French nobleman and he was led to forget his Christian duty
by his passion for hunting. Flaubert no doubt also noticed
a small statue in the church at Caudebec, inscribed "Saint-
Julien"; but as he is wearing a bishop's garb, he cannot be the

---

[1] *Souvenirs littéraires*, Hachette, 1883, t. I, p. 325.

Hospitaller. Nevertheless the statue and the window together, both of which may be mistaken by a layman as figuring the Hospitaller, may well have given Flaubert the notion of treating the saint's story fictionally.

Ten years later Flaubert once more resumed the project; he wrote to Bouilhet on 1st June 1856, after completing *Madame Bovary*: "Tu me demandes ce que je fais, voici: je prépare ma légende et je corrige *Saint-Antoine*." It was merely a stop-gap, however, between two large-scale works: soon he was devoting all his time to *Salammbô*.

At Concarneau, this simple, moving legend of a past age, with a ready-made plot which enabled him to concentrate on more important and less tiring aspects, offered to Flaubert an ideal form of recreation. As Du Camp observes: "Comme un homme qui prend un bain parce qu'il s'est laissé choir dans la poussière, il se rejeta vers les expansions lyriques, où il trouvait à déployer ses facultés."[1] It was an exercise, a *pensum*. "Ça ne me monte pas du tout le coco [*doesn't excite me at all*], mais c'est pour m'occuper et pour voir si je peux encore faire une phrase — ce dont je doute," he wrote to Turgeniev (3.10.1875).

He worked on the plan (probably altering it at least twice after he returned to Paris) until 7th October, by which date, he told Caroline, he had written half a page of the story itself. Four days later: "J'ai travaillé tout l'après-midi pour faire dix lignes! mais je n'en suis plus à me désespérer." The story's progress and his own rehabilitation were going hand in hand already, but a temporary set-back in composition would bring on a relapse into discouragement and exhaustion. "Malgré toutes mes résolutions et des efforts de volonté inouïs, je n'avance guère. J'ai des rechutes de découragement, mon bon vieux, des accès de fatigue, où il me semble que je vais crever" (21.10.1875). He repeatedly expressed the need for "quelques livres sur le moyen âge"—proof that he was at last taking the story seriously (although his diffidence made him belittle his "petite bêtise moyenâgeuse" in his letters) and intended to give it the full Flaubert treatment. Finding that he would have to return to

[1] *Souvenirs littéraires*, Hachette, 1883, t. II, p. 541.

Paris earlier than he had expected (1st November 1875) he
consoled himself with the thought that he would have access
there to books he needed.

He had had to give up his own flat in the rue Murillo, and go
to live with his niece, where he found conditions very crowded
and uncomfortable. He read Shakespeare "d'un bout à l'autre",
remarking: "Cela vous retrempe et vous remet de l'air dans les
poumons comme si on était sur une haute montagne. Tout
paraît médiocre à côté de ce prodigieux homme." *Saint Julien*
(like Shakespeare, no doubt) transported him into "un milieu plus
propre que le monde moderne et me fait du bien" (11.12.1875).

On 5th January 1876 he hoped that his "petite historiette
religioso-pohêtique et moyenâgeusement rococo" would be
finished by the end of February. Turgeniev, he announced,
had agreed to translate it for a St Petersburg review. He did,
in fact, finish it on 18th February, that is to say, writing suddenly
accelerated and became easier. Now, why? Until now it had
been consistently difficult and slow. Then he seemed unexpectedly to see the work clearly as a whole for the first time, and
advanced unhesitatingly to the end. The *Correspondance* is
eloquently silent during the fortnight before 6th February, when
he wrote to George Sand: "J'ai été depuis quinze jours entière-
ment pris par mon petit conte qui sera fini bientôt. . . . J'ai eu
différentes lectures à expédier." Does this mysterious reading
give us a clue to the sudden rapid progress? Almost certainly,
yes. M. René Dumesnil states in the introduction to his edition
of the *Trois Contes* (p. XLI): "Il a fait quelques recherches à la
Bibliothèque Nationale" [1] and in his Notes (p. 146) he states that

---

[1] In reply to my request for fuller information on this point, M. Dumesnil
very kindly wrote as follows: "J'aurais été heureux de pouvoir vous
donner un renseignement précis sur les recherches de Flaubert à la Bibliothèque Nationale, mentionnées p. XLI de ma préface aux *Trois Contes*.
Mais je n'ai rien de plus que ce que j'ai dit: le passage a été rédigé d'après
les Lettres — encore inédites à ce moment — de Flaubert à Edmond
Laporte, complétées par les notes que j'avais prises dans mes conversations
avec cet ami de Flaubert, intimement mêlé à la préparation de ce recueil.
Flaubert, d'ailleurs, pendant ses séjours à Paris, travaillait beaucoup à la
Nationale, comme en témoignent maintes allusions à ses visites, aux
séances de lecture, dans sa Correspondance."

Flaubert could not have known the thirteenth-century "légende en prose". Miss S. Smith, however, in her study of the sources, shows by a careful comparison of this thirteenth-century legend (which I shall call the *Prose Tale* to avoid confusion with the *Golden Legend*) and Flaubert's story that he most certainly knew it—and there were four manuscript versions of it *in the Bibliothèque Nationale* (see also p. 54). It was the reading of the *Prose Tale*, which is the only version of the legend to establish a connection between Julian's cruelty and his tragic life, that facilitated Flaubert's task by giving him the 'key' to his own version, *i.e.*, the emphasis on Julian's own moral responsibility. The importance of this source (and others) will be shown in the Notes and Commentary at the end of this edition.

Un Cœur Simple

"Après mon petit conte," Flaubert wrote to George Sand on 6th February 1876, "j'en ferai un autre — car je suis trop profondément ébranlé pour me mettre à une grande œuvre." His intention was, "avoir un petit volume à publier cet automne" (18? 2.1876), and he began to plan *Un Cœur Simple* the very day he finished *Saint Julien*.

Why did the idea of such a totally different story occur to him? Partly, we may assume, because of the contrast in subject and style (the pendulum will swing to the exotic past again after *Un Cœur Simple*); and partly as an answer to George Sand, who had recently been criticizing him in her letters for his indifference, irony, and pessimism. *Un Cœur Simple* illustrates his assertion that he was capable of writing warmly and sympathetically. To his great regret George Sand died before he finished it. "J'avais commencé *Un Cœur Simple* à son intention exclusive, uniquement pour lui plaire," he wrote to her son Maurice Sand. "Elle est morte comme j'étais au milieu de mon œuvre. Il en est ainsi de tous nos rêves" (29.8.1877). Finally, the story is a reflection of the nostalgia Flaubert had been feeling for some time; with the world black, menacing and insecure, he looked back upon the distant days of youth, security, and peace, when his only troubles had been from within himself. The story is a very personal one (although the plot is imaginary), intimately bound up with his memories of childhood, his sister's death, the region round Pont-l'Evêque and Trouville, his unforgettable experience of January 1844, and particularly with the figure of the devoted, simple-minded servant, Julie, who had brought him up, and for whom he still had great affection.

Although the subject, like the legend of St Julian, answered a particular (but different) inner need of the moment, its origins date back a long time. Forty years before, in a story entitled *Rage et Impuissance*, he described an old servant called Berthe, who loses her job when her employer dies (he is buried alive!). He describes her as

> . . . une de ces bonnes et honnêtes filles qui naissent et meurent dans les familles, qui servent leurs maîtres jusqu'à la mort, prennent soin des enfants et les élèvent. . . . Sa vie s'était passée monotone et uniforme, dans son village, et . . . dans un cercle si étroit, avait eu aussi ses passions, ses angoisses et ses douleurs.

This also describes perfectly the Félicité of *Un Cœur Simple*. One of the models for the character-type of the devoted servant was, as already noted, the Flauberts' maid and nurse, Julie, who, in 1836, had already been with the family for eleven years.

A similar character recurred in 1850. Writing to Bouilhet from Constantinople (14.11.1850), Flaubert told him of the subjects he had in mind for development. One was for a Flemish novel, about a mystic young girl who dies, still a virgin, of religious exaltation, having lived with her father and mother in a small provincial town beside a cabbage patch, an orchard, and a stream. Félicité dies a virgin (but old). She lives in a small provincial town (but not with her parents), and dies in a state of "sensualité mystique". Despite the differences, the general tone—simple, humble, and religious—is similar. However, the mystic maiden remained an abstraction and refused to come to life; Flaubert had not conceived the possibility of infusing her with the earthiness and stolidity of the two servants who are the models for Félicité (see Commentary).

Flaubert finished the plan of *Un Cœur Simple* in ten days—

between 18th February and 1st March—with considerably less effort than was necessary for the planning of *Saint Julien*. This plan, in five sections like the final version, is to be found in the MSS at the Bibliothèque Nationale. It makes the simple outline of the story very apparent:[1]

I. Figure de Félicité et la maison de Mme Aubain.

II. Son histoire, entre chez Mme Aubain, les enfants, personnages secondaires, Geffosses — le taureau, Toucques, Trouville, Paul envoyé au collège.

III. Catéchisme de Virginie et première communion, départ pour le couvent, son neveu, paquebot d'Honfleur, inquiétudes sur son sort, la Havane, sa mort apprise par Liébard, maladie et mort de Virginie, veille et enterrement, désespoir et hypocondrie de Mme Aubain, monotonie de leur existence, petits faits, revue de ses affaires, étreinte, charités, Polonais, le Père Colmiche, arrivée du perroquet.

IV. Description, gentillesses de Loulou. Haine de Bourais, Fabu. Soucis qu'il lui cause, s'égare. Commencement de surdité de Félicité, culte du stupide. Mariage de Paul. Suicide de Bourais. Mort de Mme Aubain, dépouillement de la maison. A vendre ou à louer. [Félicité] vit seule, la Simonne, s'alite, Fabu.

V. La Fête-Dieu. Agonie de Félicité. Vision du Perroquet.

The actual writing of *Un Cœur Simple* was not so easy, however. In preparation for it, Flaubert felt he had to make a short visit to obtain "des renseignements sur Pont-l'Evêque" and Honfleur "sur les lieux", as he told Laporte on 1st March. Floods in the area, and an attack of shingles, prevented his going, and for over six weeks he struggled on slowly with the story. "Depuis trois jours je ne *décolère pas*, je ne peux mettre en train mon *Histoire d'un Cœur Simple*. J'ai travaillé hier pendant seize heures, aujourd'hui toute la journée et ce soir enfin j'ai terminé la première page" (letter of 13th–18th March 1876). A month later: "Je suis arrêté faute de documents et j'avance si peu dans ma besogne que c'est lamentable. Heureux ceux qui ne sont pas affligés par la folie de la Perfection!" (15.4.1876).

---

[1] From C. A. Burns, *art. cit.*, p. 315.

The visit to Pont-l'Evêque did not speed up composition as he had hoped; it merely affected Flaubert emotionally: "Cette excursion m'a abreuvé de tristesse, car forcément j'y ai pris un bain de souvenirs. Suis-je vieux, mon Dieu! Suis-je vieux!" (He was only fifty-four.) By the end of April, when he wrote this letter, he had written only ten pages of the story; and yet in the same letter he mentions for the first time the idea of writing *Hérodias*: "Savez-vous ce que j'ai envie d'écrire après cela? L'histoire de saint Jean-Baptiste. Ce n'est encore qu'à l'état de rêve, mais j'ai bien envie de creuser cette idée-là. Si je m'y mets, cela ferait trois contes, de quoi publier à l'automne un volume assez drôle."

The coincidence of acute nostalgia and the idea of *Hérodias* is not accidental. The emotional effects of his "excursion" brought back the desire to escape into the impersonal atmosphere of a distant age and country.

On 24th May 1876 Flaubert heard disquieting news about George Sand's health, and he continued to be deeply concerned about her for the next two weeks. On 8th June she died at Nohant. At the funeral Flaubert broke down; "j'ai pleuré comme un veau," he admitted. It was as though he were burying his mother a second time. On 12th June he moved from Paris to his "pauvre vieux Croisset", ready to work with all his might on the *Histoire d'un Cœur Simple* (as he still called it), which he described to Mme Roger des Genettes (19.6.1876) as being

> . . . tout bonnement le récit d'une vie obscure, celle d'une pauvre fille de campagne, dévote mais mystique, dévouée sans exaltation et tendre comme du pain frais. Elle aime successivement un homme, les enfants de sa maîtresse, un neveu, un vieillard qu'elle soigne, puis son perroquet; quand le perroquet est mort, elle le fait empailler, et en mourant à son tour elle confond le perroquet avec le Saint-Esprit.

Then he adds a warning:

> Cela n'est nullement ironique comme vous le supposez, mais au contraire très sérieux et très triste. Je veux apitoyer, faire pleurer les âmes sensibles, en étant une moi-même.

At the end of July he told her that *Un Cœur Simple* would change his reputation: "cette fois-ci, on ne dira plus que je suis inhumain. Loin de là, je passerai pour un homme sensible et on aura une plus belle idée de mon caractère." These words make nonsense of Brunetière's opinion, that one finds in *Un Cœur Simple* "ce même et profond mépris du romancier pour ses personnages et pour l'homme"! However, certain other letters of Flaubert make us wonder whether the story was not just a conscious exercise in *bonhomie*, for his intolerance towards *la bêtise humaine* remained unchanged. On 28th July 1876, for example, he wrote to Mme Brainne: "J'écris présentement les amours d'une vieille fille et d'un perroquet." On the 27th (to Caroline): "Quels êtres que les Rouennais, quels êtres! Est-ce que je me raffine, ou que l'humanité empire? mais plus je vais, et plus *on* me semble idiot et intolérable." To Guy de Maupassant the following month: "Ah! la bêtise humaine vous exaspère! mais que diriez-vous, jeune homme, si vous aviez mon âge?" In *Un Cœur Simple*, however, this attitude seems to be genuinely attenuated by his tender affection for Julie, which is transferred to Félicité. The "culte du stupide" mentioned in the plan does not come out in the final version of the story.

Throughout July and the first two weeks of August, "luttant comme un forcené contre les difficultés" (1.7.1876), "piochant comme un bœuf" (23.7.1876), often eighteen hours a day, he continued the solitary voluntary hard labour called creation. We see him at dawn, "les fenêtres ouvertes, en manches de chemise et gueulant, dans le silence du cabinet, comme un énergumène" (8.7.1876). What were the difficulties? "Dans le commencement," he admitted, "je m'étais emballé dans de trop longues descriptions; j'en enlève de charmantes: la littérature est l'art des sacrifices . . ." (*ibid.*). Then there was the usual dissatisfaction with what he had written: "Pour écrire une page et demie, je viens d'en surcharger de ratures douze" (14.7.1876). Some of these charming but superfluous descriptions will be found in the Commentary.

Another question to be asked is this: why did he slave for

2*

weeks on end without relaxation (except for an evening swim in the Seine)? A letter to his niece gives us some idea: "Tu me dis que, dans tes promenades champêtres, tu te livres à la *rêverie*. Mauvaise occupation! très mauvaise! Autant que possible, il ne faut jamais rêver qu'à un objet en dehors de nous, autrement on tombe dans l'océan des tristesses. Crois-en un vieux plein d'expérience." Flaubert's method of avoiding gloomy day-dreaming was simply to leave himself no time for it. "Quand je ne travaille pas," he confessed, "je ranime de vieux souvenirs" (19.6.1876). The method was very effective, for he was able to write to Zola on 23rd July, "Je ne me suis jamais senti plus d'aplomb."

By the middle of July Flaubert had reached the fourth chapter of *Un Cœur Simple* and was anxious to obtain first-hand information about parrots, their habits, food, and diseases (see Notes for details). He borrowed several books, and a parrot which he placed on his desk in front of him; but by the end of the month he complained: "Sa présence commence à me fatiguer. N'importe! je le garde afin de m'emplir l'âme de perroquet."

The end of the fourth chapter, dealing with Félicité's old age and illness, necessitated medical information (just as the death of Emma Bovary had) for which he borrowed several books (see Notes). More interesting is the fact that he invited the old servant Julie to stay with him at Croisset. She arrived on 25th July, almost blind, very thin and feeble, "mais fort contente d'être à Croisset, à cause de l'air de la campagne." His reason for inviting her was precisely the same as his reason for having a parrot on his desk: he always wrote better with the subject in front of him.

The temperature that August was extremely high (Flaubert says 60°C in the sun—140°F—but this is extremely doubtful!). He asserts that he could not remember such heat since he was in Nazareth. He worked without his shirt, and even dispensed with his flannel under-vest ("comble de l'imprudence!"). At 1 a.m. on 16th August 1876 he finished *Un Cœur Simple*. "Maintenant je m'aperçois," he told his niece the following day, "de ma fatigue; je souffle, oppressé, comme un gros bœuf qui a trop labouré." Time for a rest, one would think. But no; he began working on *Hérodias* immediately. With Normandy out of the way, Palestine rose up in his mind with living reality. Possibly the heat gave Flaubert the sensation of being in physical contact with the atmosphere of Palestine; before writing *Salammbô* he had had to impregnate himself with the atmosphere on the very site of ancient Carthage, but he could not go now and sit on the heights of Machaerus. In that heat it was not so difficult for him to imagine himself there, at least.

Hérodias

It is important to notice how the composition of *Un Cœur Simple* and the gestation of *Hérodias* overlap, and remarkable that Flaubert's mind could work on two such utterly different subjects at once. A letter of 19th June shows that even by then he had thought a great deal about the way he intended to treat the episode: "L'histoire d'Hérodias [she has already emerged as the central character, the almost hidden motive power behind the events] telle que je la comprends, n'a aucun rapport avec la religion. Ce qui me séduit là-dedans, c'est la mine officielle d'Hérode (qui était un vrai préfet) et la figure farouche d'Hérodias, une sorte de Cléopâtre et de Maintenon; la question des races dominait tout." This gives a vital clue to the understanding of the story.

What gave Flaubert the idea of writing *Hérodias*? It is generally believed that whilst writing *Saint Julien* he was reminded of the stone carving in Rouen cathedral, representing Salome dancing before Antipas. It has not, I think, hitherto been noted that in the Eglise de Notre-Dame at Caudebec, where Flaubert saw the statue and stained-glass window that gave him the idea of writing about Saint Julian, there is also a *vitrail* vividly representing the life of St John the Baptist. The last sentence of *La Légende de Saint Julien l'Hospitalier* would perhaps be more accurately placed at the end of *Hérodias*!

Writing of Julian's exploits in North Africa, and of the pilgrims' journeys to Syria and Palestine, Flaubert may have been reminded of his own visits in August 1850 to:

(1) the birthplace of St John the Baptist, near Jerusalem, where "petits bas-reliefs tout alentour, représentent les différentes scènes de la vie de saint Jean" (*Voyages*, t. II, p. 222);

(2) the monastery at Saint-Saba (45 minutes from the Dead Sea), with its picture of John the Baptist "avec des ailes, l'air dur, féroce même" (*ibid.*, p. 219); and

(3) the Greek church at Bethlehem, with its paintings of "saint Jean tenant dans la main droite un plat sur lequel est sa tête décapitée" (*ibid.*, p. 206).

There was another reason why Flaubert allowed himself no respite before starting *Hérodias*. It was that as soon as he began the preparatory reading for the story, his main concern was to complete the writing of it by the middle of February 1877, in order to have both the original and the Russian translation of the *Trois Contes* published in the spring. If he failed, the publication would have to be postponed until the autumn, which Flaubert would have found very inconvenient as he needed the money urgently.

By 23rd August he had his table "couverte de livres relatifs à *Hérodias* et, ce soir," he announced, "j'ai commencé mes lectures." He bought books specially, though he could ill afford them, borrowed others, read at the Bibliothèque Nationale in Paris and at the Bibliothèque de Rouen, sought information from the archaeologist Clermont-Ganneau, his friend Laporte, and the librarian Frédéric Baudry. A list of thirty volumes and articles has been established from his notes on subjects including the history, geography, and archaeology of Palestine, politics, Oriental magic, religious doctrines, ceremonies and customs, the Old and New Testaments, and Jewish art.[1] In cases where these notes can elucidate the text for the reader, they have been quoted in the Commentary.

[1] See C. A. Burns, *art. cit.* The unidentified work on *Festins* by "Desaubry?" is *Rome au siècle d'Auguste*, 4ᵉ éd., 1875, by Ch. Dezobry. Chapter XIII, "Les Repas", gave Flaubert many details for the banquet scene.

When the time came to begin writing the story, Flaubert was terrified at the thought of the task confronting him; it inspired him with "une venette biblique", and for a very good reason: "J'ai peur de retomber dans les effets produits par *Salammbô*, car mes personnages sont de la même race et c'est un peu le même milieu" (27.9.1876). At the end of December, we see him still struggling with the same problem; he told Edmond de Goncourt: "Tous mes efforts tendent à ne pas faire ressembler ce conte-là à *Salammbô*; que sera-ce? Je l'ignore" (31.12.1876). A difficult problem, which he did not overcome with complete success (see Commentary), but not the main one. As he remarked to Maupassant on 25th October: "le difficile, là-dedans, c'est de se passer autant que possible d'explications indispensables." And again, three days later to Turgeniev: "Je me suis embarqué dans une petite œuvre qui n'est pas commode, à cause des explications dont le lecteur français a besoin. Faire clair et vif avec des éléments aussi complexes offre des difficultés gigantesques. Mais s'il n'y avait pas de difficultés, où serait l'amusement?" Despite his constant awareness of this difficulty, he failed to solve it.

On 31st October he reported that he had completed the plan, which is reproduced here in full[1] as the reader will find that the sequence of events in the story itself is sometimes less clear:

I. *Machærous.* Antipas sur la terrasse. Sa situation politique. Une voix, il a peur. Le Samaritain reçoit l'ordre de tenir Jean bien serré. Hérodias, son frère est mort, regrette sa fille, caresse Antipas. L'Essénien se montre. Jean nuit à Hérodias comme politique. Pourquoi elle le déteste personnellement. Reproches à son mari, mais on aperçoit une jeune fille. Elle se calme. Courrier annonçant l'arrivée de Vitellius.

II. *Vitellius,* avec son fils, compliments. Les prêtres de Jérusalem, leurs réclamations, plaintes sur Ponce Pilate, murmures à propos des boucliers. Vitellius visite le château, découvre les munitions. La fosse, Jean. Son discours rapporté par l'interprète, tableau. Vitellius met des sentinelles, Jean ne sera pas sauvé. Prédiction

---

[1] From C. A. Burns, *art. cit.*, p. 323. This is a fuller and more correct transcription than that given in the Conard edition of the *Trois Contes*.

de l'Essénien. Peur d'Antipas. Sa femme lui donne une médaille.

III. *La salle du festin.* Aspect général. Parfum, le Baaras, il est question de Jésus. Colère des prêtres. Matathias le défend, il a guéri son fils [*this becomes Jacob and his daughter*], c'est peut-être le Messie. Il faut des signes avant-coureurs. Mais Elie est venu. Ce que c'est qu'Elie. Elie c'est Jean. Discussion sur la résurrection. Scandale à propos d'une viande immonde. Le peuple au pied du château. Tous ont intérêt à la mort de Jean. Le festin devient farouche. Antipas et Vitellius se trouvent menacés. Hérodias porte la santé de l'Empereur. Salomé, danse, sa requête, la peur du bourreau. On apporte la tête. Elle circule, pleurs d'Antipas, tableau final. Retour des deux hommes. Conversion subite de l'Essénien. Il explique le mythe.

The first part was completed and copied out by 9th December. Despite insomnia and bad headaches, he went on working eight to ten hours a day. On Christmas Eve he went to Mass at a little convent near by ("Quel vieux romantique, hein!"), and by working for ten hours without a break on Christmas Day, reached half-way (surprisingly often he knew precisely how long a work would be when completed, and the time it would take to finish it). On New Year's Eve he told his niece that he expected the second part (or chapter) to be "ratée ou sublime", and went on: "Je ne suis pas sans grandes inquiétudes sur *Hérodias*. Il y manque je ne sais quoi. Il est vrai que je n'y vois plus goutte! Mais pourquoi n'en suis-je pas *sûr*, comme je l'étais de mes deux autres [contes]? Quel mal je me donne!"

Despite the year's exhausting and unremitting labour on the *Trois Contes*, he was able to write: "Je me porte comme un chêne." It had been a year of remarkable recovery, and Flaubert held George Sand to be partly responsible for it: "Si j'ai pu me remettre à travailler, je le dois en partie aux bons conseils de votre mère," he wrote to Maurice Sand (31.10.1876). "Elle avait trouvé le joint pour me rappeler au respect de moi-même."

During January 1877 Flaubert stayed at Croisset instead of going to Paris as he had intended. He was determined to finish *Hérodias* before relaxing at all; one feels that he was afraid the machine, once allowed to run slowly, would be difficult to speed up again. Progress was unexpectedly rapid during January, and on 1st February, after working three days and nights with a total of only six hours' sleep, he was able to write to Caroline: "*J'ai fini Hérodias!!!*"

On 3rd February he went to Paris, where he re-copied *Hérodias* during the following ten days. But the tremendous effort and the lack of sleep (only ten hours' between the 7th and the 14th), coupled with growing anxiety about domestic and financial matters, had told on his health. Relaxation came only just in time to prevent his breaking down altogether.

In sixteen months—a remarkably short time by Flaubert's standards—he had written a volume full of his most masterly qualities, destined to earn for him the chorus of wholehearted, enthusiastic praise which had for so long been denied to him.

Publication

The *Trois Contes* had been promised to *Le Moniteur Universel* and *Le Bien Public* for 3000 francs, of which Flaubert was in great need. *Un Cœur Simple* appeared in *Le Moniteur Universel* in seven instalments on 12th, 13th, 14th, 15th, 17th, 18th, and 19th April 1877; *La Légende de Saint Julien l'Hospitalier* in *Le Bien Public* on 19th, 20th, 21st, 22nd April; and *Hérodias* in *Le Moniteur Universel* on 21st, 22nd, 24th, 25th, 26th, 27th April. The first edition of the *Trois Contes* in volume form appeared on 24th April 1877, published in Paris by G. Charpentier. Flaubert did not revise or correct any of the five reprints published before he died.

Reception

Usually the number of copies sold of a book is a good guide to the attitude of the reading public towards it. In the case of the *Trois Contes*, however, this evidence would be misleading, because sales were greatly reduced as a result of the dissolution of Parliament by the Duc de Broglie on 16th May 1877. During the ensuing elections, the reading public and the press were too occupied with politics to devote much attention to literature.

Several lengthy reviews did appear, nevertheless. They ranged from the sensitive and the intelligent to the hostile and the prejudiced, through the reserved and the mystified.[1] Reactions were generally very favourable, hostile critics using the simple technique of ignoring the merits and exaggerating the faults— *e.g.*, *Un Cœur Simple* suffers because Félicité is made bestial and stupid and because the author harbours feelings of hatred, contempt and derision towards humanity; *Saint Julien* is pointless, its construction *voulue*; *Hérodias* has an excess of erudition and an insufficiency of explanation. Flaubert's style is too *tendu*, too prolix, too fatiguing, and so on. The great majority of critics, including friends who wrote to Flaubert (and who tended to be uncritically lyrical in their praises, with the exception of Taine and Sabatier), realized that this was a volume of great originality, the work of a true master of literary art. They saw the fine combination of poetry and precision in *Hérodias*, of fantasy and exactitude in *Saint Julien*, appreciated the intuitive understanding of an ingenuous and uneducated mind in *Un Cœur Simple*, the poetic intensity and beautiful simplicity of *Saint Julien*, the evocative and colourful landscapes in *Hérodias*.

It is significant that two of the warmest appreciations came from poets—Banville and Leconte de Lisle. "Ces contes," wrote Banville in his perspicacious article, "sont trois chefs-d'œuvre absolus et parfaits créés avec la puissance d'un poète sûr de son art, et dont il ne faut parler qu'avec la respectueuse admiration due au génie. J'ai dit un poète, et ce mot doit être pris dans son sens rigoureux; car le grand écrivain dont je parle ici a su conquérir une forme essentielle et définitive, où chaque phrase, chaque mot ont leur raison d'être nécessaire et fatale. . . . Des tableaux éclatants d'une couleur harmonieuse comme des Delacroix, et voluptueusement douloureux . . . égalent ce livre aux plus beaux et aux plus renommés d'entre les poèmes" (*Le National*, 14th May 1877).

Incomplete though this poetic approach may be, it seizes upon a fundamentally important aspect of the art of the *Trois Contes*.

[1] Long extracts will be found in the Conard and Belles Lettres editions of the *Trois Contes*.

III. Flaubert's Art in the *Trois Contes*

Several critics have considered these stories to represent in miniature the various qualities of Flaubert's art as a whole. "Qui connaît Flaubert l'y retrouve entier, qui ne le connaît pas l'y apprend," claimed Fourcaud (*Le Gaulois*, 4th May 1877). "Dans ce dernier volume . . . les idées, le talent, les procédés artistiques de l'écrivain se sont en quelque sorte condensés et résumés dans une synthèse finale," writes Saint-Valry in *La Patrie* (8th May 1877). Jules Lemaître, writing in *La Revue Bleue* (11th and 18th October 1879), took the view that "*Hérodias* est à peu près à *Salammbô* ce qu'*Un Cœur Simple* est à *Madame Bovary*," whereas M. Dumesnil opens his preface to the *Trois Contes* (*éd*. Belles Lettres) with the statement that the stories show "tous les aspects de son talent et [donnent] une image cependant fidèle et complète des qualités de l'écrivain".

This desire—well-meaning though it may be—to see in the *Trois Contes* a panorama, a synthesis of Flaubert's art should be treated with great reserve. In the first place, no short story could give even an approximate impression of the broad epic vision of *Salammbô*, the subtle nuances of characterization in *L'Education Sentimentale*, the complex mingling of illusion and reality in *Madame Bovary*, the philosophical aspirations and symbolism of *La Tentation de Saint Antoine*. Secondly, there is an essential characteristic of Flaubert's world-view missing in the *Trois Contes*: his bitter irony and pessimism. This was a conscious omission, not the softening action of the years; in *Bouvard et Pécuchet*, the attacks on "la bêtise humaine" became as virulent as ever.

It is, however, true to say that from the point of view of style, the reader of the *Trois Contes* will find himself *en pays de connaissance* when he reads Flaubert's other works. In particular he will notice the same stylistic devices or *procédés*, notably the abuse of present participles, the often confusing and tiresome use of the *style indirect libre*, and the repetition of a rhythmic pattern based on the ternary period and the falling cadence. Let us take the two last-mentioned devices in turn.

Le style indirect libre, or free indirect speech, is an alternative to the exact reproduction of a character's words as they were spoken, eliminating the use of a verb like "he said," "she thought." The character's words thus become a part of the narrative, *e.g.*:

> Giscon haussa les épaules; son courage serait inutile contre ces bêtes brutes, exaspérées (*Salammbô*).

> Mais le marchand s'écria qu'elle avait tort; ils se connaissaient; est-ce qu'il doutait d'elle? Quel enfantillage! (*Madame Bovary*).

Attention is drawn in the Commentary to the effects of this device in the *Trois Contes*. But two examples from *Hérodias* may be discussed here:

> Rien ne pressait selon le Tétrarque. Iaokanann dangereux! Allons donc! Il affectait d'en rire.

> — «Tais-toi!» Et elle redit son humiliation.

Here, free indirect speech is used in conjunction with the more traditional reported and direct speech, the latter being reserved for the most significant part of the dialogue. The combination of the three forms results in a rapid, concise, and climactic effect which would otherwise have been impossible to achieve. But the result is not always so happy. Take, for example, the scene where Antipas's munitions are found:

> ... le Proconsul pouvait croire, ou dire, que c'était pour combattre les Romains, et il cherchait des explications.
> Elles n'étaient pas à lui; beaucoup servaient à se défendre des brigands; d'ailleurs, il en fallait contre les Arabes; ou bien, tout cela avait appartenu à son père.

This example demonstrates the greatest drawback of the free indirect style, namely, that it is often difficult to tell whether the words concerned are comments by the author (part of the narrative), the character's speech, or the character's thoughts. On first reading, the above could be any one of the three; we then decide they are Antipas's "explications"; but does he merely think them, or does he express them and thus inculpate himself further in Vitellius's eyes by multiplying excuses? If the last is the case, Flaubert loses the comic effect by not letting Antipas speak for himself so that we see his disconcerted, desperate, ineffectual efforts.

Considering the number of dramatic scenes in the *Trois Contes*, there is remarkably little dialogue; this seriously detracts from the human interest and reduces the living quality of the characterization. The device of free indirect speech may be a source of rich psychological nuances in a novel, where there is room to develop characters slowly, but it is not so suitable for the short story form, in which the author's main task is usually to utilize every dramatic scene with great economy so as to show personality through its most revealing activity: speech.

Flaubert was the first writer to use this device on a large scale. Is his predilection for it part of his doctrine of impersonality? So as to avoid intervening directly between character and reader, it has been said, "he merely reports the words and thoughts of his characters, and even refrains from explicitly stating that he is doing so."[1] It is an expression of the "Olympian impersonality prevalent in his mature novels" (*ibid.*, p. 102). As such, however, it has two great disadvantages; the first is implicit in what Professor Ullmann lists as an "advantage": "the author is not committed to an exact reproduction of words or thoughts" (p. 117). Now, if the author paraphrases the character's words, he must be distorting them to a certain extent, that is, *intervening*. Indirect free speech makes the reader very much more conscious of the writer's presence than does direct speech, which puts the reader into direct contact with the character. The exact reproduction of the character's words, standing out clearly from the narrative, enables the reader to catch the inflexion, tone, and personality. Thibaudet observed that free indirect speech was for Flaubert a means "de donner devant le personnage, à l'auteur et au lecteur le minimum d'existence."[2] This negative approach leads to the almost com-

[1] S. Ullmann, *Style in the French Novel*, C.U.P. 1957. Chapter II: "Reported Speech and Internal Monologue in Flaubert", p. 119.

[2] *Gustave Flaubert*, p. 228.

plete absence of direct speech in the *Trois Contes*, and accounts
for our being obliged to dig the apparently inarticulate characters
out of the surrounding narrative.

The following examples of the ternary period will enable the
reader to find others:

> Un brouillard flottait, il se déchira, et les contours de la mer Morte
> apparurent (*Hérodias*).

> L'après-midi, on s'en allait avec l'âne au delà des Roches-Noires, du
> côté d'Hennequeville (*Un Cœur Simple*).

> Le père et la mère de Julien habitaient un château, au milieu des bois,
> sur la pente d'une colline (*Saint Julien*).

Flaubert used this same 'three-legged' rhythmic pattern so
often that it loses its effect, as does his favourite trick, *la chute
de phrase*, or falling cadence:

> Et, se baissant pour ramasser son aumône, il se perdit dans l'herbe,
> *s'évanouit* (*Saint Julien*).

The falling cadence is often effected by using a present participle:

> Des esclaves, alertes comme des chiens et les orteils dans des sandales
> de feutre, circulaient, *en portant des plateaux* (*Hérodias*).

Finally, an example to show how even the perfectionist
Flaubert could let a repetition of effect slip through, not once,
but three times:

> 1. ... et la brise lourde apportait avec des parfums d'aromates les
>   senteurs de la marine et l'exhalaison des murailles chauffées par le
>   soleil (*Salammbô*).
> 2. ... et le vent chaud qui arrivait des plaines leur apportait par bouffées
>   des senteurs de lavande, avec le parfum du goudron, s'échappant
>   d'une barque, derrière l'écluse (*L'Éducation Sentimentale*).
> 3. ... et une brise lourde apportait la senteur du goudron (*Un
>   Cœur Simple*).
> 4. Le vent chaud apportait, avec l'odeur du soufre, comme l'exhalaison
>   des villes maudites, ensevelies plus bas que le rivage sous les eaux
>   pesantes (*Hérodias*).

These examples show how, at times, Flaubert's greatest quality, his unremittingly persistent search for stylistic perfection, degenerated into mannerism and became a weakness, "la même préoccupation de l'effet," as Brunetière said, or in Thibaudet's more picturesque words, "le ronflement du même moteur [qui] donne à l'oreille une certaine impression de monotonie" (*op. cit.*, p. 221). Nevertheless, his style still remains unsurpassed in the French language for its beauty, subtlety, power, and variety, despite these occasional blemishes, which are pointed out here only to show that the reader's attitude should be one of critical appraisal, not of overawed acceptance such as that of Banville, who claimed that it is "impossible de rien changer", or of Drumont, who thought one could "hardiment prononcer le mot de perfection".

Each of the *Trois Contes* presented a different challenge to Flaubert's technical resources. In *Un Cœur Simple* he was faced with the problem of making interesting and readable a story with very little dramatic conflict or emotional tension, with an episodic construction lacking a climax or a central problem, and with a main character whose life and personality are devoid of all exceptional qualities. The story illustrates the sincerity and permanence of Flaubert's belief that "pour qu'une chose devienne intéressante, il suffit de la regarder longtemps" (26.5.1845). How true the words of Amiel seem after reading *Un Cœur Simple*:

> Les hommes de génie rendent les bagatelles importantes et font la valeur des choses. . . . Le grand esprit grandit tout; l'inventeur fait de rien quelque chose.

Un Cœur Simple is a fairly conventional mixture of imagination and transformed personal experience. *La Légende de Saint Julien* and *Hérodias*, however, being based largely on written sources, present a particular problem for the reader anxious to establish Flaubert's originality. What is Flaubert's personal artistic contribution? Much of the Commentary on these two stories is aimed at giving the information necessary for an answer to this question, but some general conclusions can be drawn here.

"*Saint Julien*" and Legend

In *Saint Julien* the problem was to re-invent, in his own terms, a well-known legend, by infusing it with a psychological depth which would not clash with the supernatural and religious overtones of the original, and by adapting his style in harmony with the simplicity and clarity of outline characteristic of mediaeval art.

Of the many mediaeval versions of the legend which appeared in Latin, French and English (Caxton's translation, 1483), only two need be mentioned in connection with Flaubert's story: that contained in the *Légende Dorée*, by Jean de Vignay (based on the *Legenda Aurea* (1260?) of Jacobus de Voragine), which Flaubert mentions as one of his sources; and the thirteenth-century *Prose Tale*, an adaptation of a thirteenth-century poem telling the story of St Julian. Flaubert does not mention the *Prose Tale*, but similarities make it certain that he consulted at least one version of it, perhaps the adaptation of the Alençon manuscript published by Lecointre-Dupont (*Mémoires de la Société des antiquaires de l'Ouest*, année 1838, Poitiers, 1839, pp. 190–210); this printed version, however, does not contain some of the striking similarities of detail one finds when comparing Flaubert's tale and the *manuscript* version of the *Prose Tale*. A likely hypothesis is that Flaubert read the printed version, enquired about manuscript versions, found there were four at the Bibliothèque Nationale, read (and sometimes misread) one of them, probably BN. fr. 6447. It may be objected that even if he had been able to find out about such a manuscript, he would probably not have taken the trouble to read it, having already read a printed version of the *Prose Tale*. In answer to this objection it must be recorded that this manuscript, BN. fr. 6447, had been catalogued in 1875 (*i.e.*, the year before Flaubert was working on the tale) by the Conservateur en Chef of the manuscript department of the Bibliothèque Nationale, M. Léopold Delisle (a colleague of Flaubert's friend Frédéric Baudry, who knew he was writing the *Trois Contes*). It would have been quite natural, furthermore, for Flaubert to seek a primary mediaeval source in the course of writing a mediaeval story, given his mania for erudite precision. The function of such a manuscript in relation to Flaubert's creative act can be understood easily if we recall that he always needed to have a visual image before him to fire his imagination. What would be the equivalent of Carthage (to the site of which he had to go in order to resurrect the past in *Salammbô*), of a parrot (for *Un Cœur Simple*) or of the Rouen tympanum (for *Hérodias*), when he was finding it difficult to write *Saint Julien*? Something he could not only look at, but linger over and touch and draw on for that feeling for the period he needed? A mediaeval manuscript of the legend would seem a fairly obvious choice.[1]

The *Prose Tale* is too long to be given here in full (significant passages are quoted in this Introduction and in the Notes and Commentary). The *Golden Legend*, however, is one of the short versions; the following is the translation by Ryan and Ripperger (Longman's Green, 1941, pp. 128–131):

St Julian, who is surnamed 'the Hospitaller' . . . slew his parents, not knowing who they were. [He] was of noble family, [and] was hunting one day, while still a youth, and set out in pursuit of a stag. Suddenly the stag turned upon the young man, and said to him: "Why dost thou pursue me, thou who art destined to be the murderer of thy father and mother?" The youth was so affrighted at these words that, in order to escape the fulfilment of the stag's presage, he went away secretly, travelled over boundless distances, and finally reached a kingdom where he took service with the king. He bore himself so manfully in war and in peace that the king dubbed him a knight, and gave him, as his wife, the widow of a very rich lord. Meanwhile Julian's parents, bereaved at his disappearance, wandered about the earth in search of their son; and one day they chanced to halt at the castle which was now Julian's home. But he happened to be away from home and his wife received the two wayfarers. And when they had told her their story, she saw that they were her husband's parents; for he had doubtless often told her of them. So she tendered them a heartfelt welcome, and bade them take their rest in her own bed. The next morning, while she was at church, Julian returned home. He approached the bed to awaken his wife; and seeing two figures asleep beneath the coverings, he thought that his wife was lying

[1] For a fuller discussion of these points, see A. W. Raitt, "The Composition of Flaubert's *Saint Julien l'Hospitalier*", *French Studies*, October 1965; and C. R. Duckworth, "Flaubert and the Legend of St Julian: A Non-exclusive view of Sources", *French Studies*, April 1968.

with a lover. Without a word he drew his sword and slew the two who lay asleep. Then, going out of the house, he came upon his wife returning from the church, and, aghast, asked her who the two persons were who slept in her bed. And his wife answered: "They are thy parents, who have been long in quest of thee! And I gave them our bed for their rest." Hearing this, Julian would have died of grief. He burst into tears, and said: "What will become of me, wretch that I am? Now I have done my dear parents to death, and fulfilled what the stag foretold, all in trying to avoid it. Farewell, then, sweet my sister, for I shall not rest until I have received assurance of the forgiveness of God!" But she replied: "Think not, beloved brother, that thou must set out without me! I have shared thy joys: it is mine to share thy sorrows." Hence they took flight together, and went to live on the bank of a great river, where the crossing was fraught with danger; and there, while they did penance, they carried those who wished to cross from one shore to the other. They likewise received travellers in a hospice which they had built with their own hands. Long after this, in the middle of a freezing night, Julian, who had lain down overcome with weariness, heard the plaintive voice of a wayfarer asking to be set across the stream. Straightway he rose and ran to the stranger, who was half dead with cold, and carried him into his house, where he lighted a great fire to warm him. Then, seeing that he was still nearly frozen, he laid him in his own bed and covered him with care. But on a sudden this stranger, who was eaten with leprosy and horrible to look upon, changed into a shining angel. And as he rose into the air, he said to his host: "Julian, the Lord has sent me to say to thee that thy repentance has been accepted, and that soon, with thy wife, thou shalt have rest in God." And the angel disappeared: and shortly thereafter, Julian and his wife, full of charity and good works, fell asleep in the Lord.

Two more sources need to be mentioned at this point: first, the version given by E.-H. Langlois in his *Essai historique et descriptif sur la peinture sur verre . . . et sur les vitraux les plus remarquables* (Rouen, 1832). Flaubert read this, but it is merely the long version of the legend, abridged to such an extent that it gives hardly more detail than the *Golden Legend*, and written in "le pire style Louis-Philippe", as Huet has said in his analytical study of these different versions (*Mercure de France*, 1ᵉʳ juillet,

1913). Secondly, and more important, there is the version given on the thirteenth-century stained-glass window in Rouen cathedral, which Flaubert mentions in his story, and which runs as follows:

Julian, living in his father's house, helps the poor. One day he leaves to find his fortune. He enters the service of a great lord, who dies shortly after. Julian marries his daughter, then leaves for the Crusade. One night, Julian's parents come to his castle, and are received by his wife, who leaves the house the following morning. During her absence, Julian returns, finds the couple in bed and, believing his wife to be deceiving him, cuts their throats with his sword. His wife reveals his error to him, and follows him into penitence. They care for the sick, and Julian becomes a ferryman. One stormy night, Julian answers a traveller's call from the other bank. They receive Jesus Christ into their house. Another call is heard: it is the Devil, whom they also let into their house. They resist his temptations. Soon they both die and their souls rise to Heaven, where the Lord blesses them (After Gossez's interpretation, in *Le Saint-Julien de Flaubert*, pp. 23–24).

In this version there is no prediction, no hunting, no stag, and no leper. It cannot be seriously considered as a source of Flaubert's *Légende de Saint Julien* at all, despite the claim of the last sentence of his story. We see, on the other hand, how close he has kept to the short version of the legend (*e.g.*, the *Golden Legend*), with its four main episodes: prediction (made by a stag—the long version mentions only "une bête"); voluntary exile; the murder; the leper and pardon. He then adds several elements, some of which (as is shown in the Commentary) are borrowed from other legends. Where, then, is Flaubert's original contribution? We shall consider this under the apt headings employed by Miss Smith (*op. cit.*): additions, modifications, background, and psychological intensification.

Additions. All the mediaeval versions state that Julian leaves home as soon as he has been warned by the stag (or beast)—that he does not, in fact, return home at all. Flaubert introduces a bridge passage, or transition (a device he uses very skilfully in many places), in which Julian goes back home and falls ill. We then see, as Julian also sees, the forces of destiny *in action*, and they thus become more real than in previous versions: by accident he nearly kills both his parents. Now, this episode not only makes Julian's flight more likely; it also enables us to have one more glimpse of Julian's parents, to know them better through their affectionate anxiety about their son, and to feel more compassion for them when we see them again on their fateful quest.

Another added episode provides a logical reason for Julian's becoming a ferryman: he thinks of drowning himself, but his father's face peers out of the water (it is the reflection of his own face, but he has aged so much that he resembles his father); this makes him realize he cannot redress one crime by another, and reminds him that he has a duty to render service to others. Instead of drowning himself, therefore, he prevents others from drowning by providing safe passage over a dangerous river.

Modifications. The most significant change introduced by Flaubert concerns the relationships between Julian and his wife, and this, in turn, brings about a modification in the way Flaubert ends his story. An essential part of all versions is that Julian's wife puts his parents in her own bed. But in no other version does she know of Julian's fear of killing his parents. Flaubert makes her, an apparently intelligent and shrewd young woman, fully aware of the fate likely to befall them at Julian's hands. He makes it clear that she knows of the connection between hunting and the stag's prediction. And yet he makes her court disaster by not arranging for her husband to be warned, on his return, of his parents' arrival. Now, *why* does Flaubert alter the situation so as to make Julian's wife guilty of gross negligence? (Julian himself says she has done God's will "en occasionnant son crime".) The story would lose none of its effect if she were ignorant of the danger, as in other versions—in fact, it might gain, since the tragic inevitability is weakened by this inconsistency in her character, and by the dispersal of responsibility for the murder. The reason for the change must be sought in Flaubert himself. Nowhere in any of his works do we find a lasting, successful partnership between man and wife—a reflection of his own experience, of course. It is consistent with this characteristic of his work that the failure of Julian's wife to protect his parents should be considered as a means, by the author, of destroying their hitherto perfect relationships. In the *Golden Legend*, Julian takes all the blame upon himself (quite rightly, since he had not confided in his wife about the prediction), but in the *Prose Tale* the wife blames herself unjustly: "I put them to bed where they were killed and therefore I am wholly to blame for it. . . . So I rightly think that I am the cause of their death" (XXXIV, 8–9). In Flaubert's story, it is Julian who, rightly, blames her, and it is because he cannot forgive her that he goes off alone. M. Dumesnil suggests another reason for Flaubert's making him go off alone: to tone down the traditional ending to the legend, according to which the leper demands to sleep with Julian's wife. But what evidence is there that Flaubert wanted to tone down anything unpleasant, ever? Consider the murder scene, the description of the leper, and the last scene with the leper!

Other reasons can be found for this important modification, whereby Julian departs alone; in the first place, Flaubert associates himself with the solitary traveller (to whom he gives some of his own characteristics, as mentioned), just as he does in his letters with the martyr Polycarp, facing *alone* the howling mob, and with St Anthony, undergoing *alone* all the temptations. Secondly, Flaubert was probably following a commonly acknowledged principle of short story writing, namely, that the reader's attention should not be divided between two main characters. The mediaeval versions are inferior from the point of view of construction precisely because after having no secondary characters at all before Julian's marriage, equal importance is then given to him and to his wife.

Finally, Flaubert has changed the ending of the story. In the *Prose Tale* the leper makes the three demands for food, drink and warmth which recur in folk literature, and Flaubert introduces the same demands. Then, in the *Prose Tale*, the leper asks Julian to lend him his wife to keep him warm. However, *before* she gets into bed, the leper disappears, and Christ's voice is heard (M. Maynial's remark in his edition of the *Trois Contes*, that "Flaubert a substitué à l'ange de la légende la figure du Christ" disregards the *Prose Tale* version). In the *Golden Legend* version, Julian merely "laid him in his own bed and covered him with care". In Langlois's version, Julian and his wife "étendent au milieu d'eux, dans leur propre lit, leur affreux hôte, et se pressent à ses côtés pour lui communiquer leur chaleur naturelle". Flaubert has to make Julian accomplish all this alone, and he does it by welding together the *Prose Tale* and Langlois versions. The curiously bisexual detail "bouche contre bouche" can be accounted for more easily if we assume Flaubert's *point de départ* for the scene as being the *Prose Tale* episode, in which it is the wife who offers her warmth; now, the *Prose Tale* also describes Julian's parents as sleeping in his bed "bouche à bouche". The parallel between the two bed-scenes would have been obvious to Flaubert, especially after reading in the *Prose Tale* that Julian and his wife die "in the same way as Julian killed his father and mother, with one blow". As his mind travelled from the one scene to the other, the "bouche contre bouche" detail (which otherwise seems inexplicably crude and repulsive) seems to have been transposed.

Flaubert makes the death of Julian follow immediately on the transformation of the leper. In the *Golden Legend* he dies "shortly after". In the *Prose Tale* the leper vanishes, and after Julian and his wife have looked everywhere for him, they hear a voice saying: "I am Christ from whose sight nothing is hidden, and for your goodness and your faith in your Lord your sin of murder is pardoned." Then seven years pass before they are killed ("with God's consent") by robbers and their bodies are carried to Brioude (Haute-Loire). Both these versions lack the dramatic intensity reached in Flaubert's neat and concise ending which avoids anti-climax and achieves good artistic balance and economy.

The ecstatic and mystic overtones with which Flaubert endows this scene bear a remarkable resemblance to the style of certain passages in an early work of his, *La Danse des Morts* (1838):

... et lorsque vous ne serez plus rien, comme la terre sur laquelle vous dansez, un vent d'été, doux, plein de parfums et de délices, enlèvera peut-être vos poussières et les jettera sur des roses .... Et l'immensité pleine d'azur était partout.... Partout le firmament étincelait de mille clartés.... Des âmes montaient au ciel avec leurs ailes blanches qui volaient ainsi; elles chantaient, et leur voix arrivant vers les saints, semblait comme une hymne d'amour venue du lointain et qui, dans sa course éthérée, emporte avec elle des zéphirs suaves et doux et des parfums partis du cœur ... *etc.*

The style of this description of souls being wafted up to Heaven harmonized completely with the traditional ending of the St Julian legend; the *Golden Legend* merely states that the leper changed into a shining angel and rose into the air, and the *Prose Tale* is even less descriptive. Flaubert's treatment of the transfiguration scene may not have been entirely a spontaneous harking-back to his early style; the idea may have been suggested to him by Maury's *Légendes Pieuses du Moyen Age* (which we know he read, from a letter to Caroline, 30.9.1875) containing the following details: "Rien n'est plus commun dans les livres juifs que les comparaisons tirées du lis et de la rose" (p. 73); many pious souls have "à l'instant du passage dans le ciel, jeté de délicieux parfums" (*idem.*); "Suivant la *Légende Dorée*, une odeur délicieuse se répandit dans Alexandrie, au moment où l'on emportait le corps de Saint Marc pour Venise" (p. 93).

Background. The poignancy and intensity of the tragic story of St Julian are increased when it is played out in an atmosphere of living reality. The care with which Flaubert establishes the details of geography, architecture, costume, furnishing, entertainment and sport is obvious from the story itself, and Flaubert's own notes (reproduced in the Commentary) make it even more so. The beautifully clear and picturesque setting of the opening pages of the story, the description of the *milieu* in which Julian is brought up, all this is quite lacking in any previous version. The secondary characters are made more living (although still idealized in the case of the parents), Julian's wife becoming a minor Salome or Salammbô. Although Flaubert omits much that the *Prose Tale* tells us about Julian's journeyings after his voluntary exile, he replaces it with adventures carefully chosen to show Julian's various qualities and to satisfy his own love of foreign, exotic place-names.   These factual details, together with the precise information with which he spices every important episode (the hunting scenes, the murder, the lonely wanderings, the leper . . .) all play their part in lifting the legend out of the realm of fairy-story into that of great literature.

Psychological intensification.   Whereas previous versions make Julian a plaything of chance, Flaubert faces the challenge of making acceptable to the modern reader believing in a large measure of self-determination, the basic premise of the story: that an angelic, nobly-born child of good parents can murder his mother and father, and then become a saint.   He does this by developing Julian's character gradually with convincingly complex traits, and by making Julian largely responsible for the murder through his inherent weakness.   The Commentary (see Note 28) shows how Flaubert succeeds in making the story convincing on various levels (from the mediaeval symbolism of plants to the influence of environment and the inheritance of conflicting characteristics), whilst still retaining (and even increasing) the ever-present power of Providence in the background. The welding together of these various forces with such harmonious unity constitutes Flaubert's most profound artistic achievement in the story.

Flaubert brings to the fore the connection between cruelty to animals and the murder of loved ones as a punishment.   The stag does not merely predict or warn: he threatens.   Flaubert therefore imposes on the legend a concept that is far from mediaeval, an ideal of the century which saw the birth of the R.S.P.C.A. (1824) and its French counterpart (1845); the public was willing to accept the logic of such punishment in the nineteenth century.   In the *Prose Tale* Julian's cruel streak is hinted at, and he will not bear arms after the prediction.   Flaubert makes him also give up hunting since this sport is inextricably bound up in Julian's mind with the possibility of killing his parents. The psychological continuity of the story is thus developed: cruel passion for shedding animal blood leads to prediction and curse, therefore giving way to temptation to hunt will lead to fulfilment of prediction and curse.

The second fantastic hunting scene becomes a central one in Flaubert's version, for without it there would be no murder. It is not enough for Julian just to be absent when his parents arrive (as in the *Golden Legend*) or engaged in an ordinary hunt (as in the *Prose Tale*); he has to be put into a thoroughly bloodthirsty frame of mind; he has to be tantalized and infuriated by the divinely-protected animals, so that he is not in the mood for asking questions before slaying the occupants of his bed.

Just as Flaubert increases Julian's responsibility, by giving him an innate weakness upon which Fate plays (in truly classical manner), he also makes him suffer more before he is pardoned. In the *Golden Legend* it is enough for him to become a ferryman and to place the leper in his bed. In the *Prose Tale*, he has to be willing to sacrifice his wife. But Flaubert's Julian goes through years of mental torment, of solitary anguish unalleviated by his wife's companionship. Finally, it is Julian alone who welcomes the living death of leprosy as proof of his desire for utter self-sacrifice.

However, by increasing Julian's responsibility, Flaubert has made it more difficult for us to believe that this hot-tempered young man deserves to be a saint. He has, as it were, paid off his debt by his sacrifices; but has he obtained any credit? This depends on the extent to which he is responsible for his actions. In the *Golden Legend*, Julian is almost blameless; the murder there is a terrible mistake which could have been avoided if Julian had had more faith in his wife's virtue, and we feel that Julian is a pathetic victim whose torment and sacrifice outweigh his responsibility so much that he deserves to be rewarded by saintlihood. But in Flaubert's story, are we asked to believe that Julian's cruel lust for blood is divinely inspired, or that Julian must accept full responsibility for it himself? "Il ne se révoltait pas contre Dieu qui lui avait infligé cette action, et pourtant se désespérait de l'avoir pu commettre."

The ambiguity of these feelings reflects Flaubert's own inconsistency in the matter; if God had inflicted this action (and the weakness which made it possible) upon Julian, why should he imagine he could ever have escaped committing it? Although Flaubert maintains a careful balance between Providence and personal responsibility, he loses in consistency what he gains in psychological complexity and verisimilitude. At what point does the power of Providence begin and cease to operate? If it can place human beings in circumstances which aggravate weaknesses of character (*e.g.*, the second hunt), then it might be considered equally responsible for the combination of chromosomes and the childhood environment which produce that weakness.

In *Madame Bovary*, Charles utters the cry, "C'est la faute de la fatalité." Of what does this "fatalité" consist where Emma is concerned—never finding the kind of happiness that appeals to her temperament? Or not having the kind of temperament capable of finding happiness in her surroundings? For Julian, does this "fatalité" consist in having been born into a society which fosters in young men a liking for hunting and prowess with weapons? Or in having been born with the kind of cruel streak that would be encouraged by the ordinary pursuits of a young nobleman of those times? Flaubert shows Julian as an object of divine attention from birth, which gives the story its original pattern of successive and interconnected climaxes and tragic inevitability. But this unity is achieved only by altering what is in the mediaeval versions a logical progression, from the prediction to its undeserved and almost accidental fulfilment, thence to the final pardon in recognition of services rendered and earnest penance. But when, as in Flaubert's story, the cruelty of Julian is divinely inspired and punished by a divinely ordained murder for which he has to seek forgiveness, as though he were entirely responsible for it, we begin to wonder what is the point—the *meaning*—of this gory, life-long, inexorable game of cat-and-mouse in which Providence indulges. Like Racine's *Phèdre*, Flaubert's *Saint Julien* is a religious compromise; we are asked to believe that a Christian God would exert his powers to make a man sin, that He would, like Venus, consent to be "à sa proie attaché". Again, where does individual responsibility end and divine determinism begin in this story? That is a fundamental problem not presented by the mediaeval versions, and not satisfactorily resolved in Flaubert's story. However, it is but a small disadvantage when compared with the immense structural, psychological, and poetic superiority of Flaubert's treatment of the theme, and the added interest it thus acquires for the modern reader.

"Hérodias" and History

Hérodias was the most difficult of the three stories to write, and presented three very great problems: the transformation of months of erudite labour into art; the re-creation of the complex political and religious situation clearly and concisely; and the presentation of the characters both as living individuals and as symbols of bitter racial conflict. He met with varying success.

In this story Flaubert has condensed the historical events of many years into twenty-four hours. This condensation results in the excessive concision and obscurity which mar the story. His failure to 'faire clair' can be measured by the amount of space devoted to explanatory notes to Hérodias. The obscurity of one passage led the historian Taine to make an amusing 'howler'; this is some consolation to those who have to struggle with Flaubert's abstruse allusions (see Note 12). Not all the occurrences he mentions actually happened to Herod-Antipas—some happened to his father, Herod the Great; some, much later, through the future king Herod-Agrippa; and some not at all. The important thing is that they are all highly characteristic of the kind of event that could have happened during this troubled period. We are in the realm of 'what might have been'. This is fiction, not history; art, not science. But the dividing line between them is often very difficult to distinguish. We can now understand the apparently paradoxical statement made by Flaubert in a letter to George Sand whilst he was working on the Trois Contes (December 1875):

3 +

Je regarde comme très secondaire le détail technique, le renseignement local, enfin le côté historique et exact des choses. Je recherche
par-dessus tout *la beauté*, dont mes compagnons sont médiocrement
en quête.

Flaubert's aim, in writing *Hérodias*, was to create an artistic
transformation of history whilst avoiding all doctrinaire elements,
moralizing, and religious *parti-pris*. He does not condemn
Herodias or Antipas any more than he condemns Emma Bovary;
they are all humans with different weaknesses. St John the
Baptist is a dramatic rather than a religious character, but
Flaubert's interest is not centred on him. The saint's place in
Christian history is not in the least important for him, and he
neutralizes it by calling him Iaokanann throughout.

Let us consider the situation as Flaubert presents it at the
beginning of the story. Antipas is peering out from his fortress
of Machaerus at the encampment of "le roi des Arabes", Aretas
or Harith IV (king of the Nabataeans). Harith is about to attack
Antipas because he has repudiated his daughter (Antipas's first
wife) in order to marry Herodias, thus rekindling the ancient
feud between the two rulers. Antipas is waiting desperately
for Roman reinforcements under Vitellius, and is afraid they
will not come, for two reasons: Tiberius might have withdrawn
his support from him under the hostile influence of Herodias's
brother, Agrippa; and he, Antipas, has offended Vitellius per-
sonally. The year is about A.D. 31. All this is considerably
less clear as Flaubert presents it, but the important thing is that
none of it is historically true. Antipas married Herodias in A.D. 27
(just when John the Baptist was beginning his ministry) and his
first wife fled to Petra, her father's capital, *via* Machaerus which,
according to some authorities, was in Harith's hands at the time.
It was not until A.D. 36 that Antipas played his dirty trick on
Vitellius (see Note 73), and it was in A.D. 37 that Harith paid off
his old score against Antipas by defeating his army in the tetrarch's
absence, with the result that Tiberius ordered Vitellius to march
against Harith. In the story, the war has been going on for
twelve years!

The initial situation, then, is plainly based on anachronisms. They are not the only ones. Vitellius was not Governor of Syria until A.D. 35—and was certainly not at Machaerus when John the Baptist was beheaded. Agrippa (of whose imprisonment Herodias brings news) was not thrown into prison until six months before Tiberius died (A.D. 37), and was at the time John died employed by Antipas in a minor government position. Several other events in the story are based on occurrences dating from 4 B.C. to A.D. 39 (full details are given in the Commentary).

These anachronisms are not the result of ignorance (Flaubert knew his dates perfectly well). "La première qualité de l'art, et son but," he wrote, "est l'illusion" (16.9.1853). He found, in *Hérodias*, that it was possible to achieve this overall artistic illusion and unity only by making minor changes of historical fact, and since these changes do not make the final effect false or misleading (except, of course, chronologically), they are warranted. The introduction of Vitellius, for example, is completely excusable from an artistic point of view—in fact, it is a *trouvaille* of the first order (see Notes 64 and 65).

It is Flaubert's artistic sense, then, which determines his choice of details as well as his choice among different versions of events given by historians. The death of John the Baptist, for example, is not explained in the same way by the Gospels and by Flavius Josephus. Josephus says that Herod feared John might incite his numerous disciples to revolt, and that "by the malice and contrivance of Herodias" he was put to death. Flaubert preferred the Gospel version, however, which substitutes human passions for politics, and enables him to make Salome's dance the climax of the story. He rejects dry history in favour of colourful legend, and congratulates himself on having "expédié Flavius Josèphe, lequel était un joli bourgeois! c'est-à-dire un plat personnage".

There was another important choice he had to make, concerning the tetrarch's attitude towards John the Baptist (see Note 56). According to St Matthew, Antipas was brutal and strong-willed; but St Mark says he respected the Baptist and put him to death against his will. Flaubert's choice of version is determined by his conception of Antipas as a weak and pathetic character. History is at the service of the creative writer.

The concentration of historical events and the selection of details are governed by two main considerations: first, the need to bring out the racial factor which Flaubert believed to be a profound influence on individual psychology ("Je crois à la race plus qu'à l'éducation . . . l'on porte au cœur, sans le savoir, la poussière de ses ancêtres morts," he wrote (12.6.1852); in Herodias's day, he thought, "la question des races dominait tout"). Secondly, the artist's freedom to set his imagination to work at a given moment and mould the factual clay into an artistic form.

The problems presented by each of the *Trois Contes* were formidable in their very different ways. Flaubert's occasional failures must be measured by the complexity of the challenges he set himself. The final impression left by the stories is one of intense artistic striving, of *Le Géant*'s uncompromising struggle to endow banal reality, simple legend, and complex history with psychological depth, poetic beauty, and classical unity.

UN CŒUR SIMPLE

I

Pendant un demi-siècle, les bourgeoises de Pont-l'Evêque[1] envièrent à Mme Aubain[2] sa servante Félicité.[3]

Pour cent francs par an, elle faisait la cuisine et le ménage, cousait, lavait, repassait, savait brider un cheval, engraisser les volailles, battre le beurre, et resta fidèle à sa maîtresse,[4] — qui cependant n'était pas une personne agréable.

Elle[5] avait épousé un beau garçon sans fortune,[6] mort au commencement de 1809,[7] en lui laissant deux enfants très jeunes avec une quantité de dettes. Alors elle vendit ses immeubles, sauf la ferme de Toucques et la ferme de Geffosses,[8] dont les rentes montaient à 5.000 francs tout au plus, et elle quitta sa maison de Saint-Melaine pour en habiter une autre moins dispendieuse, ayant appartenu à ses ancêtres et placée derrière les halles.

Cette maison,[9] revêtue d'ardoises, se trouvait entre un passage et une ruelle aboutissant à la rivière. Elle avait intérieurement des différences de niveau qui faisaient trébucher. Un vestibule étroit séparait la cuisine de la *salle*[10] où Mme Aubain se tenait tout le long du jour, assise près de la croisée dans un fauteuil de paille. Contre le lambris, peint en blanc, s'alignaient huit chaises d'acajou. Un vieux piano supportait, sous un baromètre, un tas pyramidal de boîtes et de cartons. Deux bergères de tapisserie[11] flanquaient la cheminée en marbre jaune et de style Louis XV. La pendule, au milieu, représentait un temple de Vesta,[12] — et tout l'appartement sentait un peu le moisi, car le plancher était plus bas que le jardin.

Au premier étage, il y avait d'abord la chambre de « Madame », très grande, tendue d'un papier à fleurs pâles, et contenant le portrait de « Monsieur » en costume de muscadin.[13] Elle communiquait avec une chambre plus petite, où l'on voyait deux couchettes d'enfants, sans matelas.[14] Puis venait le salon, toujours fermé, et rempli de meubles recouverts d'un drap. Ensuite un corridor menait à un cabinet d'étude; des livres et des paperasses garnissaient les rayons d'une bibliothèque entourant de ses trois côtés un large bureau de bois noir. Les deux panneaux en retour[15] disparaissaient sous des dessins à la plume, des paysages à la gouache et des gravures d'Audran,[16] souvenirs d'un temps meilleur et d'un luxe évanoui. Une lucarne au second étage éclairait la chambre de Félicité, ayant vue sur les prairies.[17]

Elle se levait dès l'aube, pour ne pas manquer la messe, et travaillait jusqu'au soir sans interruption; puis, le dîner étant fini, la vaisselle en ordre et la porte bien close, elle enfouissait la bûche sous les cendres et s'endormait devant l'âtre, son rosaire à la main. Personne, dans les marchandages, ne montrait plus d'entêtement. Quant à la propreté, le poli des casseroles faisait le désespoir des autres servantes. Econome, elle mangeait avec lenteur, et recueillait du doigt sur la table les miettes de son pain, — un pain de douze livres, cuit exprès pour elle, et qui durait vingt jours.

En toute saison elle portait un mouchoir d'indienne[18] fixé dans le dos par une épingle, un bonnet lui cachant les cheveux, des bas gris, un jupon rouge, et par-dessus sa camisole un tablier à bavette, comme les infirmières d'hôpital.[19]

Son visage était maigre et sa voix aiguë. A vingt-cinq ans, on lui en donnait quarante. Dès la cinquantaine, elle ne marqua plus aucun âge; — et, toujours silencieuse, la taille droite et les gestes mesurés, semblait une femme en bois, fonctionnant d'une manière automatique.[20]

II

Elle avait eu, comme une autre, son histoire d'amour.[21]

Son père, un maçon, s'était tué en tombant d'un échafaudage. Puis sa mère mourut, ses sœurs se dispersèrent, un fermier la recueillit et l'employa toute petite à garder les vaches dans la campagne. Elle grelottait sous des haillons, buvait à plat ventre l'eau des mares,[22] à propos de rien était battue, et finalement fut chassée pour un vol de trente sols,[23] qu'elle n'avait pas commis.

Elle entra dans une autre ferme, y devint fille de basse-cour, et, comme elle plaisait aux patrons, ses camarades la jalousaient.

Un soir du mois d'août (elle avait alors dix-huit ans), ils l'entraînèrent à l'assemblée[24] de Colleville. Tout de suite elle fut étourdie,[25] stupéfaite par le tapage des ménétriers, les lumières dans les arbres, la bigarrure des costumes, les dentelles, les croix d'or,[26] cette masse de monde sautant à la fois. Elle se tenait à l'écart modestement, quand un jeune homme d'apparence cossue, et qui fumait sa pipe les deux coudes sur le timon d'un banneau,[27] vint l'inviter à la danse. Il lui paya du cidre, du café, de la galette, un foulard, et, s'imaginant qu'elle le devinait, offrit de la reconduire.[28] Au bord d'un champ d'avoine, il la renversa brutalement. Elle eut peur et se mit à crier. Il s'éloigna.

Un autre soir, sur la route de Beaumont, elle voulut dépasser un grand chariot de foin qui avançait lentement, et en frôlant les roues elle reconnut Théodore.[29]

Il l'aborda d'un air tranquille, disant qu'il fallait tout pardonner, puisque c'était « la faute de la boisson ».

Elle ne sut que répondre et avait envie de s'enfuir.

Aussitôt il parla des récoltes et des notables de la commune, car son père avait abandonné Colleville pour la ferme des Ecots, de sorte que maintenant ils se trouvaient voisins. — « Ah! » dit-elle. Il ajouta qu'on désirait l'établir. Du reste, il n'était pas pressé, et attendait une femme à son goût. Elle baissa la tête. Alors il lui demanda si elle pensait au mariage. Elle reprit, en souriant, que c'était mal de se moquer.[30] — « Mais non, je vous jure! » et du bras gauche il lui entoura la taille; elle marchait soutenue par son étreinte;[31] ils se ralentirent. Le vent était mou, les étoiles brillaient, l'énorme charrette de foin oscillait devant eux; et les quatre chevaux, en traînant leurs pas, soulevaient de la poussière. Puis, sans commandement, ils tournèrent à droite. Il l'embrassa encore une fois. Elle disparut dans l'ombre.[32]

Théodore, la semaine suivante, en obtint des rendez-vous.

Ils se rencontraient au fond des cours, derrière un mur, sous un arbre isolé. Elle n'était pas innocente à la manière des demoiselles, — les animaux l'avaient instruite; — mais la raison

3*

et l'instinct de l'honneur l'empêchèrent de faillir. Cette résistance exaspéra l'amour de Théodore, si bien que pour le satisfaire (ou naïvement peut-être) il proposa de l'épouser. Elle hésitait à le croire. Il fit de grands serments.

Bientôt il avoua quelque chose de fâcheux: ses parents, l'année dernière, lui avaient acheté un homme;[33] mais d'un jour à l'autre on pourrait le reprendre; l'idée de servir l'effrayait. Cette couardise fut pour Félicité une preuve de tendresse; la sienne en redoubla. Elle s'échappait la nuit,[34] et, parvenue au rendez-vous, Théodore la torturait avec ses inquiétudes et ses instances.

Enfin, il annonça qu'il irait lui-même à la Préfecture prendre des informations,[35] et les apporterait dimanche prochain, entre onze heures et minuit.

Le moment arrivé, elle courut vers l'amoureux.

A sa place, elle trouva un de ses amis.

Il lui apprit qu'elle ne devait plus le revoir. Pour se garantir de la conscription,[36] Théodore avait épousé une vieille femme très riche, Mme Lehoussais, de Touques.

Ce fut un chagrin désordonné. Elle se jeta par terre, poussa des cris, appela le bon Dieu, et gémit toute seule dans la campagne jusqu'au soleil levant.[37] Puis elle revint à la ferme, déclara son intention d'en partir; et, au bout du mois, ayant reçu ses comptes,[38] elle enferma tout son petit bagage dans un mouchoir et se rendit à Pont-l'Evêque.

Devant l'auberge, elle questionna une bourgeoise en capeline de veuve,[39] et qui précisément cherchait une cuisinière. La jeune fille ne savait pas grand'chose, mais paraissait avoir tant de bonne volonté et si peu d'exigences que Mme Aubain finit par dire:

— « Soit, je vous accepte! »

Félicité, un quart d'heure après, était installée chez elle.

D'abord elle y vécut dans une sorte de tremblement que lui causaient « le genre de la maison »[40] et le souvenir de « Monsieur », planant sur tout! Paul et Virginie,[41] l'un âgé de sept ans, l'autre de quatre à peine, lui semblaient formés d'une matière précieuse; elle les portait sur son dos comme un cheval, et Mme Aubain lui défendit de les baiser à chaque minute, ce qui la mortifia.

Cependant elle se trouvait heureuse. La douceur du milieu avait fondu sa tristesse.[42]

Tous les jeudis, des habitués venaient faire une partie de boston.[43] Félicité préparait d'avance les cartes et les chaufferettes. Ils arrivaient à huit heures bien juste, et se retiraient avant le coup de onze.

Chaque lundi matin, le brocanteur qui logeait sous l'allée[44] étalait par terre ses ferrailles. Puis la ville se remplissait d'un bourdonnement de voix, où se mêlaient des hennissements de chevaux, des bêlements d'agneaux, des grognements de cochons, avec le bruit sec[45] des carrioles dans la rue.[46] Vers midi, au plus fort du marché,[47] on voyait paraître sur le seuil un vieux paysan de haute taille, la casquette en arrière, le nez crochu, et qui était Robelin, le fermier de Geffosses. Peu de temps après, — c'était Liébard, le fermier de Toucques, petit, rouge, obèse, portant une veste grise et des houseaux armés d'éperons.

Tous deux offraient[48] à leur propriétaire des poules ou des fromages. Félicité invariablement déjouait leurs astuces; et ils s'en allaient pleins de considération pour elle.

A des époques indéterminées, Mᵐᵉ Aubain recevait la visite du marquis de Grémanville,[49] un de ses oncles, ruiné par la crapule, et qui vivait à Falaise sur le dernier lopin de ses terres. Il se présentait toujours à l'heure du déjeuner, avec un affreux caniche dont les pattes salissaient tous les meubles. Malgré ses efforts pour paraître gentilhomme jusqu'à soulever son chapeau chaque fois qu'il disait: « Feu mon père », l'habitude l'entraînant, il se versait à boire coup sur coup et lâchait des gaillardises. Félicité le poussait dehors poliment: « Vous en avez assez, monsieur de Grémanville! A une autre fois! » Et elle refermait la porte.

Elle l'ouvrait avec plaisir devant M. Bourais,[50] ancien avoué. Sa cravate blanche et sa calvitie, le jabot de sa chemise, son ample redingote brune, sa façon de priser en arrondissant le bras, tout son individu lui produisait ce trouble où nous jette le spectacle des hommes extraordinaires.

Comme il gérait les propriétés de « Madame », il s'enfermait avec elle pendant des heures dans le cabinet de « Monsieur », et craignait toujours de se compromettre, respectait infiniment la magistrature, avait des prétentions au latin.

Pour instruire les enfants d'une manière agréable, il leur fit cadeau d'une géographie en estampes. Elles représentaient différentes scènes du monde, des anthropophages coiffés de plumes, un singe enlevant une demoiselle, des Bédouins dans le désert, une baleine qu'on harponnait, etc.[51]

Paul donna l'explication de ces gravures à Félicité.[52] Ce fut même toute son éducation littéraire.

Celle des enfants était faite par Guyot, un pauvre diable employé à la Mairie, fameux pour sa belle main,[53] et qui repassait son canif sur sa botte.

Quand le temps était clair, on s'en allait de bonne heure à la ferme de Geffosses.

La cour est en pente, la maison dans le milieu; et la mer, au loin, apparaît comme une tache grise.[54]

Félicité retirait de son cabas des tranches de viande froide, et on déjeunait dans un appartement faisant suite à la laiterie. Il était le seul reste d'une habitation de plaisance, maintenant disparue. Le papier de la muraille en lambeaux tremblait aux courants d'air. Mme Aubain penchait son front, accablée de souvenirs;[55] les enfants n'osaient plus parler. « Mais jouez donc! » disait-elle. Ils décampaient.

Paul montait dans la grange, attrapait des oiseaux, faisait des ricochets sur la mare, ou tapait avec un bâton les grosses futailles qui résonnaient comme des tambours.

Virginie donnait à manger aux lapins, se précipitait pour cueillir des bluets, et la rapidité de ses jambes découvrait ses petits pantalons brodés.[56]

Un soir d'automne, on s'en retourna par les herbages.

La lune à son premier quartier éclairait une partie du ciel, et un brouillard flottait comme une écharpe sur les sinuosités de la Toucques.[57] Des bœufs, étendus au milieu du gazon, regardaient tranquillement ces quatre personnes passer. Dans la troisième pâture quelques-uns se levèrent, puis se mirent en rond devant elles. — « Ne craignez rien! » dit Félicité; et, murmurant une

sorte de complainte, elle flatta sur l'échine celui qui se trouvait
le plus près; il fit volte-face, les autres l'imitèrent. Mais quand
l'herbage suivant fut traversé, un beuglement formidable s'éleva.
C'était un taureau, que cachait le brouillard. Il avança vers les
deux femmes. Mme Aubain allait courir. — « Non! non! moins
vite!» Elles pressaient le pas cependant, et entendaient par derrière
un souffle sonore[58] qui se rapprochait. Ses sabots, comme des
marteaux, battaient l'herbe de la prairie;[59] voilà qu'il galopait
maintenant! Félicité se retourna, et elle arrachait à deux mains
des plaques de terre qu'elle lui jetait dans les yeux. Il baissait
le mufle, secouait les cornes et tremblait de fureur en beuglant
horriblement. Mme Aubain, au bout de l'herbage avec ses deux
petits, cherchait éperdue comment franchir le haut bord.[60]
Félicité reculait toujours devant le taureau, et continuellement
lançait des mottes de gazon qui l'aveuglaient, tandis qu'elle
criait: — « Dépêchez-vous! dépêchez-vous! »

Mme Aubain descendit le fossé, poussa Virginie, Paul ensuite,
tomba plusieurs fois en tâchant de gravir le talus, et à force de
courage y parvint.

Le taureau avait acculé Félicité contre une claire-voie;[61] sa
bave lui rejaillissait à la figure, une seconde de plus il l'éventrait.
Elle eut le temps de se couler entre deux barreaux, et la grosse
bête, toute surprise, s'arrêta.

Cet événement, pendant bien des années, fut un sujet de con-
versation à Pont-l'Évêque. Félicité n'en tira aucun orgueil, ne
se doutant même pas qu'elle eût rien fait d'héroïque.

Virginie l'occupait exclusivement; — car elle eut, à la suite
de son effroi, une affection nerveuse, et M. Poupart,[62] le docteur,
conseilla les bains de mer de Trouville.[63]

Dans ce temps-là, ils n'étaient pas fréquentés. Mme Aubain
prit des renseignements, consulta Bourais, fit des préparatifs
comme pour un long voyage.[64]

Ses colis partirent la veille, dans la charrette de Liébard. Le
lendemain, il amena deux chevaux dont l'un avait une selle de
femme, munie d'un dossier de velours; et sur la croupe du second
un manteau roulé ₁ormait une manière de siège. Mme Aubain
y monta, derrière lui. Félicité se chargea de Virginie, et Paul

enfourcha l'âne de M. Lechaptois,[65] prêté sous la condition d'en avoir grand soin.

La route était si mauvaise que ses huit kilomètres exigèrent deux heures.[66] Les chevaux enfonçaient jusqu'aux paturons[67] dans la boue et faisaient pour en sortir de brusques mouvements des hanches; ou bien ils butaient contre les ornières;[68] d'autres fois, il leur fallait sauter. La jument de Liébard, à de certains endroits, s'arrêtait tout à coup. Il attendait patiemment qu'elle se remît en marche; et il parlait des personnes dont les propriétés bordaient la route, ajoutant à leur histoire des réflexions morales. Ainsi, au milieu de Toucques, comme on passait sous des fenêtres entourées de capucines, il dit, avec un haussement d'épaules: — «En voilà une, Mme Lehoussais, qui au lieu de prendre un jeune homme...» Félicité n'entendit pas le reste;[69] les chevaux trottaient, l'âne galopait; tous enfilèrent un sentier, une barrière tourna, deux garçons parurent, et l'on descendit devant le purin, sur le seuil même de la porte.

La mère Liébard,[70] en apercevant sa maîtresse, prodigua les démonstrations de joie.[71] Elle lui servit un déjeuner où il y avait un aloyau, des tripes, du boudin, une fricassée de poulet, du cidre mousseux, une tarte aux compotes et des prunes à l'eau-de-vie, accompagnant le tout de politesses à Madame qui paraissait en meilleure santé, à Mademoiselle devenue « magnifique », à M. Paul singulièrement « forci »,[72] sans oublier leurs grands-parents défunts que les Liébard avaient connus, étant au service de la famille depuis plusieurs générations. La ferme avait, comme eux, un caractère d'ancienneté. Les poutrelles du plafond étaient vermoulues, les murailles noires de fumée, les carreaux gris de poussière. Un dressoir en chêne supportait toutes sortes d'ustensiles, des brocs, des assiettes, des écuelles d'étain,[73] des pièges à loup, des forces[73] pour les moutons; une seringue[73] énorme fit rire les enfants. Pas un arbre des trois cours qui n'eût[74] des champignons à sa base, ou dans ses rameaux une touffe de gui. Le vent en avait jeté bas plusieurs.[75] Ils avaient repris par le milieu; et tous fléchissaient sous la quantité de leurs pommes. Les toits de paille, pareils à du velours brun et inégaux d'épaisseur, résistaient aux plus fortes bourrasques.

Cependant la charreterie tombait en ruines. Mme Aubain dit qu'elle aviserait[76] et commanda de reharnacher[77] les bêtes.

On fut encore une demi-heure avant d'atteindre Trouville. La petite caravane mit pied à terre pour passer les *Ecores*;[78] c'était une falaise surplombant des bateaux; et trois minutes plus tard, au bout du quai, on entra dans la cour de l'*Agneau d'or*,[79] chez la mère David.

Virginie, dès les premiers jours, se sentit moins faible, résultat du changement d'air et de l'action des bains. Elle les prenait en chemise, à défaut d'un costume;[80] et sa bonne la rhabillait dans une cabane de douanier qui servait aux baigneurs.

L'après-midi, on s'en allait avec l'âne au-delà des Roches-Noires, du côté d'Hennequeville.[81] Le sentier, d'abord, montait entre des terrains vallonnés comme la pelouse d'un parc, puis arrivait sur un plateau où alternaient des pâturages et des champs en labour. A la lisière du chemin, dans le fouillis des ronces,[82] des houx se dressaient; çà et là, un grand arbre mort faisait sur l'air bleu des zigzags avec ses branches.

Presque toujours on se reposait dans un pré, ayant Deauville à gauche, Le Havre à droite, et en face la pleine mer. Elle était brillante de soleil, lisse comme un miroir, tellement douce qu'on entendait à peine son murmure; des moineaux cachés pépiaient, et la voûte immense du ciel recouvrait tout cela. Mme Aubain, assise, travaillait à son ouvrage de couture; Virginie près d'elle tressait des joncs; Félicité sarclait des fleurs de lavande; Paul, qui s'ennuyait, voulait partir.

D'autres fois, ayant passé la Toucques en bateau, ils cherchaient des coquilles. La marée basse laissait à découvert des oursins,[83] des godefiches,[83] des méduses;[83] et les enfants couraient, pour saisir des flocons d'écume que le vent emportait. Les flots endormis, en tombant sur le sable, se déroulaient le long de la grève; elle s'étendait à perte de vue, mais du côté de la terre avait pour limite les dunes la séparant du *Marais*, large prairie en forme d'hippodrome.[84] Quand ils revenaient par là, Trouville, au fond sur la pente du coteau, à chaque pas grandissait, et avec toutes ses maisons inégales semblait s'épanouir dans un désordre gai.

Les jours qu'il faisait trop chaud, ils ne sortaient pas de leur chambre. L'éblouissante clarté du dehors plaquait des barres de lumière entre les lames des jalousies. Aucun bruit dans le village. En bas, sur le trottoir, personne. Ce silence épandu augmentait la tranquillité des choses. Au loin, les marteaux des calfats[85] tamponnaient des carènes, et une brise lourde apportait la senteur du goudron.

Le principal divertissement était le retour des barques. Dès qu'elles avaient dépassé les balises,[86] elles commençaient à louvoyer. Leurs voiles descendaient aux deux tiers des mâts;[87] et, la misaine gonflée comme un ballon, elles avançaient, glissaient dans le clapotement des vagues, jusqu'au milieu du port, où l'ancre tout à coup tombait.[88] Ensuite le bateau se plaçait contre le quai. Les matelots jetaient par-dessus le bordage des poissons palpitants; une file de charrettes les attendait, et des femmes en bonnet de coton s'élançaient pour prendre les corbeilles et embrasser leurs hommes.

Une d'elles, un jour, aborda Félicité, qui peu de temps après entra dans la chambre, toute joyeuse. Elle avait retrouvé une sœur; et Nastasie Barette,[89] femme Leroux, apparut, tenant un nourrisson à sa poitrine, de la main droite un autre enfant, et à sa gauche un petit mousse[90] les poings sur les hanches et le béret sur l'oreille.

Au bout d'un quart d'heure, Mme Aubain la congédia.

On les rencontrait toujours aux abords de la cuisine, ou dans les promenades que l'on faisait. Le mari ne se montrait pas.[91]

Félicité se prit d'affection pour eux. Elle leur acheta une couverture, des chemises, un fourneau; évidemment ils l'exploitaient. Cette faiblesse agaçait Mme Aubain, qui d'ailleurs n'aimait pas les familiarités du neveu, — car il tutoyait son fils; — et, comme Virginie toussait et que la saison n'était plus bonne, elle revint à Pont-l'Evêque.

M. Bourais l'éclaira sur le choix d'un collège. Celui de Caen passait pour le meilleur. Paul y fut envoyé; et fit bravement ses adieux, satisfait d'aller vivre dans une maison où il aurait des camarades.

Mme Aubain se résigna à l'éloignement de son fils, parce qu'il
était indispensable.[92] Virginie y songea de moins en moins.
Félicité regrettait son tapage. Mais une occupation vint la
distraire; à partir de Noël, elle mena tous les jours la petite fille
au catéchisme.

                                III

Quand elle avait fait à la porte une génuflexion, elle s'avançait
sous la haute nef entre la double ligne des chaises, ouvrait le
banc de Mme Aubain, s'asseyait, et promenait ses yeux autour
d'elle.[93]
Les garçons à droite, les filles à gauche, emplissaient les stalles
du chœur; le curé se tenait debout près du lutrin; sur un vitrail
de l'abside, le Saint-Esprit dominait la Vierge; un autre la
montrait à genoux devant l'Enfant-Jésus, et, derrière le tabernacle,
un groupe en bois représentait saint Michel terrassant le dragon.
Le prêtre fit d'abord un abrégé de l'Histoire Sainte. Elle
croyait voir le paradis, le déluge, la tour de Babel, des villes
tout en flammes,[94] des peuples qui mouraient, des idoles ren-
versées; et elle garda de cet éblouissement le respect du Très-
Haut et la crainte de sa colère. Puis, elle pleura en écoutant la
Passion. Pourquoi l'avaient-ils crucifié, lui qui chérissait les
enfants, nourrissait les foules, guérissait les aveugles, et avait
voulu, par douceur, naître au milieu des pauvres, sur le fumier
d'une étable?[95] Les semailles, les moissons, les pressoirs, toutes
ces choses familières dont parle l'Evangile, se trouvaient dans sa
vie; le passage de Dieu les avait sanctifiées; et elle aima plus
tendrement les agneaux par amour de l'Agneau,[96] les colombes
à cause du Saint-Esprit.[97]
Elle avait peine à imaginer sa personne; car il n'était pas
seulement oiseau, mais encore un feu, et d'autres fois un souffle.
C'est peut-être sa lumière qui voltige la nuit au bord des maré-
cages, son haleine qui pousse les nuées, sa voix qui rend les
cloches harmonieuses;[98] et elle demeurait dans une adoration,
jouissant de la fraîcheur des murs et de la tranquillité de l'église.
Quant aux dogmes, elle n'y comprenait rien, ne tâcha même pas

de comprendre.[99]   Le curé discourait, les enfants récitaient, elle finissait par s'endormir; et se réveillait tout à coup, quand ils faisaient en s'en allant claquer leurs sabots sur les dalles.   Ce fut de cette manière, à force de l'entendre, qu'elle apprit le caté- chisme, son éducation religieuse ayant été négligée dans sa jeunesse; et dès lors elle imita toutes les pratiques de Virginie, jeûnait comme elle, se confessait avec elle.   A la Fête-Dieu, elles firent ensemble un reposoir.

La première communion la tourmentait d'avance.   Elle s'agita pour les souliers, pour le chapelet, pour le livre, pour les gants. Avec quel tremblement elle aida sa mère à l'habiller!

Pendant toute la messe,[100] elle éprouva une angoisse.   M. Bourais lui cachait un côté du chœur; mais juste en face, le troupeau des vierges portant des couronnes blanches par-dessus leurs voiles abaissés formait comme un champ de neige; et elle reconnaissait de loin la chère petite à son cou plus mignon et son attitude recueillie.   La cloche tinta.   Les têtes se courbèrent; il y eut un silence.   Aux éclats de l'orgue, les chantres et la foule entonnèrent l'*Agnus Dei*; puis le défilé des garçons com- mença; et, après eux, les filles se levèrent.   Pas à pas, et les mains jointes, elles allaient vers l'autel tout illuminé, s'agenouillaient sur la première marche, recevaient l'hostie successivement, et dans le même ordre revenaient à leurs prie-Dieu.   Quand ce fut le tour de Virginie, Félicité se pencha pour la voir; et, avec l'imagination que donnent les vraies tendresses, il lui sembla qu'elle était elle-même cette enfant; sa figure devenait la sienne, sa robe l'habillait, son cœur lui battait dans la poitrine; au moment d'ouvrir la bouche, en fermant les paupières, elle manqua s'évanouir.[101]

Le lendemain, de bonne heure, elle se présenta dans la sacristie, pour que M. le Curé lui donnât la communion.   Elle la reçut dévotement, mais n'y goûta pas les mêmes délices.

Mme Aubain voulait faire de sa fille une personne accomplie; et, comme Guyot ne pouvait lui montrer ni l'anglais ni la musique, elle résolut de la mettre en pension chez les Ursulines d'Honfleur.[102]

L'enfant n'objecta rien.   Félicité soupirait, trouvant Madame insensible. Puis elle songea que sa maîtresse, peut-être, avait raison. Ces choses dépassaient sa compétence.

Enfin, un jour, une vieille tapissière s'arrêta devant la porte; et il en descendit une religieuse qui venait chercher Mademoiselle. Félicité monta les bagages sur l'impériale, fit des recommandations au cocher, et plaça dans le coffre six pots de confitures et une douzaine de poires, avec un bouquet de violettes.

Virginie, au dernier moment, fut prise d'un grand sanglot; elle embrassait sa mère qui la baisait au front en répétant: «Allons! du courage! du courage!» Le marchepied se releva, la voiture partit.

Alors Mme Aubain eut une défaillance; et le soir tous ses amis, le ménage Lormeau, Mme Lechaptois, *ces* demoiselles Rochefeuille, M. de Houppeville et Bourais se présentèrent pour la consoler.

La privation de sa fille lui fut d'abord très douloureuse. Mais trois fois la semaine elle en recevait une lettre, les autres jours lui écrivait, se promenait dans son jardin, lisait un peu, et de cette façon comblait le vide des heures.

Le matin, par habitude, Félicité entrait dans la chambre de Virginie, et regardait les murailles. Elle s'ennuyait de n'avoir plus à peigner ses cheveux, à lui lacer ses bottines, à la border dans son lit, — et de ne plus voir continuellement sa gentille figure, de ne plus la tenir par la main quand elles sortaient ensemble. Dans son désœuvrement, elle essaya de faire de la dentelle. Ses doigts trop lourds cassaient les fils; elle n'entendait à rien, avait perdu le sommeil, suivant son mot, était « minée ».

Pour « se dissiper »,[103] elle demanda la permission de recevoir son neveu Victor.

Il arrivait le dimanche après la messe, les joues roses, la poitrine nue, et sentant l'odeur de la campagne qu'il avait traversée. Tout de suite, elle dressait son couvert. Ils déjeunaient l'un en face de l'autre; et, mangeant elle-même le moins possible pour épargner la dépense, elle le bourrait tellement de nourriture qu'il finissait par s'endormir. Au premier coup des vêpres, elle le réveillait, brossait son pantalon, nouait sa cravate, et se rendait à l'église, appuyée sur son bras dans un orgueil maternel.

Ses parents le chargeaient toujours d'en tirer quelque chose, soit un paquet de cassonade, du savon, de l'eau-de-vie, parfois même de l'argent. Il apportait ses nippes à raccommoder; et elle acceptait cette besogne, heureuse d'une occasion qui le forçait à revenir.

Au mois d'août, son père l'emmena au cabotage.

C'était l'époque des vacances. L'arrivée des enfants la consola. Mais Paul devenait capricieux, et Virginie n'avait plus l'âge d'être tutoyée, ce qui mettait une gêne, une barrière entre elles.

Victor alla successivement à Morlaix, à Dunkerque et à Brighton; au retour de chaque voyage, il lui offrait un cadeau. La première fois, ce fut une boîte en coquilles; la seconde, une tasse à café; la troisième, un grand bonhomme en pain d'épices. Il embellissait, avait la taille bien prise, un peu de moustache, de bons yeux francs, et un petit chapeau de cuir, placé en arrière comme un pilote. Il l'amusait en lui racontant des histoires mêlées de termes marins.

Un lundi, 14 juillet 1819 (elle n'oublia pas la date), Victor annonça qu'il était engagé au long cours,[104] et, dans la nuit du surlendemain, par le paquebot de Honflour, irait rejoindre sa goélette, qui devait démarrer du Havre prochainement. Il serait, peut-être, deux ans parti.

La perspective d'une telle absence désola Félicité; et pour lui dire encore adieu, le mercredi soir, après le dîner de Madame, elle chaussa des galoches et avala les quatre lieues qui séparent Pont-l'Evêque de Honfleur.

Quand elle fut devant le Calvaire, au lieu de prendre à gauche, elle prit à droite,[105] se perdit dans des chantiers, revint sur ses pas; des gens qu'elle accosta l'engagèrent à se hâter. Elle fit le tour du bassin rempli de navires, se heurtait contre des amarres; puis le terrain s'abaissa, des lumières s'entre-croisèrent, et elle se crut folle, en apercevant des chevaux dans le ciel.

Au bord du quai, d'autres hennissaient, effrayés par la mer. Un palan qui les enlevait les descendait dans un bateau, où des voyageurs se bousculaient entre les barriques de cidre, les paniers de fromage, les sacs de grain; on entendait chanter des poules, le capitaine jurait; et un mousse restait accoudé sur le bossoir, indifférent à tout cela. Félicité, qui ne l'avait pas reconnu, criait: « Victor! »; il leva la tête; elle s'élançait, quand on retira l'échelle tout à coup.

Le paquebot, que des femmes halaient en chantant, sortit du port. Sa membrure craquait, les vagues pesantes fouettaient sa proue. La voile avait tourné, on ne vit plus personne; — et, sur la mer argentée par la lune, il faisait une tache noire qui pâlissait toujours, s'enfonça, disparut.[106]

Félicité, en passant près du Calvaire, voulut recommander à Dieu ce qu'elle chérissait le plus; et elle pria pendant longtemps, debout, la face baignée de pleurs, les yeux vers les nuages. La ville dormait, des douaniers se promenaient; et de l'eau tombait sans discontinuer par les trous de l'écluse, avec un bruit de torrent. Deux heures sonnèrent.

Le parloir[107] n'ouvrirait pas avant le jour. Un retard, bien sûr, contrarierait Madame;[108] et, malgré son désir d'embrasser l'autre enfant, elle s'en retourna. Les filles de l'auberge s'éveillaient, comme elle entrait à Pont-l'Evêque.

Le pauvre gamin durant des mois allait donc rouler sur les flots! Ses précédents voyages ne l'avaient pas effrayée. De l'Angleterre et de la Bretagne, on revenait; mais l'Amérique, les Colonies, les Iles,[109] cela était perdu dans une région incertaine, à l'autre bout du monde.

Dès lors, Félicité pensa exclusivement à son neveu. Les jours de soleil, elle se tourmentait de la soif; quand il faisait de l'orage, craignait pour lui la foudre. En écoutant le vent qui grondait dans la cheminée et emportait les ardoises, elle le voyait battu par cette même tempête, au sommet d'un mât fracassé, tout le corps en arrière, sous une nappe d'écume; ou bien, — souvenirs de la géographie en estampes, — il était mangé par les sauvages, pris dans un bois par des singes, se mourait le long d'une plage déserte. Et jamais elle ne parlait de ses inquiétudes.

Mme Aubain en avait d'autres sur sa fille.

Les bonnes sœurs trouvaient qu'elle était affectueuse, mais délicate. La moindre émotion l'énervait.[110] Il fallut abandonner le piano.

Sa mère exigeait du couvent une correspondance réglée. Un matin que le facteur n'était pas venu, elle s'impatienta; et elle marchait dans la salle, de son fauteuil à la fenêtre. C'était vraiment extraordinaire! depuis quatre jours, pas de nouvelles!

Pour qu'elle se consolât par son exemple, Félicité lui dit:

— « Moi, madame, voilà six mois que je n'en ai reçu!... »

— « De qui donc?... »

La servante répliqua doucement:

— « Mais... de mon neveu! »

— « Ah! votre neveu! » Et, haussant les épaules, Mme Aubain reprit sa promenade, ce qui voulait dire: « Je n'y pensais pas!... Au surplus, je m'en moque! un mousse, un gueux, belle affaire!... tandis que ma fille... Songez donc!... »

Félicité, bien que nourrie dans la rudesse, fut indignée contre Madame, puis oublia.

Il lui paraissait tout simple de perdre la tête à l'occasion de la petite.

Les deux enfants avaient une importance égale; un lien de son cœur les unissait, et leur destinée devait être la même.

Le pharmacien lui apprit que le bateau de Victor était arrivé à la Havane. Il avait lu ce renseignement dans une gazette.

A cause des cigares, elle imaginait la Havane un pays où l'on ne fait pas autre chose que de fumer, et Victor circulait parmi des nègres dans un nuage de tabac. Pouvait-on « en cas de besoin » s'en retourner par terre? A quelle distance était-ce de Pont-l'Evêque? Pour le savoir, elle interrogea M. Bourais.

Il atteignit son atlas, puis commença des explications sur les longitudes; et il avait un beau sourire de cuistre devant l'ahurissement de Félicité.[111] Enfin, avec son porte-crayon, il indiqua dans les découpures d'une tache ovale[112] un point noir, imperceptible, en ajoutant: « Voici. » Elle se pencha sur la carte; ce réseau de lignes coloriées fatiguait sa vue, sans lui rien apprendre; et Bourais, l'invitant à dire ce qui l'embarrassait, elle le pria de lui montrer la maison où demeurait Victor.[113] Bourais leva les bras, il éternua, rit énormément; une candeur pareille excitait sa joie; et Félicité n'en comprenait pas le motif, — elle qui s'attendait peut-être à voir jusqu'au portrait de son neveu, tant son intelligence était bornée![114]

Ce fut quinze jours après que Liébard, à l'heure du marché comme d'habitude, entra dans la cuisine et lui remit une lettre qu'envoyait son beau-frère. Ne sachant lire aucun des deux,[115] elle eut recours à sa maîtresse.

Mme Aubain, qui comptait les mailles d'un tricot, le posa près d'elle, décacheta la lettre, tressaillit, et, d'une voix basse, avec un regard profond:

— « C'est un malheur... qu'on vous annonce. Votre neveu... »

Il était mort. On n'en disait pas davantage.[116]

Félicité tomba sur une chaise, en s'appuyant la tête à la cloison, et ferma ses paupières, qui devinrent roses tout à coup. Puis, le front baissé, les mains pendantes, l'œil fixe, elle répétait par intervalles:

— « Pauvre petit gars! pauvre petit gars! »

Liébard la considérait en exhalant des soupirs. Mme Aubain tremblait un peu.

Elle lui proposa d'aller voir sa sœur, à Trouville.

Félicité répondit, par un geste, qu'elle n'en avait pas besoin.

Il y eut un silence. Le bonhomme Liébard jugea convenable de se retirer.[117]

Alors elle dit:

— « Ça ne leur fait rien, à eux! »[118]

Sa tête retomba; et machinalement elle soulevait, de temps à autre, les longues aiguilles sur la table à ouvrage.[119]

Des femmes passèrent dans la cour avec un bard d'où dégout-telait du linge.

En les apercevant par les carreaux, elle se rappela sa lessive; l'ayant coulée la veille,[120] il fallait aujourd'hui la rincer; et elle sortit de l'appartement.

Sa planche et son tonneau étaient au bord de la Toucques. Elle jeta sur la berge un tas de chemises, retroussa ses manches, prit son battoir; et les coups forts qu'elle donnait s'entendaient dans les autres jardins à côté. Les prairies étaient vides, le vent agitait la rivière; au fond, de grandes herbes s'y penchaient,

comme des chevelures de cadavres flottant dans l'eau.[121] Elle
retenait sa douleur, jusqu'au soir fut très brave; mais, dans sa
chambre, elle s'y abandonna, à plat ventre sur son matelas, le
visage dans l'oreiller, et les deux poings contre les tempes.

Beaucoup plus tard, par le capitaine de Victor lui-même, elle
connut les circonstances de sa fin. On l'avait trop saigné à
l'hôpital, pour la fièvre jaune. Quatre médecins le tenaient à
la fois. Il était mort immédiatement, et le chef avait dit:

— « Bon! encore un! »[122]

Ses parents l'avaient toujours traité avec barbarie. Elle aima
mieux ne pas les revoir; et ils ne firent aucune avance, par oubli,
ou endurcissement de misérables.

Virginie s'affaiblissait.

Des oppressions, de la toux, une fièvre continuelle et des
marbrures aux pommettes décelaient quelque affection profonde.
M. Poupart avait conseillé un séjour en Provence. Mme Aubain
s'y décida, et eût tout de suite repris sa fille à la maison, sans le
climat[123] de Pont-l'Evêque.

Elle fit un arrangement avec un loueur de voitures, qui la[124]
menait au couvent chaque mardi. Il y a dans le jardin une
terrasse d'où l'on découvre la Seine. Virginie s'y promenait à
son bras, sur les feuilles de pampre tombées. Quelquefois le
soleil traversant les nuages la forçait à cligner ses paupières,
pendant qu'elle regardait les voiles au loin et tout l'horizon,
depuis le château de Tancarville[125] jusqu'aux phares du Havre.
Ensuite on se reposait sous la tonnelle.[126] Sa mère s'était procuré
un petit fût d'excellent vin de Malaga; et, riant à l'idée d'être
grise, elle en buvait deux doigts,[127] pas davantage.

Ses forces reparurent. L'automne s'écoula doucement.
Félicité rassurait Mme Aubain. Mais, un soir qu'elle avait été
aux environs faire une coürse,[128] elle rencontra devant la porte
le cabriolet de M. Poupart; et il était dans le vestibule. Mme
Aubain nouait son chapeau.

— « Donnez-moi ma chaufferette, ma bourse, mes gants;
plus vite donc! »

Virginie avait une fluxion de poitrine; c'était peut-être
désespéré.

— « Pas encore ! » dit le médecin; et tous deux montèrent dans la voiture, sous des flocons de neige qui tourbillonnaient. La nuit allait venir. Il faisait très froid.

Félicité se précipita dans l'église, pour allumer un cierge. Puis elle courut après le cabriolet, qu'elle rejoignit une heure plus tard, sauta légèrement par derrière, où elle se tenait aux torsades, quand une réflexion lui vint: « La cour n'était pas fermée ! si des voleurs s'introduisaient ? » Et elle descendit.[129]

Le lendemain, dès l'aube, elle se présenta chez le docteur. Il était rentré, et reparti à la campagne. Puis elle resta dans l'auberge, croyant que des inconnus apporteraient une lettre. Enfin, au petit jour, elle prit la diligence de Lisieux.[130]

Le couvent se trouvait au fond d'une ruelle escarpée. Vers le milieu, elle entendit des sons étranges, un glas de mort. « C'est pour d'autres », pensa-t-elle; et Félicité tira violemment le marteau.

Au bout de plusieurs minutes, des savates se traînèrent, la porte s'entre-bâilla, et une religieuse parut.

La bonne sœur avec un air de componction dit qu' « elle venait de passer ».[131] En même temps, le glas de Saint-Léonard redoublait.

Félicité parvint au second étage.

Dès le seuil de la chambre, elle aperçut Virginie étalée sur le dos, les mains jointes, la bouche ouverte, et la tête en arrière sous une croix noire s'inclinant vers elle, entre les rideaux immobiles, moins pâles que sa figure.[132] Mme Aubain, au pied de la couche qu'elle tenait dans ses bras, poussait des hoquets d'agonie. La supérieure était debout, à droite. Trois chandeliers sur la commode faisaient des taches rouges, et le brouillard blanchissait les fenêtres. Des religieuses emportèrent Mme Aubain.

Pendant deux nuits, Félicité ne quitta pas la morte.[133] Elle répétait les mêmes prières, jetait de l'eau bénite sur les draps, revenait s'asseoir, et la contemplait. A la fin de la première veille, elle remarqua que la figure avait jauni, les lèvres bleuirent, le nez se pinçait, les yeux s'enfonçaient. Elle les baisa plusieurs fois; et n'eût pas éprouvé un immense étonnement si Virginie

les eût rouverts;[134] pour de pareilles âmes le surnaturel est tout
simple.   Elle fit sa toilette, l'enveloppa de son linceul, la descendit dans sa bière, lui posa une couronne, étala ses cheveux.
Ils étaient blonds, et extraordinaires de longueur à son âge.
Félicité en coupa une grosse mèche, dont elle glissa la moitié
dans sa poitrine, résolue à ne jamais s'en dessaisir.

Le corps fut ramené à Pont-l'Evêque, suivant les intentions
de Mme Aubain, qui suivait[135] le corbillard, dans une voiture
fermée.

Après la messe, il fallut encore trois quarts d'heure pour
atteindre le cimetière.[136]   Paul marchait en tête et sanglotait.
M. Bourais était derrière, ensuite les principaux habitants, les
femmes, couvertes de mantes noires, et Félicité.   Elle songeait
à son neveu, et, n'ayant pu lui rendre ces honneurs, avait un
surcroît de tristesse, comme si on l'eût enterré avec l'autre.

Le désespoir de Mme Aubain fut illimité.

D'abord elle se révolta contre Dieu,[137] le trouvant injuste de
lui avoir pris sa fille, — elle qui n'avait jamais fait de mal, et
dont la conscience était si pure! Mais non! elle aurait dû
l'emporter dans le Midi.   D'autres docteurs l'auraient sauvée!
Elle s'accusait, voulait la rejoindre, criait en détresse au milieu
de ses rêves.   Un, surtout, l'obsédait.   Son mari, costumé
comme un matelot, revenait d'un long voyage, et lui disait en
pleurant qu'il avait reçu l'ordre d'emmener Virginie.   Alors
ils se concertaient pour découvrir une cachette quelque part.

Une fois, elle rentra du jardin, bouleversée.   Tout à l'heure
(elle montrait l'endroit) le père et la fille lui étaient apparus
l'un auprès de l'autre, et ils ne faisaient rien; ils la regardaient.

Pendant plusieurs mois, elle resta dans sa chambre, inerte.
Félicité la sermonnait doucement; il fallait se conserver pour son
fils, et pour l'autre,[138] en souvenir « d'elle ».

— « Elle? » reprenait Mme Aubain, comme se réveillant.   « Ah!
oui!... oui!...   Vous ne l'oubliez pas! »   Allusion au cimetière,
qu'on lui avait scrupuleusement défendu.

Félicité tous les jours s'y rendait.

A quatre heures précises, elle passait au bord des maisons,[139]
montait la côte, ouvrait la barrière, et arrivait devant la tombe

de Virginie. C'était une petite colonne de marbre rose, avec une dalle dans le bas, et des chaînes autour enfermant un jardinet. Les plates-bandes disparaissaient sous une couverture de fleurs. Elle arrosait leurs feuilles, renouvelait le sable, se mettait à genoux pour mieux labourer la terre. Mme Aubain, quand elle put y venir, en éprouva un soulagement, une espèce de consolation.

Puis des années s'écoulèrent, toutes pareilles et sans autres épisodes que le retour des grandes fêtes: Pâques, l'Assomption, la Toussaint. Des événements intérieurs faisaient une date, où l'on se reportait plus tard. Ainsi, en 1825, deux vitriers badigeonnèrent le vestibule; en 1827, une portion du toit, tombant dans la cour, faillit tuer un homme. L'été de 1828, ce fut à Madame d'offrir le pain bénit;[140] Bourais, vers cette époque, s'absenta mystérieusement;[141] et les anciennes connaissances peu à peu s'en allèrent: Guyot, Liébard, Mme Lechaptois, Robelin, l'oncle Gremanville, paralysé depuis longtemps.

Une nuit, le conducteur de la malle-poste annonça dans Pont-l'Evêque la Révolution de Juillet.[142] Un sous-préfet nouveau, peu de jours après, fut nommé: le baron de Larsonnière, ex-consul en Amérique, et qui avait chez lui, outre sa femme, sa belle-sœur avec trois demoiselles, assez grandes déjà. On les apercevait sur leur gazon, habillées de blouses flottantes;[143] elles possédaient un nègre et un perroquet. Mme Aubain eut leur visite,[144] et ne manqua pas de la rendre. Du plus loin qu'elles paraissaient, Félicité accourait pour la prévenir. Mais une chose était seule capable de l'émouvoir, les lettres de son fils.

Il ne pouvait suivre aucune carrière, étant absorbé dans les estaminets.[145] Elle lui payait ses dettes; il en refaisait d'autres; et les soupirs que poussait Mme Aubain, en tricotant près de la fenêtre, arrivaient à Félicité, qui tournait son rouet dans la cuisine.

Elles se promenaient ensemble le long de l'espalier;[146] et causaient toujours de Virginie, se demandant si telle chose lui aurait plu, en telle occasion ce qu'elle eût dit probablement.

Toutes ses petites affaires occupaient un placard dans la chambre à deux lits. Mme Aubain les inspectait le moins souvent possible. Un jour d'été, elle se résigna; et des papillons s'envolèrent de l'armoire.

Ses robes étaient en ligne sous une planche où il y avait trois poupées, des cerceaux, un ménage,[147] la cuvette qui lui servait. Elles retirèrent également les jupons, les bas, les mouchoirs, et les étendirent sur les deux couches, avant de les replier. Le soleil éclairait ces pauvres objets, en faisait voir les taches, et des plis formés par les mouvements du corps. L'air était chaud et bleu, un merle gazouillait, tout semblait vivre dans une douceur profonde.[148] Elles retrouvèrent un petit chapeau de peluche, à longs poils, couleur marron; mais il était tout mangé de vermine. Félicité le réclama pour elle-même. Leurs yeux se fixèrent l'une sur l'autre, s'emplirent de larmes; enfin la maîtresse ouvrit ses bras, la servante s'y jeta; et elles s'étreignirent, satisfaisant leur douleur dans un baiser qui les égalisait.

C'était la première fois de leur vie, Mme Aubain n'étant pas d'une nature expansive. Félicité en fut reconnaissante comme d'un bienfait, et désormais la chérit avec un dévouement bestial[149] et une vénération religieuse.

La bonté de son cœur se développa.

Quand elle entendait dans la rue les tambours d'un régiment en marche, elle se mettait devant la porte avec une cruche de cidre, et offrait à boire aux soldats. Elle soigna des cholériques.[150] Elle protégeait les Polonais;[151] et même il y en eut un qui déclarait la vouloir épouser. Mais ils se fâchèrent; car un matin, en rentrant de l'angélus, elle le trouva dans sa cuisine, où il s'était introduit, et accommodé une vinaigrette[152] qu'il mangeait tranquillement.

Après les Polonais, ce fut le père Colmiche, un vieillard passant pour avoir fait des horreurs en 93.[153] Il vivait au bord de la rivière, dans les décombres d'une porcherie. Les gamins le regardaient par les fentes du mur, et lui jetaient des cailloux qui tombaient sur son grabat, où il gisait, continuellement secoué par un catarrhe, avec des cheveux très longs, les paupières enflammées, et au bras une tumeur plus grosse que sa tête. Elle lui procura du linge, tâcha de nettoyer son bouge, rêvait à l'établir dans le fournil, sans qu'il gênât Madame. Quand le cancer eut crevé, elle le pansa tous les jours, quelquefois lui apportait de la galette, le plaçait au soleil sur une botte de paille;

et le pauvre vieux, en bavant et en tremblant, la remerciait de sa voix éteinte, craignait de la perdre, allongeait les mains dès qu'il la voyait s'éloigner. Il mourut; elle fit dire une messe pour le repos de son âme.[154]

Ce jour-là, il lui advint un grand bonheur: au moment du dîner, le nègre de Mme de Larsonnière se présenta, tenant le perroquet dans sa cage, avec le bâton, la chaîne et le cadenas. Un billet de la baronne annonçait à Mme Aubain que, son mari étant élevé à une préfecture, ils partaient le soir; et elle la priait d'accepter cet oiseau, comme un souvenir, et en témoignage de ses respects.

Il occupait depuis longtemps l'imagination de Félicité, car il venait d'Amérique, et ce mot lui rappelait Victor, si bien qu'elle s'en informait auprès du nègre. Une fois même elle avait dit:

— « C'est Madame qui serait heureuse de l'avoir! »

Le nègre avait redit le propos à sa maîtresse, qui, ne pouvant l'emmener, s'en débarrassait de cette façon.

IV

Il s'appelait Loulou. Son corps était vert, le bout de se ailes rose, son front bleu, et sa gorge dorée.[155]

Mais il avait la fatigante manie de mordre son bâton, s'arrachait les plumes, éparpillait ses ordures, répandait l'eau de sa baignoire; Mme Aubain, qu'il ennuyait, le donna pour toujours à Félicité.

Elle entreprit de l'instruire; bientôt il répéta: « Charmant garçon! Serviteur, monsieur! Je vous salue, Marie! » Il était placé auprès de la porte, et plusieurs s'étonnaient qu'il ne répondît pas au nom de Jacquot,[156] puisque tous les perroquets s'appellent Jacquot. On le comparait à une dinde, à une bûche: autant de coups de poignard pour Félicité! Etrange obstination de Loulou, ne parlant plus du moment qu'on le regardait![157]

Néanmoins il recherchait la compagnie; car le dimanche, pendant que ces demoiselles Rochefeuille, M. de Houppeville et de nouveaux habitués: Onfroy l'apothicaire, M. Varin et le capitaine Mathieu, faisaient leur partie de cartes, il cognait les vitres avec ses ailes, et se démenait si furieusement qu'il était impossible de s'entendre.

La figure de Bourais, sans doute, lui paraissait très drôle. Dès qu'il l'apercevait, il commençait à rire, à rire de toutes ses forces. Les éclats de sa voix rebondissaient dans la cour, l'écho les répétait, les voisins se mettaient à leurs fenêtres, riaient aussi; et, pour n'être pas vu du perroquet, M. Bourais se coulait le long du mur, en dissimulant son profil avec son chapeau, atteignait la rivière, puis entrait par la porte du jardin; et les regards qu'il envoyait à l'oiseau manquaient de tendresse.

Loulou avait reçu du garçon boucher une chiquenaude,[158] s'étant permis d'enfoncer la tête dans sa corbeille; et depuis lors il tâchait toujours de le pincer à travers sa chemise. Fabu menaçait de lui tordre le cou, bien qu'il ne fût pas cruel, malgré le tatouage de ses bras et ses gros favoris. Au contraire! il avait plutôt du penchant pour le perroquet, jusqu'à vouloir, par humeur joviale, lui apprendre des jurons. Félicité, que ces manières effrayaient, le plaça dans la cuisine. Sa chaîne fut retirée, et il circulait par la maison.

Quand il descendait l'escalier, il appuyait sur les marches la courbe de son bec, levait la patte droite, puis la gauche; et elle avait peur qu'une telle gymnastique ne lui causât des étourdissements. Il devint malade, ne pouvait plus parler ni manger. C'était sous sa langue une épaisseur comme en ont les poules quelquefois. Elle le guérit, en arrachant cette pellicule avec ses ongles. M. Paul, un jour, eut l'imprudence de lui souffler aux narines la fumée d'un cigare; une autre fois que Mme Lormeau l'agaçait du bout de son ombrelle, il en happa la virole; enfin, il se perdit.

Elle l'avait posé sur l'herbe pour le rafraîchir, s'absenta une minute; et, quand elle revint, plus de perroquet! D'abord elle le chercha dans les buissons, au bord de l'eau et sur les toits, sans écouter sa maîtresse qui lui criait: — « Prenez donc garde! vous êtes folle! » Ensuite elle inspecta tous les jardins de Pont-l'Evêque; et elle arrêtait les passants. — « Vous n'auriez pas vu, quelquefois, par hasard, mon perroquet? » A ceux qui ne connaissaient pas le perroquet, elle en faisait la description. Tout à coup, elle crut distinguer derrière les moulins, au bas de la côte, une chose verte qui voltigeait. Mais au haut de la côte, rien! Un porteballe lui affirma qu'il l'avait rencontré tout à l'heure, à Saint-Melaine, dans la boutique de la mère Simon. Elle y courut. On ne savait pas ce qu'elle voulait dire. Enfin elle rentra, épuisée, les savates en lambeaux, la mort dans l'âme; et, assise au milieu du banc, près de Madame, elle racontait toutes ses démarches, quand un poids léger lui tomba sur l'épaule, Loulou! Que diable avait-il fait? Peut-être qu'il s'était promené aux environs!

Elle eut du mal à s'en remettre,[159] ou plutôt ne s'en remit jamais.

Par suite d'un refroidissement, il lui vint une angine; peu de temps après, un mal d'oreilles. Trois ans plus tard, elle était sourde; et elle parlait très haut, même à l'église. Bien que ses péchés auraient pu[160] sans déshonneur pour elle, ni inconvénient pour le monde, se répandre à tous les coins du diocèse, M. le curé jugea convenable de ne plus recevoir sa confession que dans la sacristie.

Des bourdonnements illusoires achevaient de la troubler.[161] Souvent sa maîtresse lui disait: — « Mon Dieu! comme vous êtes bête! » Elle répliquait: — « Oui, Madame », en cherchant quelque chose autour d'elle.

Le petit cercle de ses idées se rétrécit encore, et le carillon des cloches, le mugissement des bœufs n'existaient plus. Tous les êtres fonctionnaient avec le silence des fantômes. Un seul bruit arrivait maintenant à ses oreilles, la voix du perroquet.

Comme pour la distraire, il reproduisait le tic tac du tournebroche, l'appel aigu d'un vendeur de poisson, la scie du menuisier qui logeait en face; et, aux coups de la sonnette, imitait Mme Aubain: — « Félicité! la porte! la porte! »

Ils avaient des dialogues, lui, débitant à satiété les trois phrases de son répertoire, et elle, y répondant par des mots sans plus de suite, mais où son cœur s'épanchait. Loulou, dans son isolement, était presque un fils, un amoureux. Il escaladait ses doigts, mordillait ses lèvres, se cramponnait à son fichu; et, comme elle penchait son front en branlant la tête à la manière des nourrices, les grandes ailes du bonnet et les ailes de l'oiseau frémissaient ensemble.

Quand les nuages s'amoncelaient et que le tonnerre grondait, il poussait des cris, se rappelant peut-être les ondées de ses forêts natales. Le ruissellement de l'eau excitait son délire; il voletait éperdu, montait au plafond, renversait tout, et par la fenêtre allait barboter dans le jardin; mais revenait vite sur un des chenets, et, sautillant pour sécher ses plumes, montrait tantôt sa queue, tantôt son bec.

Un matin du terrible hiver de 1837, qu'elle l'avait mis devant la cheminée, à cause du froid, elle le trouva mort, au milieu de sa cage, la tête en bas, et les ongles dans les fils de fer. Une congestion[162] l'avait tué, sans doute? Elle crut à un empoisonnement par le persil; et, malgré l'absence de toutes preuves, ses soupçons portèrent sur Fabu.

Elle pleura tellement que sa maîtresse lui dit: — « Eh bien! faites-le empailler! »

Elle demanda conseil au pharmacien, qui avait toujours été bon pour le perroquet.

Il écrivit au Havre. Un certain Fellacher se chargea de cette besogne. Mais, comme la diligence égarait parfois les colis, elle résolut de le porter elle-même jusqu'à Honfleur.

Les pommiers sans feuilles se succédaient aux bords de la route. De la glace couvrait les fossés. Des chiens aboyaient autour des fermes; et les mains sous son mantelet, avec ses petits sabots noirs et son cabas, elle marchait prestement, sur le milieu du pavé.

Elle traversa la forêt, dépassa le Haut-Chêne, atteignit Saint-Gatien.

Derrière elle, dans un nuage de poussière et emportée par la descente, une malle-poste au grand galop se précipitait comme une trombe. En voyant cette femme qui ne se dérangeait pas, le conducteur se dressa par-dessus la capote, et le postillon criait aussi, pendant que ses quatre chevaux qu'il ne pouvait retenir accéléraient leur train; les deux premiers la frôlaient; d'une secousse de ses guides, il les jeta dans le débord,[163] mais furieux releva le bras, et à pleine volée, avec son grand fouet, lui cingla du ventre au chignon un tel coup qu'elle tomba sur le dos.[164]

Son premier geste, quand elle reprit connaissance, fut d'ouvrir son panier. Loulou n'avait rien, heureusement. Elle sentit une brûlure à la joue droite; ses mains qu'elle y porta étaient rouges. Le sang coulait.

Elle s'assit sur un mètre de cailloux,[165] se tamponna le visage avec son mouchoir, puis elle mangea une croûte de pain, mise dans son panier par précaution, et se consolait de sa blessure en regardant l'oiseau.

Arrivée au sommet d'Ecquemauville, elle aperçut les lumières de Honfleur qui scintillaient dans la nuit comme une quantité d'étoiles; la mer, plus loin, s'étalait confusément. Alors une faiblesse l'arrêta; et la misère de son enfance, la déception du premier amour, le départ de son neveu, la mort de Virginie, comme les flots d'une marée, revinrent à la fois, et, lui montant à la gorge, l'étouffaient.

Puis elle voulut parler au capitaine du bateau; et, sans dire ce qu'elle envoyait, lui fit des recommandations.[166]

Fellacher garda longtemps le perroquet. Il le promettait toujours pour la semaine prochaine; au bout de six mois, il annonça le départ d'une caisse; et il n'en fut plus question. C'était à croire[167] que jamais Loulou ne reviendrait. « Ils me l'auront volé! »[168] pensait-elle.

Enfin il arriva, — et splendide, droit sur une branche d'arbre, qui se vissait dans un socle d'acajou, une patte en l'air, la tête oblique, et mordant une noix, que l'empailleur par amour du grandiose avait dorée.

Elle l'enferma dans sa chambre.

Cet endroit,[169] où elle admettait peu de monde, avait l'air tout à la fois d'une chapelle et d'un bazar, tant il contenait d'objets religieux et de choses hétéroclites.

Une grande armoire gênait pour ouvrir la porte. En face de la fenêtre surplombant le jardin, un œil-de-bœuf regardait la cour; une table, près du lit de sangle, supportait un pot à l'eau, deux peignes, et un cube de savon bleu dans une assiette ébréchée. On voyait contre les murs: des chapelets, des médailles, plusieurs

bonnes Vierges, un bénitier en noix de coco;[170] sur la commode,
couverte d'un drap comme un autel, la boîte en coquillages que
lui avait donnée Victor; puis un arrosoir et un ballon, des
cahiers d'écriture, la géographie en estampes, une paire de
bottines; et au clou du miroir, accroché par ses rubans, le petit
chapeau de peluche! Félicité poussait même ce genre de respect
si loin, qu'elle conservait une des redingotes de Monsieur. Toutes
les vieilleries dont ne voulait plus Mme Aubain, elle les prenait
pour sa chambre. C'est ainsi qu'il y avait des fleurs artificielles
au bord de la commode, et le portrait du comte d'Artois[171] dans
l'enfoncement de la lucarne.

Au moyen d'une planchette, Loulou fut établi sur un corps de
cheminée[172] qui avançait dans l'appartement. Chaque matin,
en s'éveillant, elle l'apercevait à la clarté de l'aube, et se rappelait
alors les jours disparus, et d'insignifiantes actions jusqu'en leurs
moindres détails, sans douleur, pleine de tranquillité.

Ne communiquant avec personne, elle vivait dans une torpeur
de somnambule. Les processions de la Fête-Dieu la ranimaient.
Elle allait quêter chez les voisines des flambeaux et des paillassons,
afin d'embellir le reposoir que l'on dressait dans la rue.

A l'église, elle contemplait toujours le Saint-Esprit, et observa
qu'il avait quelque chose du perroquet. Sa ressemblance lui
parut encore plus manifeste sur une image d'Epinal,[173] représen-
tant le baptême de Notre-Seigneur. Avec ses ailes de pourpre
et son corps d'émeraude, c'était vraiment le portrait de Loulou.

L'ayant acheté, elle le suspendit à la place du comte d'Artois,
— de sorte que, du même coup d'œil, elle les voyait ensemble.
Ils s'associèrent dans sa pensée, le perroquet se trouvant sanctifié
par ce rapport avec le Saint-Esprit, qui devenait plus vivant à
ses yeux et intelligible. Le Père, pour s'énoncer, n'avait pu
choisir une colombe, puisque ces bêtes-là n'ont pas de voix,
mais plutôt un des ancêtres de Loulou. Et Félicité priait en
regardant l'image, mais de temps à autre se tournait un peu vers
l'oiseau.

Elle eut envie de se mettre dans les demoiselles de la Vierge.[174]
Mme Aubain l'en dissuada.

Un événement considérable surgit: le mariage de Paul.

Après avoir été d'abord clerc de notaire, puis dans le commerce, dans la douane, dans les contributions,[175] et même avoir commencé des démarches pour les Eaux et Forêts,[176] à trente-six ans, tout à coup, par une inspiration du ciel, il avait découvert sa voie: l'enregistrement![177] et y montrait de si hautes facultés qu'un vérificateur lui avait offert sa fille, en lui promettant sa protection.[178]

Paul, devenu sérieux, l'amena chez sa mère.

Elle dénigra les usages de Pont-l'Evêque, fit la princesse, blessa Félicité. Mme Aubain, à son départ, sentit un allégement.[179]

La semaine suivante, on apprit la mort de M. Bourais, en basse Bretagne, dans une auberge. La rumeur d'un suicide se confirma; des doutes s'élevèrent sur sa probité. Mme Aubain étudia ses comptes, et ne tarda pas à connaître la kyrielle de ses noirceurs:[180] détournements d'arrérages, ventes de bois dissimulées, fausses quittances, etc. De plus, il avait un enfant naturel, et « des relations avec une personne de Dozulé ».

Ces turpitudes l'affligèrent beaucoup. Au mois de mars 1853, elle fut prise d'une douleur dans la poitrine; sa langue paraissait couverte de fumée, les sangsues ne calmèrent pas l'oppression; et le neuvième soir elle expira, ayant juste soixante-douze ans.

On la croyait moins vieille, à cause de ses cheveux bruns, dont les bandeaux entouraient sa figure blême, marquée de petite vérole. Peu d'amis la regrettèrent, ses façons étant d'une hauteur qui éloignait.

Félicité la pleura, comme on ne pleure pas les maîtres. Que Madame mourût avant elle, cela troublait ses idées, lui semblait contraire à l'ordre des choses, inadmissible et monstrueux.

Dix jours après (le temps d'accourir de Besançon), les héritiers survinrent. La bru fouilla les tiroirs, choisit des meubles, vendit les autres, puis ils regagnèrent l'enregistrement.

Le fauteuil de Madame, son guéridon, sa chaufferette, les huit chaises, étaient partis! La place des gravures se dessinait en carrés jaunes au milieu des cloisons. Ils avaient emporté les deux couchettes, avec leurs matelas, et dans le placard on ne voyait plus rien de toutes les affaires de Virginie! Félicité remonta les étages, ivre de tristesse.

n il y avait sur la porte une affiche; l'apothicaire
oreille que la maison était à vendre.

a, et fut obligée de s'asseoir.

désolait principalement, c'était d'abandonner sa
commode pour le pauvre Loulou. En l'envelop-
pant d'un regard d'angoisse, elle implorait le Saint-Esprit, et
contracta l'habitude idolâtre[181] de dire ses oraisons agenouillée
devant le perroquet. Quelquefois, le soleil entrant par la lucarne
frappait son œil de verre, et en faisait jaillir un grand rayon
lumineux qui la mettait en extase.

Elle avait une rente de trois cent quatre-vingts francs,[182]
léguée par sa maîtresse. Le jardin lui fournissait des légumes.
Quant aux habits, elle possédait de quoi se vêtir jusqu'à la fin de
ses jours, et épargnait l'éclairage en se couchant dès le crépuscule.

Elle ne sortait guère, afin d'éviter la boutique du brocanteur,
où s'étalaient quelques-uns des anciens meubles. Depuis son
étourdissement, elle traînait une jambe; et, ses forces diminuant,
la mère Simon, ruinée dans l'épicerie,[183] venait tous les matins
fendre son bois et pomper de l'eau.

Ses yeux s'affaiblirent. Les persiennes n'ouvraient plus. Bien
des années se passèrent.[184] Et la maison ne se louait pas, et ne
se vendait pas.

Dans la crainte qu'on ne la renvoyât, Félicité ne demandait
aucune réparation. Les lattes du toit pourrissaient; pendant tout
un hiver son traversin fut mouillé.[185] Après Pâques, elle cracha
du sang.

Alors la mère Simon eut recours à un docteur. Félicité voulut
savoir ce qu'elle avait. Mais, trop sourde pour entendre, un
seul mot lui parvint: « Pneumonie. »[186] Il lui était connu, et
elle répliqua doucement: — « Ah! comme Madame », trouvant
naturel de suivre sa maîtresse.

Le moment des reposoirs[187] approchait.

Le premier était toujours au bas de la côte, le second devant
la poste, le troisième vers le milieu de la rue. Il y eut des
rivalités à propos de celui-là; et les paroissiennes choisirent
finalement la cour de Mme Aubain.

Les oppressions et la fièvre augmentaient. Félicité se chagrinait de ne rien faire pour le reposoir. Au moins, si elle avait pu y mettre quelque chose! Alors elle songea au perroquet. Ce n'était pas convenable, objectèrent les voisines. Mais le curé accorda cette permission; elle en fut tellement heureuse qu'elle le pria d'accepter, quand elle serait morte, Loulou, sa seule richesse.

Du mardi au samedi, veille de la Fête-Dieu, elle toussa plus fréquemment. Le soir son visage était grippé, ses lèvres se collaient à ses gencives, des vomissements parurent; et le lendemain, au petit jour, se sentant très bas, elle fit appeler un prêtre.

Trois bonnes femmes l'entouraient pendant l'extrême-onction. Puis elle déclara qu'elle avait besoin de parler à Fabu.

Il arriva en toilette des dimanches, mal à son aise dans cette atmosphère lugubre.

— « Pardonnez-moi », dit-elle avec un effort pour étendre le bras, « je croyais que c'était vous qui l'aviez tué! »[188]

Que signifiaient des potins pareils? L'avoir soupçonné d'un meurtre, un homme comme lui! et il s'indignait, allait faire du tapage.

— « Elle n'a plus sa tête, vous le voyez bien! »

Félicité de temps à autre parlait à des ombres. Les bonnes femmes s'éloignèrent. La Simonne[189] déjeuna.

Un peu plus tard, elle prit Loulou, et, l'approchant de Félicité:

— « Allons! dites-lui adieu! »

Bien qu'il ne fût pas un cadavre, les vers le dévoraient; une de ses ailes était cassée, l'étoupe lui sortait du ventre. Mais, aveugle à présent, elle le baisa au front, et le gardait contre sa joue. La Simonne le reprit, pour le mettre sur le reposoir.

V

Les herbages envoyaient l'odeur de l'été; des mouches bourdonnaient; le soleil faisait luire la rivière, chauffait les ardoises.[190] La mère Simon, revenue dans la chambre, s'endormait doucement.

Des coups de cloche la réveillèrent; on sortait des vêpres. Le délire de Félicité tomba. En songeant à la procession, elle la voyait,[191] comme si elle l'eût suivie.

Tous les enfants des écoles, les chantres et les pompiers marchaient sur les trottoirs, tandis qu'au milieu de la rue, s'avançaient premièrement: le suisse armé de sa hallebarde, le bedeau avec une grande croix, l'instituteur surveillant les gamins, la religieuse inquiète de ses petites filles; trois des plus mignonnes, frisées comme des anges, jetaient dans l'air des pétales de roses; le diacre, les bras écartés, modérait la musique;[192] et deux encenseurs se retournaient à chaque pas vers le Saint-Sacrement, que portait, sous un dais de velours ponceau tenu par quatre rabriciens,[193] M. le curé, dans sa belle chasuble. Un flot de monde se poussait derrière, entre les nappes blanches couvrant le mur des maisons; et l'on arriva au bas de la côte.

Une sueur froide mouillait les tempes de Félicité. La Simonne l'épongeait avec un linge, en se disant qu'un jour il lui faudrait passer par là.

Le murmure de la foule grossit, fut un moment très fort, s'éloignait.

Une fusillade ébranla les carreaux. C'était les postillons saluant l'ostensoir. Félicité roula ses prunelles, et elle dit, le moins bas qu'elle pût:

— « Est-il bien ? » tourmentée du perroquet.

Son agonie commença. Un râle, de plus en plus précipité, lui soulevait les côtes.[194] Des bouillons d'écume venaient aux coins de sa bouche, et tout son corps tremblait.

Bientôt, on distingua le ronflement des ophicléides,[195] les voix claires des enfants, la voix profonde des hommes. Tout se taisait par intervalles, et le battement des pas, que des fleurs amortissaient, faisait le bruit d'un troupeau sur du gazon.

Le clergé parut dans la cour. La Simonne grimpa sur une chaise pour atteindre à l'œil-de-bœuf, et de cette manière dominait le reposoir.[196]

Des guirlandes vertes pendaient sur l'autel, orné d'un falbala en point d'Angleterre.[197] Il y avait au milieu un petit cadre enfermant des reliques, deux orangers dans les angles, et, tout le long, des flambeaux d'argent et des vases en porcelaine, d'où s'élançaient des tournesols, des lis, des pivoines, des digitales, des touffes d'hortensias. Ce monceau de couleurs éclatantes descendait obliquement, du premier étage jusqu'au tapis se prolongeant sur les pavés; et des choses rares tiraient les yeux. Un sucrier de vermeil avait une couronne de violettes, des pendeloques en pierres d'Alençon brillaient sur de la mousse, deux écrans chinois montraient leurs paysages. Loulou, caché sous des roses, ne laissait voir que son front bleu, pareil à une plaque de lapis.

Les fabriciens, les chantres, les enfants se rangèrent sur les trois côtés de la cour. Le prêtre gravit lentement les marches, et posa sur la dentelle son grand soleil d'or qui rayonnait. Tous s'agenouillèrent. Il se fit un grand silence. Et les encensoirs, allant à pleine volée, glissaient sur leurs chaînettes.

Une vapeur d'azur monta dans la chambre de Félicité.[198] Elle avança les narines, en la humant avec une sensualité mystique; puis ferma les paupières. Ses lèvres souriaient. Les mouvements de son cœur se ralentirent un à un, plus vagues chaque fois, plus doux, comme une fontaine s'épuise, comme un écho disparaît; et, quand elle exhala son dernier souffle, elle crut voir, dans les cieux entr'ouverts, un perroquet gigantesque, planant au-dessus de sa tête.[199]

LA LEGENDE
DE
SAINT JULIEN L'HOSPITALIER

4*

Le père et la mère de Julien habitaient un château,[1] au milieu des bois, sur la pente d'une colline.[2]

Les quatre tours aux angles avaient des toits pointus recouverts d'écailles de plomb, et la base des murs s'appuyait sur les quartiers de rocs,[3] qui dévalaient abruptement jusqu'au fond des douves.

Les pavés de la cour étaient nets comme le dallage d'une église. De longues gouttières, figurant des dragons la gueule en bas,[4] crachaient l'eau des pluies vers la citerne; et sur le bord des fenêtres,[5] à tous les étages, dans un pot d'argile peinte, un basilic ou un héliotrope[6] s'épanouissait.

Une seconde enceinte, faite de pieux, comprenait d'abord un verger d'arbres à fruits, ensuite un parterre où des combinaisons de fleurs dessinaient des chiffres, puis une treille avec des berceaux pour prendre le frais,[7] et un jeu de mail[8] qui servait au divertissement des pages. De l'autre côté se trouvait le chenil, les écuries, la boulangerie, le pressoir et les granges. Un pâturage de gazon vert se développait tout autour, enclos lui-même d'une forte haie d'épines.

On vivait en paix depuis si longtemps que la herse ne s'abaissait plus; les fossés étaient pleins d'herbe;[9] des hirondelles faisaient leur nid dans la fente des créneaux;[10] et l'archer, qui tout le long du jour se promenait sur la courtine, dès que le soleil brillait trop fort rentrait dans l'échauguette, et s'endormait comme un moine.

A l'intérieur, les ferrures partout reluisaient; des tapisseries dans les chambres protégeaient du froid; et les armoires regorgeaient de linge, les tonnes de vin s'empilaient dans les celliers, les coffres de chêne craquaient sous le poids des sacs d'argent.

On voyait dans la salle d'armes, entre des étendards[11] et des mufles de bêtes fauves,[12] des armes de tous les temps et de toutes les nations, depuis les frondes des Amalécites[13] et les javelots des

Garamantes[14] jusqu'aux braquemarts des Sarrasins[15] et aux cottes de mailles des Normands.

La maîtresse broche[16] de la cuisine pouvait faire tourner un bœuf; la chapelle était somptueuse comme l'oratoire d'un roi. Il y avait même, dans un endroit écarté, une étuve à la romaine; mais le bon seigneur s'en privait, estimant que c'est un usage des idolâtres.[17]

Toujours enveloppé d'une pelisse de renard, il se promenait dans sa maison, rendait la justice à ses vassaux, apaisait les querelles de ses voisins. Pendant l'hiver, il regardait les flocons de neige tomber, ou se faisait lire des histoires. Dès les premiers beaux jours, il s'en allait sur sa mule le long des petits chemins, au bord des blés qui verdoyaient, et causait avec les manants, auxquels il donnait des conseils. Après beaucoup d'aventures, il avait pris pour femme une demoiselle de haut lignage.[18]

Elle était très blanche, un peu fière et sérieuse. Les cornes de son hennin[19] frôlaient le linteau des portes; la queue de sa robe de drap traînait de trois pas derrière elle. Son domestique[20] était réglé comme l'intérieur d'un monastère; chaque matin elle distribuait la besogne à ses servantes, surveillait les confitures et les onguents, filait à la quenouille[21] ou brodait des nappes d'autel. A force de prier Dieu, il lui vint un fils.[22]

Alors il y eut de grandes réjouissances,[23] et un repas qui dura trois jours et quatre nuits, dans l'illumination des flambeaux, au son des harpes, sur des jonchées de feuillages. On y mangea les plus rares épices, avec des poules grosses comme des moutons; par divertissement, un nain sortit d'un pâté;[24] et, les écuelles ne suffisant plus, car la foule augmentait toujours, on fut obligé de boire dans les oliphants et dans les casques.

La nouvelle accouchée n'assista pas à ces fêtes. Elle se tenait dans son lit, tranquillement. Un soir, elle se réveilla, et elle aperçut, sous un rayon de la lune qui entrait par la fenêtre, comme une ombre mouvante. C'était un vieillard en froc de bure, avec un chapelet au côté, une besace sur l'épaule, toute l'apparence d'un ermite. Il s'approcha de son chevet et lui dit, sans desserrer les lèvres:

— «Réjouis-toi, ô mère! ton fils sera un saint! »[25]

Elle allait crier; mais, glissant sur le rais de la lune, il s'éleva dans l'air doucement, puis disparut. Les chants du banquet éclatèrent plus fort. Elle entendit les voix des anges;[26] et sa tête retomba sur l'oreiller, que dominait un os de martyr dans un cadre d'escarboucles.

Le lendemain, tous les serviteurs interrogés déclarèrent qu'ils n'avaient pas vu d'ermite. Songe ou réalité, cela devait être une communication du ciel;[27] mais elle eut soin de n'en rien dire, ayant peur qu'on ne l'accusât d'orgueil.

Les convives s'en allèrent au petit jour; et le père de Julien se trouvait en dehors de la poterne, où il venait de reconduire le dernier, quand tout à coup un mendiant se dressa devant lui, dans le brouillard. C'était un Bohême à barbe tressée, avec des anneaux d'argent aux deux bras et les prunelles flamboyantes. Il bégaya d'un air inspiré ces mots sans suite:

— «Ah! ah! ton fils!... beaucoup de sang!... beaucoup de gloire!... toujours heureux! la famille d'un empereur. »[28]

Et, se baissant pour ramasser son aumône, il se perdit dans l'herbe, s'évanouit.

Le bon châtelain regarda de droite et de gauche, appela tant qu'il put. Personne! Le vent sifflait, les brumes du matin s'envolaient.[29]

Il attribua cette vision à la fatigue de sa tête pour avoir trop peu dormi. « Si j'en parle, on se moquera de moi », se dit-il. Cependant les splendeurs destinées à son fils l'éblouissaient, bien que la promesse n'en fût pas claire et qu'il doutât même de l'avoir entendue.

Les époux se cachèrent leur secret. Mais tous deux chérissaient l'enfant d'un pareil amour; et, le respectant comme marqué de Dieu, ils eurent pour sa personne des égards infinis.[30] Sa couchette était rembourrée du plus fin duvet; une lampe en forme de colombe brûlait dessus, continuellement; trois nourrices le berçaient; et, bien serré dans ses langes, la mine rose et les yeux bleus, avec son manteau de brocart et son béguin chargé de perles, il ressemblait à un petit Jésus.[31] Les dents lui poussèrent sans qu'il pleurât une seule fois.

Quand il eut sept ans, sa mère lui apprit à chanter.[32] Pour le rendre courageux, son père le hissa sur un gros cheval. L'enfant souriait d'aise, et ne tarda pas à savoir tout ce qui concerne les destriers.

Un vieux moine très savant lui enseigna l'Ecriture sainte, la numération des Arabes, les lettres latines, et à faire sur le vélin des peintures mignonnes. Ils travaillaient ensemble, tout en haut d'une tourelle, à l'écart du bruit.

La leçon terminée, ils descendaient dans le jardin, où, se promenant pas à pas, ils étudiaient les fleurs.

Quelquefois on apercevait, cheminant au fond de la vallée, une file de bêtes de somme, conduites par un piéton, accoutré à l'orientale.[33] Le châtelain, qui l'avait reconnu pour un marchand, expédiait vers lui un valet. L'étranger, prenant confiance, se détournait de sa route; et, introduit dans le parloir, il retirait de ses coffres des pièces de velours et de soie, des orfèvreries, des aromates, des choses singulières d'un usage inconnu; à la fin le bonhomme s'en allait, avec un gros profit, sans avoir enduré aucune violence. D'autres fois, une troupe de pèlerins frappait à la porte. Leurs habits mouillés fumaient devant l'âtre; et, quand ils étaient repus,[34] ils racontaient leurs voyages: les erreurs des nefs sur la mer écumeuse, les marches à pied dans les sables brûlants,[35] la férocité des païens, les cavernes de la Syrie, la Crèche et le Sépulcre.[36] Puis ils donnaient au jeune seigneur des coquilles de leur manteau.[37]

Souvent le châtelain festoyait ses vieux compagnons d'armes. Tout en buvant, ils se rappelaient leurs guerres, les assauts des forteresses avec le battement des machines et les prodigieuses blessures. Julien, qui les écoutait, en poussait des cris; alors son père ne doutait pas qu'il ne fût plus tard un conquérant. Mais le soir, au sortir de l'angélus, quand il passait entre les pauvres inclinés, il puisait dans son escarcelle avec tant de modestie et d'un air si noble, que sa mère comptait bien le voir par la suite archevêque.[38]

Sa place dans la chapelle était aux côtés de ses parents; et, si longs que fussent les offices, il restait à genoux sur son prie-Dieu, la toque par terre et les mains jointes.

Un jour, pendant la messe, il aperçut, en relevant la tête, une petite souris blanche qui sortait d'un trou, dans la muraille.[39] Elle trottina sur la première marche de l'autel, et, après deux ou trois tours de droite et de gauche, s'enfuit du même côté. Le dimanche suivant, l'idée qu'il pourrait la revoir le troubla. Elle revint; et, chaque dimanche il l'attendait, en était importuné, fut pris de haine contre elle, et résolut de s'en défaire.

Ayant donc fermé la porte, et semé sur les marches les miettes d'un gâteau, il se posta devant le trou, une baguette à la main.

Au bout de très longtemps un museau rose parut, puis la souris tout entière. Il frappa un coup léger, et demeura stupéfait devant ce petit corps qui ne bougeait plus. Une goutte de sang tachait la dalle. Il l'essuya bien vite avec sa manche, jeta la souris dehors, et n'en dit rien à personne.

Toutes sortes d'oisillons picoraient les graines du jardin. Il imagina de mettre des pois dans un roseau creux. Quand il entendait gazouiller dans un arbre, il en approchait avec douceur, puis levait son tube, enflait ses joues, et les bestioles lui pleuvaient sur les épaules si abondamment qu'il ne pouvait s'empêcher de rire, heureux de sa malice.[40]

Un matin, comme il s'en retournait par la courtine, il vit sur la crête du rempart un gros pigeon qui se rengorgeait au soleil. Julien s'arrêta pour le regarder; le mur en cet endroit ayant une brèche, un éclat de pierre se rencontra sous ses doigts. Il tourna son bras, et la pierre abattit l'oiseau qui tomba d'un bloc dans le fossé.

Il se précipita vers le fond, se déchirant aux broussailles, furetant partout, plus leste qu'un jeune chien.

Le pigeon, les ailes cassées, palpitait, suspendu dans les branches d'un troène.

La persistance de sa vie irrita l'enfant. Il se mit à l'étrangler; et les convulsions de l'oiseau faisaient battre son cœur, l'emplissaient d'une volupté sauvage et tumultueuse. Au dernier raidissement, il se sentit défaillir.[41]

Le soir, pendant le souper, son père déclara que l'on devait à son âge apprendre la vénerie;[42] et il alla chercher un vieux cahier d'écriture contenant, par demandes et réponses,[43] tout le déduit des chasses.[44] Un maître y démontrait à son élève l'art de dresser les chiens [45] et d'affaiter les faucons, [46] de tendre les pièges, comment reconnaître le cerf à ses fumées, [47] le renard à ses empreintes, le loup à ses déchaussures, [48] le bon moyen de discerner leurs voies, [49] de quelle manière on les lance, [50] où se trouvent ordinairement leurs refuges, quels sont les vents les plus propices, avec l'énumération des cris et les règles de la curée. [51]

Quand Julien put réciter par cœur toutes ces choses, son père lui composa une meute. [52]

D'abord on y distinguait vingt-quatre lévriers barbaresques, [53] plus véloces que des gazelles, mais sujets à s'emporter; puis dix-sept couples de chiens bretons, tiquetés de blanc sur fond rouge, inébranlables dans leur créance, [54] forts de poitrine et grands hurleurs. Pour l'attaque du sanglier et les refuites [55] périlleuses, il y avait quarante griffons, poilus comme des ours. Des mâtins de Tartarie, [56] presque aussi hauts que des ânes, couleur de feu, l'échine large et le jarret droit, étaient destinés à poursuivre les aurochs. La robe noire des épagneuls luisait comme du satin; le jappement des talbots [57] valait celui des bigles chanteurs. Dans une cour à part, grondaient, en secouant leur chaîne et roulant leurs prunelles, huit dogues alains, [58] bêtes formidables qui sautent au ventre des cavaliers et n'ont pas peur des lions.

Tous mangeaient du pain de froment, buvaient dans des auges de pierre, [59] et portaient un nom sonore.

La fauconnerie, peut-être, dépassait la meute; le bon seigneur, à force d'argent, s'était procuré des tiercelets du Caucase, [60] des sacres de Babylone, [61] des gerfauts d'Allemagne, [62] et des faucons-pèlerins, capturés sur les falaises, au bord des mers froides, en de lointains pays. [63] Ils logeaient dans un hangar couvert de chaume, et, attachés par rang de taille [64] sur le perchoir, avaient devant eux une motte de gazon, où de temps à autre on les posait afin de les dégourdir. [65]

Des bourses, [66] des hameçons, des chausse-trapes, toute sorte d'engins [66] furent confectionnés.

Souvent on menait dans la campagne des chiens d'oysel, qui tombaient bien vite en arrêt. Alors des piqueurs, s'avançant pas à pas, étendaient avec précaution sur leurs corps impassibles un immense filet. Un commandement les faisait aboyer; des cailles s'envolaient;[67] et les dames des alentours conviées avec leurs maris, les enfants, les camérières, tout le monde se jetait dessus, et les prenait facilement.

D'autres fois, pour débûcher les lièvres, on battait du tambour; des renards tombaient dans des fosses,[68] ou bien un ressort, se débandant, attrapait un loup par le pied.

Mais Julien méprisa ces commodes artifices; il préférait chasser loin du monde, avec son cheval et son faucon. C'était presque toujours un grand tartaret de Scythie,[69] blanc comme la neige.[70] Son capuchon de cuir était surmonté d'un panache, des grelots d'or tremblaient à ses pieds bleus: et il se tenait ferme sur le bras de son maître pendant que le cheval galopait, et que les plaines se déroulaient. Julien, dénouant ses longes,[71] le lâchait tout à coup; la bête hardie montait droit dans l'air comme une flèche; et l'on voyait deux taches inégales tourner, se joindre, puis disparaître dans les hauteurs de l'azur. Le faucon ne tardait pas à descendre en déchirant quelque oiseau, et revenait se poser sur le gantelet, les deux ailes frémissantes.

Julien vola[72] de cette manière le héron, le milan, la corneille et le vautour.

Il aimait, en sonnant de la trompe, à suivre ses chiens qui couraient sur le versant des collines, sautaient les ruisseaux, remontaient vers les bois; et, quand le cerf commençait à gémir sous les morsures, il l'abattait prestement, puis se délectait à la furie des mâtins qui le dévoraient, coupé en pièces sur sa peau fumante.[73]

Les jours de brume, il s'enfonçait dans un marais pour guetter les oies, les loutres et les halbrans.

Trois écuyers, dès l'aube, l'attendaient au bas du perron; et le vieux moine, se penchant à sa lucarne, avait beau faire des signes pour le rappeler, Julien ne se retournait pas. Il allait à l'ardeur du soleil, sous la pluie, par la tempête, buvait l'eau des sources dans sa main, mangeait en trottant des pommes sauvages, s'il était fatigué se reposait sous un chêne; et il rentrait au milieu de la nuit, couvert de sang et de boue, avec des épines dans les cheveux et sentant l'odeur des bêtes farouches. Il devint comme elles. Quand sa mère l'embrassait, il acceptait froidement son étreinte, paraissant rêver à des choses profondes.

Il tua des ours à coups de couteau, des taureaux avec la hache, des sangliers avec l'épieu; et même une fois, n'ayant plus qu'un bâton, se défendit contre des loups qui rongeaient des cadavres au pied d'un gibet.[74]

Un matin d'hiver, il partit avant le jour, bien équipé, une arbalète sur l'épaule et un trousseau de flèches à l'arçon de la selle.

Son genet danois, suivi de deux bassets, en marchant d'un pas égal, faisait résonner la terre. Des gouttes de verglas se collaient à son manteau, une brise violente soufflait. Un côté de l'horizon s'éclaircit; et, dans la blancheur du crépuscule, il aperçut des lapins sautillant au bord de leurs terriers. Les deux bassets, tout de suite, se précipitèrent sur eux; et, çà et là, vivement, leur brisaient l'échine.

Bientôt, il entra dans un bois. Au bout d'une branche, un coq de bruyère engourdi par le froid dormait la tête sous l'aile. Julien, d'un revers d'épée, lui faucha les deux pattes, et sans le ramasser continua sa route.

Trois heures après, il se trouva sur la pointe d'une montagne tellement haute que le ciel semblait presque noir. Devant lui, un rocher pareil à un long mur s'abaissait, en surplombant un précipice; et, à l'extrémité, deux boucs sauvages regardaient l'abîme. Comme il n'avait pas ses flèches (car son cheval était resté en arrière), il imagina de descendre jusqu'à eux; à demi courbé, pieds nus, il arriva enfin au premier des boucs, et lui enfonça un poignard sous les côtes. Le second, pris de terreur, sauta dans le vide.[75] Julien s'élança pour le frapper, et, glissant du pied droit, tomba sur le cadavre de l'autre, la face au-dessus de l'abîme et les deux bras écartés.

Redescendu dans la plaine, il suivit des saules qui bordaient une rivière. Des grues, volant très bas, de temps à autre passaient au-dessus de sa tête. Julien les assommait avec son fouet et n'en manqua pas une.

Cependant l'air plus tiède avait fondu le givre, de larges vapeurs flottaient, et le soleil se montra. Il vit reluire tout au loin un lac figé, qui ressemblait à du plomb. Au milieu du lac, il y avait une bête que Julien ne connaissait pas, un castor à museau noir. Malgré la distance, une flèche l'abattit; et il fut chagrin de ne pouvoir emporter la peau.

Puis il s'avança dans une avenue de grands arbres, formant avec leurs cimes comme un arc de triomphe, à l'entrée d'une forêt. Un chevreuil bondit hors d'un fourré, un daim parut dans un carrefour, un blaireau sortit d'un trou, un paon sur le gazon déploya sa queue; — et quand il les eut tous occis, d'autres chevreuils se présentèrent, d'autres daims, d'autres blaireaux, d'autres paons, et des merles, des geais, des putois, des renards, des hérissons, des lynx, une infinité de bêtes, à chaque pas plus nombreuses. Elles tournaient autour de lui, tremblantes, avec un regard plein de douceur et de supplication. Mais Julien ne se fatiguait pas de tuer, tour à tour bandant son arbalète, dégainant l'épée, pointant du coutelas, et ne pensait à rien, n'avait souvenir de quoi que ce fût. Il était en chasse dans un pays quelconque, depuis un temps indéterminé, par le fait seul de sa propre existence, tout s'accomplissant avec la facilité que l'on éprouve dans les rêves.[76] Un spectacle extraordinaire l'arrêta. Des cerfs emplissaient un vallon ayant la forme d'un cirque;[77] et, tassés les uns près des autres, ils se réchauffaient avec leurs haleines que l'on voyait fumer dans le brouillard.

L'espoir d'un pareil carnage, pendant quelques minutes, le suffoqua de plaisir. Puis il descendit de cheval, retroussa ses manches, et se mit à tirer.

Au sifflement de la première flèche, tous les cerfs à la fois tournèrent la tête. Il se fit des enfonçures dans leur masse; des voix plaintives s'élevaient, et un grand mouvement agita le troupeau.

Le rebord du vallon était trop haut pour le franchir.[78] Ils bondissaient dans l'enceinte, cherchant à s'échapper. Julien visait, tirait; et les flèches tombaient comme les rayons d'une pluie d'orage. Les cerfs rendus furieux se battirent, se cabraient, montaient les uns par-dessus les autres; et leurs corps avec leurs ramures emmêlées faisaient un large monticule, qui s'écroulait, en se déplaçant.

Enfin ils moururent, couchés sur le sable, la bave aux naseaux, les entrailles sorties, et l'ondulation de leurs ventres s'abaissant par degrés. Puis tout fut immobile.

La nuit allait venir; et derrière le bois, dans les intervalles des branches, le ciel était rouge comme une nappe de sang.

Julien s'adossa contre un arbre. Il contemplait d'un œil béant l'énormité du massacre, ne comprenant pas comment il avait pu le faire.

De l'autre côté du vallon, sur le bord de la forêt, il aperçut un cerf, une biche et son faon.[79]

Le cerf, qui était noir et monstrueux de taille, portait seize andouillers avec une barbe blanche.[80] La biche, blonde comme les feuilles mortes, broutait le gazon; et le faon tacheté, sans l'interrompre dans sa marche, lui tétait la mamelle.

L'arbalète encore une fois ronfla. Le faon, tout de suite, fut tué. Alors sa mère, en regardant le ciel, brama d'une voix profonde, déchirante, humaine. Julien exaspéré, d'un coup en plein poitrail, l'étendit par terre.[81]

Le grand cerf l'avait vu, fit un bond. Julien lui envoya sa dernière flèche. Elle l'atteignit au front, et y resta plantée.

Le grand cerf n'eut pas l'air de la sentir; en enjambant par-dessus les morts, il avançait toujours, allait fondre sur lui, l'éventrer; et Julien reculait dans une épouvante indicible. Le prodigieux animal s'arrêta; et les yeux flamboyants, solennel comme un patriarche et comme un justicier, pendant qu'une cloche au loin tintait,[82] il répéta trois fois:

— « Maudit! maudit! maudit! Un jour, cœur féroce, tu assassineras ton père et ta mère! »[83]

Il plia les genoux, ferma doucement ses paupières, et mourut.

Julien fut stupéfait, puis accablé d'une fatigue soudaine; et un dégoût, une tristesse immense l'envahit. Le front dans les deux mains, il pleura pendant longtemps.

Son cheval était perdu; ses chiens l'avaient abandonné; la solitude qui l'enveloppait lui sembla toute menaçante de périls indéfinis. Alors, poussé par un effroi, il prit sa course à travers la campagne, choisit au hasard un sentier, et se trouva presque immédiatement à la porte du château.[84]

La nuit, il ne dormit pas. Sous le vacillement de la lampe suspendue, il revoyait toujours le grand cerf noir. Sa prédiction l'obsédait; il se débattait contre elle. « Non! non! non! je ne peux pas les tuer! » puis, il songeait: « Si je le voulais, pourtant?...» et il avait peur que le Diable ne lui en inspirât l'envie.[85]

Durant trois mois, sa mère en angoisse pria au chevet de son lit, et son père, en gémissant, marchait continuellement dans les couloirs. Il manda les maîtres mires[86] les plus fameux, lesquels ordonnèrent des quantités de drogues. Le mal de Julien, disaient-ils, avait pour cause un vent funeste, ou un désir d'amour. Mais le jeune homme, à toutes les questions, secouait la tête.

Les forces lui revinrent; et on le promenait dans la cour, le vieux moine et le bon seigneur le soutenant chacun par un bras.

Quand il fut rétabli complètement, il s'obstina à ne point chasser.

Son père, le voulant réjouir, lui fit cadeau d'une grande épée sarrasine.

Elle était au haut d'un pilier, dans une panoplie. Pour l'atteindre, il fallut une échelle. Julien y monta. L'épée trop lourde lui échappa des doigts, et en tombant frôla le bon seigneur de si près que sa houppelande en fut coupée; Julien crut avoir tué son père, et s'évanouit.[87]

Dès lors, il redouta les armes. L'aspect d'un fer nu le faisait pâlir. Cette faiblesse était une désolation pour sa famille.

Enfin le vieux moine, au nom de Dieu,[88] de l'honneur et des ancêtres, lui commanda de reprendre ses exercices de gentilhomme.

Les écuyers, tous les jours, s'amusaient au maniement de la javeline. Julien y excella bien vite. Il envoyait la sienne dans le goulot des bouteilles, cassait les dents des girouettes, frappait à cent pas les clous des portes.

Un soir d'été, à l'heure où la brume rend les choses indistinctes, étant sous la treille du jardin, il aperçut tout au fond deux ailes blanches qui voletaient à la hauteur de l'espalier. Il ne douta pas que ce ne fût une cigogne; et il lança son javelot.

Un cri déchirant partit.

C'était sa mère, dont le bonnet à longues barbes[89] restait cloué contre le mur.

Julien s'enfuit du château, et ne reparut plus.

II

Il s'engagea dans une troupe d'aventuriers qui passaient.

Il connut la faim, la soif, les fièvres et la vermine. Il s'accoutuma au fracas des mêlées, à l'aspect des moribonds. Le vent tanna sa peau.[90] Ses membres se durcirent par le contact des armures; et comme il était très fort, courageux, tempérant, avisé, il obtint sans peine le commandement d'une compagnie.[91]

Au début des batailles, il enlevait ses soldats d'un grand geste de son épée.[92] Avec une corde à nœuds, il grimpait aux murs des citadelles, la nuit, balancé par l'ouragan, pendant que les flammèches du feu grégeois[93] se collaient à sa cuirasse, et que la résine bouillante et le plomb fondu ruisselaient des créneaux. Souvent le heurt d'une pierre fracassa son bouclier. Des ponts trop chargés d'hommes croulèrent sous lui. En tournant sa masse d'armes,[94] il se débarrassa de quatorze cavaliers. Il défit, en champ clos, tous ceux qui se proposèrent. Plus de vingt fois, on le crut mort.[95]

Grâce à la faveur divine, il en réchappa toujours; car il protégeait les gens d'église, les orphelins, les veuves, et principalement les vieillards.[96] Quand il en voyait un marchant devant lui, il criait pour connaître sa figure, comme s'il avait eu peur de le tuer par méprise.[97]

Des esclaves en fuite, des manants révoltés, des bâtards sans fortune, toutes sortes d'intrépides affluèrent sous son drapeau, et il se composa une armée.

Elle grossit. Il devint fameux. On le recherchait.

Tour à tour, il secourut le Dauphin de France et le roi d'Angleterre,[98] les templiers de Jérusalem,[99] le suréna des Parthes,[100] le négud d'Abyssinie,[101] et l'empereur de Calicut.[102] Il combattit des Scandinaves recouverts d'écailles de poisson, des

Nègres munis de rondaches[103] en cuir d'hippopotame et montés sur des ânes rouges, des Indiens couleur d'or et brandissant par-dessus leurs diadèmes de larges sabres, plus clairs que des miroirs. Il vainquit les Troglodytes[104] et les Anthropophages. Il traversa des régions si torrides que sous l'ardeur du soleil les chevelures s'allumaient d'elles-mêmes, comme des flambeaux; et d'autres qui étaient si glaciales, que les bras, se détachant du corps, tombaient par terre; et des pays où il y avait tant de brouillards que l'on marchait environné de fantômes.

Des républiques en embarras le consultèrent. Aux entrevues d'ambassadeurs, il obtenait des conditions inespérées. Si un monarque se conduisait trop mal, il arrivait tout à coup, et lui faisait des remontrances. Il affranchit des peuples. Il délivra des reines enfermées dans des tours. C'est lui, et pas un autre, qui assomma la guivre[105] de Milan et le dragon d'Oberbirbach.[106]

Or l'empereur d'Occitanie,[107] ayant triomphé des Musulmans espagnols, s'était joint par concubinage à la sœur du calife de Cordoue;[108] et il en conservait une fille, qu'il avait élevée chrétiennement. Mais le calife, faisant mine de vouloir se convertir, vint lui rendre visite, accompagné d'une escorte nombreuse, massacra toute sa garnison, et le plongea dans un cul de basse-fosse, où il le traitait durement, afin d'en extirper[109] des trésors.

Julien accourut à son aide, détruisit l'armée des infidèles, assiégea la ville, tua le calife, coupa sa tête, et la jeta comme une boule par-dessus les remparts. Puis il tira l'empereur de sa prison, et le fit remonter sur son trône, en présence de toute sa cour.

L'empereur, pour prix d'un tel service, lui présenta dans des corbeilles beaucoup d'argent; Julien n'en voulut pas.[110] Croyant qu'il en désirait davantage, il lui offrit les trois quarts de ses richesses; nouveau refus; puis de partager son royaume; Julien le remercia; et l'empereur en pleurait de dépit, ne sachant de quelle manière témoigner sa reconnaissance, quand il se frappa le front, dit un mot à l'oreille d'un courtisan; les rideaux d'une tapisserie se relevèrent, et une jeune fille parut.

Ses grands yeux noirs brillaient comme deux lampes très

douces. Un sourire charmant écartait ses lèvres. Les anneaux
de sa chevelure s'accrochaient aux pierreries de sa robe entr'ouverte; et, sous la transparence de sa tunique, on devinait la
jeunesse de son corps. Elle était toute mignonne et potelée,
avec la taille fine.[111]

Julien fut ébloui d'amour, d'autant plus qu'il avait mené
jusqu'alors une vie très chaste.

Donc il reçut en mariage la fille de l'empereur, avec un château
qu'elle tenait de sa mère; et, les noces étant terminées, on se
quitta, après des politesses infinies de part et d'autre.

C'était un palais de marbre blanc, bâti à la moresque,[112] sur
un promontoire, dans un bois d'orangers. Des terrasses de fleurs
descendaient jusqu'au bord d'un golfe, où des coquilles roses
craquaient sous les pas. Derrière le château, s'étendait une forêt
ayant le dessin d'un éventail. Le ciel continuellement était bleu,
et les arbres se penchaient tour à tour sous la brise de la mer et
le vent des montagnes, qui fermaient au loin l'horizon.

Les chambres, pleines de crépuscule, se trouvaient éclairées
par les incrustations des murailles.[113] De hautes colonnettes,
minces comme des roseaux, supportaient la voûte des coupoles,
décorées de reliefs imitant les stalactites des grottes.

Il y avait des jets d'eau dans les salles, des mosaïques dans les
cours, des cloisons festonnées,[114] mille délicatesses d'architecture,
et partout un tel silence que l'on entendait le frôlement d'une
écharpe ou l'écho d'un soupir.

Julien ne faisait plus la guerre. Il se reposait, entouré d'un
peuple tranquille; et chaque jour, une foule passait devant lui,
avec des génuflexions et des baise-mains à l'orientale.

Vêtu de pourpre, il restait accoudé dans l'embrasure d'une
fenêtre, en se rappelant ses chasses d'autrefois; et il aurait voulu
courir sur le désert après les gazelles et les autruches, être caché
dans les bambous à l'affût des léopards, traverser des forêts
pleines de rhinocéros, atteindre au sommet des monts les plus
inaccessibles pour viser mieux les aigles, et sur les glaçons de la
mer combattre les ours blancs.[115]

Quelquefois, dans un rêve, il se voyait comme notre père
Adam au milieu du Paradis, entre toutes les bêtes; en allongeant

le bras, il les faisait mourir; ou bien, elles défilaient, deux à deux, par rang de taille, depuis les éléphants et les lions jusqu'aux hermines et aux canards, comme le jour qu'elles entrèrent dans l'arche de Noé. A l'ombre d'une caverne, il dardait sur elles des javelots infaillibles; il en survenait d'autres; cela n'en finissait pas; et il se réveillait en roulant des yeux farouches.

Des princes de ses amis l'invitèrent à chasser. Il s'y refusa toujours, croyant, par cette sorte de pénitence, détourner son malheur; car il lui semblait que du meurtre des animaux dépendait le sort de ses parents.[116] Mais il souffrait de ne pas les voir, et son autre envie devenait insupportable.

Sa femme, pour le récréer, fit venir des jongleurs et des danseuses.

Elle se promenait avec lui, en litière ouverte, dans la campagne; d'autres fois, étendus sur le bord d'une chaloupe, ils regardaient les poissons vagabonder dans l'eau, claire comme le ciel. Souvent elle lui jetait des fleurs au visage; accroupie devant ses pieds, elle tirait des airs d'une mandoline à trois cordes; puis, lui posant sur l'épaule ses deux mains jointes, disait d'une voix timide:

— « Qu'avez-vous donc, cher seigneur ? »

Il ne répondait pas, ou éclatait en sanglots; enfin, un jour, il avoua son horrible pensée.[117]

Elle la combattit, en raisonnant très bien: son père et sa mère, probablement, étaient morts; si jamais il les revoyait, par quel hasard, dans quel but, arriverait-il à cette abomination ? Donc, sa crainte n'avait pas de cause, et il devait se remettre à chasser.

Julien souriait en l'écoutant, mais ne se décidait pas à satisfaire son désir.

Un soir du mois d'août qu'ils étaient dans leur chambre, elle venait de se coucher et il s'agenouillait pour sa prière[118] quand il entendit le jappement d'un renard, puis des pas légers sous la fenêtre; et il entrevit dans l'ombre comme des apparences d'animaux. La tentation était trop forte. Il décrocha son carquois.

Elle parut surprise.

— « C'est pour t'obéir! » dit-il, « au lever du soleil, je serai revenu. »

Cependant[119] elle redoutait une aventure funeste.

Il la rassura, puis sortit, étonné de l'inconséquence de son humeur.[120]

Peu de temps après, un page vint annoncer que deux inconnus, à défaut du seigneur absent, réclamaient tout de suite la seigneuresse.[121]

Et bientôt entrèrent dans la chambre un vieil homme et une vieille femme, courbés, poudreux, en habits de toile, et s'appuyant chacun sur un bâton.[122]

Ils s'enhardirent et déclarèrent qu'ils apportaient à Julien des nouvelles de ses parents.

Elle se pencha pour les entendre.

Mais, s'étant concertés du regard,[123] ils lui demandèrent s'il les aimait toujours, s'il parlait d'eux quelquefois.

— « Oh! oui! » dit-elle.

Alors, ils s'écrièrent :

— « Eh bien! c'est nous! » et ils s'assirent, étant fort las et recrus de fatigue.

Rien n'assurait à la jeune femme que son époux fût leur fils.

Ils en donnèrent la preuve, en décrivant des signes particuliers qu'il avait sur la peau.

Elle sauta hors de sa couche, appela son page, et on leur servit un repas.[124]

Bien qu'ils eussent grand' faim, ils ne pouvaient guère manger; et elle observait à l'écart le tremblement de leurs mains osseuses, en prenant les gobelets.

Ils firent mille questions sur Julien. Elle répondait à chacune, mais eut soin de taire l'idée funèbre qui les concernait.[125]

Ne le voyant pas revenir, ils étaient partis de leur château; et ils marchaient depuis plusieurs années, sur de vagues indications, sans perdre l'espoir. Il avait fallu tant d'argent au péage des fleuves et dans les hôtelleries, pour les droits des princes et les exigences des voleurs, que le fond de leur bourse était vide, et qu'ils mendiaient maintenant. Qu'importe, puisque bientôt ils embrasseraient leur fils? Ils exaltaient son bonheur d'avoir une femme aussi gentille, et ne se lassaient point de la contempler et de la baiser.

La richesse de l'appartement les étonnait beaucoup ; et le vieux, ayant examiné les murs, demanda pourquoi s'y trouvait le blason de l'empereur d'Occitanie.

Elle répliqua :

— « C'est mon père ! »

Alors il tressaillit, se rappelant la prédiction du Bohême ; et la vieille songeait à la parole de l'Ermite. Sans doute la gloire de son fils n'était que l'aurore des splendeurs éternelles ; et tous les deux restaient béants, sous la lumière du candélabre qui éclairait la table.

Ils avaient dû être très beaux dans leur jeunesse. La mère avait encore tous ses cheveux, dont les bandeaux fins, pareils à des plaques de neige, pendaient jusqu'au bas de ses joues ;[126] et le père, avec sa taille haute et sa grande barbe, ressemblait à une statue d'église.

La femme de Julien les engagea à ne pas l'attendre. Elle les coucha elle-même dans son lit,[127] puis ferma la croisée ; ils s'endormirent.[128] Le jour allait paraître, et, derrière le vitrail, les petits oiseaux commençaient à chanter.

Julien avait traversé le parc ; et il marchait dans la forêt d'un pas nerveux, jouissant de la mollesse du gazon et de la douceur de l'air.

Les ombres des arbres s'étendaient sur la mousse. Quelquefois la lune faisait des taches blanches dans les clairières, et il hésitait à s'avancer, croyant apercevoir une flaque d'eau, ou bien la surface des mares tranquilles se confondait avec la couleur de l'herbe. C'était partout un grand silence ; et il ne découvrait aucune des bêtes qui, peu de minutes auparavant, erraient à l'entour de son château.

Le bois s'épaissit, l'obscurité devint profonde. Des bouffées de vent chaud passaient, pleines de senteurs amollissantes. Il enfonçait dans des tas de feuilles mortes, et il s'appuya contre un chêne pour haleter un peu.

Tout à coup, derrière son dos, bondit une masse plus noire, un sanglier. Julien n'eut pas le temps de saisir son arc, et il s'en affligea comme d'un malheur.

Puis, étant sorti du bois, il aperçut un loup qui filait le long d'une haie.

Julien lui envoya une flèche. Le loup s'arrêta, tourna la tête pour le voir et reprit sa course. Il trottait en gardant toujours la même distance, s'arrêtait de temps à autre, et, sitôt qu'il était visé, recommençait à fuir.

Julien parcourut de cette manière une plaine interminable, puis des monticules de sable, et enfin il se trouva sur un plateau dominant un grand espace de pays.[129] Des pierres plates étaient clairsemées entre des caveaux en ruines. On trébuchait sur des ossements de morts; de place en place, des croix vermoulues se penchaient d'un air lamentable.[130] Mais des formes remuèrent dans l'ombre indécise des tombeaux; et il en surgit des hyènes, tout effarées, pantelantes. En faisant claquer leurs ongles sur les dalles, elles vinrent à lui et le flairaient avec un bâillement qui découvrait leurs gencives. Il dégaina son sabre. Elles partirent à la fois dans toutes les directions, et, continuant leur galop boiteux et précipité, se perdirent au loin sous un flot de poussière.

Une heure après, il rencontra dans un ravin un taureau furieux, les cornes en avant, et qui grattait le sable avec son pied. Julien lui pointa sa lance sous les fanons. Elle éclata, comme si l'animal eût été de bronze; il ferma les yeux, attendant sa mort. Quand il les rouvrit, le taureau avait disparu.

Alors son âme s'affaissa de honte. Un pouvoir supérieur détruisait sa rorce;[131] et, pour s'en retourner chez lui, il rentra dans la forêt.

Elle était embarrassée de lianes; et il les coupait avec son sabre quand une fouine glissa brusquement entre ses jambes, une panthère fit un bond par-dessus son épaule, un serpent monta en spirale autour d'un frêne.

Il y avait dans son feuillage un choucas monstrueux, qui regardait Julien; et, çà et là, parurent entre les branches quantité de larges étincelles, comme si le firmament eût fait pleuvoir dans la forêt toutes ses étoiles. C'étaient des yeux d'animaux, des chats sauvages, des écureuils, des hiboux, des perroquets, des singes.

Julien darda contre eux ses flèches; les flèches, avec leurs plumes, se posaient sur les feuilles comme des papillons blancs. Il leur jeta des pierres; les pierres, sans rien toucher, retombaient. Il se maudit, aurait voulu se battre, hurla des imprécations, étouffait de rage.

Et tous les animaux qu'il avait poursuivis se représentèrent, faisant autour de lui un cercle étroit. Les uns étaient assis sur leur croupe, les autres dressés de toute leur taille. Il restait au milieu, glacé de terreur, incapable du moindre mouvement. Par un effort suprême de sa volonté, il fit un pas; ceux qui perchaient sur les arbres ouvrirent leurs ailes, ceux qui foulaient le sol déplacèrent leurs membres; et tous l'accompagnaient.

Les hyènes marchaient devant lui, le loup et le sanglier par derrière. Le taureau, à sa droite, balançait la tête; et, à sa gauche, le serpent ondulait dans les herbes, tandis que la panthère, bombant son dos, avançait à pas de velours et à grandes enjambées. Il allait le plus lentement possible pour ne pas les irriter; et il voyait sortir de la profondeur des buissons des porcs-épics, des renards, des vipères, des chacals et des ours.

Julien se mit à courir; ils coururent. Le serpent sifflait, les bêtes puantes bavaient. Le sanglier lui frottait les talons avec ses défenses, le loup, l'intérieur des mains avec les poils de son museau. Les singes le pinçaient en grimaçant, la fouine se roulait sur ses pieds. Un ours, d'un revers de patte, lui enleva son chapeau; et la panthère, dédaigneusement, laissa tomber une flèche qu'elle portait à sa gueule.

Une ironie perçait dans leurs allures sournoises. Tout en l'observant du coin de leurs prunelles, ils semblaient méditer un plan de vengeance; et, assourdi par le bourdonnement des insectes, battu par des queues d'oiseau, suffoqué par des haleines, il marchait les bras tendus et les paupières closes comme un aveugle, sans même avoir la force de crier « grâce! »

Le chant d'un coq vibra dans l'air. D'autres y répondirent; c'était le jour; et il reconnut, au delà des orangers, le faîte de son palais.[132]

Puis, au bord d'un champ, il vit, à trois pas d'intervalle, des perdrix rouges qui voletaient dans les chaumes. Il dégrafa son manteau, et l'abattit sur elles comme un filet. Quand il les eut découvertes, il n'en trouva qu'une seule, et morte depuis long-temps, pourrie.

Cette déception l'exaspéra plus que toutes les autres. Sa soif de carnage le reprenait; les bêtes manquant, il aurait voulu massacrer des hommes.

Il gravit les trois terrasses, enfonça la porte d'un coup de poing; mais, au bas de l'escalier, le souvenir de sa chère femme détendit son cœur. Elle dormait sans doute, et il allait la sur-prendre.

Ayant retiré ses sandales, il tourna doucement la serrure, et entra.

Les vitraux garnis de plomb obscurcissaient la pâleur de l'aube. Julien se prit les pieds dans des vêtements, par terre; un peu plus loin, il heurta une crédence encore chargée de vaisselle. « Sans doute, elle aura mangé », se dit-il; et il avançait vers le lit, perdu dans les ténèbres au fond de la chambre.[133] Quand il fut au bord, afin d'embrasser sa femme, il se pencha sur l'oreiller où les deux têtes reposaient l'une près de l'autre. Alors, il sentit contre sa bouche l'impression d'une barbe.

Il se recula, croyant devenir fou; mais il revint près du lit, et ses doigts, en palpant, rencontrèrent des cheveux qui étaient très longs. Pour se convaincre de son erreur, il repassa lentement sa main sur l'oreiller. C'était bien une barbe, cette fois, et un homme! un homme couché avec sa femme!

Eclatant d'une colère démesurée, il bondit sur eux à coups de poignard; et il trépignait, écumait, avec des hurlements de bête fauve. Puis il s'arrêta. Les morts, percés au cœur, n'avaient pas même bougé. Il écoutait attentivement leurs deux râles presque égaux, et, à mesure qu'ils s'affaiblissaient, un autre, tout au loin, les continuait. Incertaine d'abord, cette voix plaintive, longuement poussée, se rapprochait, s'enfla, devint cruelle; et il reconnut, terrifié, le bramement du grand cerf noir.[134]

Et comme il se retournait, il crut voir dans l'encadrure de la porte le fantôme de sa femme, une lumière à la main.

Le tapage du meurtre l'avait attirée.[135]   D'un large coup d'œil, elle comprit tout, et, s'enfuyant d'horreur, laissa tomber son flambeau.

Il le ramassa.

Son père et sa mère étaient devant lui, étendus sur le dos avec un trou dans la poitrine; et leurs visages, d'une majestueuse douceur, avaient l'air de garder comme un secret éternel.   Des éclaboussures et des flaques de sang s'étalaient au milieu de leur peau blanche, sur les draps du lit, par terre, le long d'un christ d'ivoire suspendu dans l'alcôve.   Le reflet écarlate du vitrail, alors frappé par le soleil, éclairait ces taches rouges, et en jetait de plus nombreuses dans tout l'appartement.   Julien marcha vers les deux morts en se disant, en voulant croire, que cela n'était pas possible, qu'il s'était trompé, qu'il y a parfois des ressemblances inexplicables.   Enfin, il se baissa légèrement pour voir de tout près le vieillard; et il aperçut, entre ses paupières mal fermées, une prunelle éteinte qui le brûla comme du feu.   Puis il se porta de l'autre côté de la couche, occupé par l'autre corps, dont les cheveux blancs masquaient une partie de la figure. Julien lui passa les doigts sous ses bandeaux, leva sa tête; —et il la regardait, en la tenant au bout de son bras roidi, pendant que de l'autre main il s'éclairait avec le flambeau. Des gouttes suintant du matelas, tombaient une à une sur le plancher.[136]

A la fin du jour, il se présenta devant sa femme; et, d'une voix différente de la sienne, il lui commanda premièrement de ne pas lui répondre, de ne pas l'approcher, de ne plus même le regarder, et qu'elle eût à suivre, sous peine de damnation, tous ses ordres qui étaient irrévocables.

Les funérailles seraient faites selon les instructions qu'il avait laissées par écrit, sur un prie-Dieu, dans la chambre des morts. Il lui abandonnait son palais, ses vassaux, tous ses biens, sans même retenir les vêtements de son corps, et ses sandales, que l'on trouverait au haut de l'escalier.

Elle avait obéi à la volonté de Dieu, en occasionnant son crime,[137] et devait prier pour son âme, puisque désormais il n'existait plus.

On enterra les morts avec magnificence, dans l'église d'un
monastère à trois journées du château.[138]   Un moine en cagoule
rabattue suivit le cortège, loin de tous les autres, sans que personne
osât lui parler.

Il resta, pendant la messe, à plat ventre au milieu du portail,
les bras en croix,[139] et le front dans la poussière.

Après l'ensevelissement, on le vit prendre le chemin qui menait
aux montagnes.   Il se retourna plusieurs fois, et finit par disparaître.

III

Il s'en alla, mendiant sa vie par le monde.

Il tendait sa main aux cavaliers sur les routes, avec des génuflexions s'approchait des moissonneurs, ou restait immobile
devant la barrière des cours; et son visage était si triste que
jamais on ne lui refusait l'aumône.

Par esprit d'humilité, il racontait son histoire; alors tous
s'enfuyaient en faisant des signes de croix.   Dans les villages où
il avait déjà passé, sitôt qu'il était reconnu on fermait les portes,
on lui criait des menaces, on lui jetait des pierres.   Les plus
charitables posaient une écuelle sur le bord de leur fenêtre, puis
fermaient l'auvent[140] pour ne pas l'apercevoir.

Repoussé de partout, il évita les hommes; et il se nourrit de
racines, de plantes, de fruits perdus, et de coquillages[141] qu'il
cherchait le long des grèves.

Quelquefois, au tournant d'une côte, il voyait sous ses yeux
une confusion de toits pressés, avec des flèches de pierre, des
ponts, des tours, des rues noires s'entrecroisant, et d'où montait
jusqu'à lui un bourdonnement continuel.

Le besoin de se mêler à l'existence des autres le faisait descendre
dans la ville.   Mais l'air bestial des figures, le tapage des métiers,
l'indifférence des propos[142] glaçaient son cœur.   Les jours de
fête, quand le bourdon des cathédrales mettait en joie dès
l'aurore le peuple entier, il regardait les habitants sortir de leurs
maisons, puis les danses sur les places, les fontaines de cervoise[143]
dans les carrefours, les tentures de damas devant le logis des

The Church, Pont-l'Evêque, about 1850

Saint Julien L'Hospitalier: Stained-glass window of Rouen Cathedral

princes, et le soir venu, par le vitrage des rez-de-chaussée, les longues tables de ramille où des aïeux tenaient des petits enfants sur leurs genoux; des sanglots l'étouffaient, et il s'en retournait vers la campagne.

Il contemplait avec des élancements d'amour les poulains dans les herbages, les oiseaux dans leurs nids, les insectes sur les fleurs; tous, à son approche, couraient plus loin, se cachaient effarés, s'envolaient bien vite.

Il rechercha les solitudes. Mais le vent apportait à son oreille comme des râles d'agonie; les larmes de la rosée tombant par terre lui rappelaient d'autres gouttes d'un poids plus lourd. Le soleil, tous les soirs, étalait du sang dans les nuages; et chaque nuit, en rêve, son parricide recommençait.

Il se fit un cilice avec des pointes de fer. Il monta sur les deux genoux toutes les collines ayant une chapelle à leur sommet. Mais l'impitoyable pensée obscurcissait la splendeur des tabernacles, le torturait à travers les macérations de la pénitence.

Il ne se révoltait pas contre Dieu qui lui avait infligé cette action, et pourtant se désespérait de l'avoir pu commettre.

Sa propre personne lui faisait tellement horreur qu'espérant s'en délivrer il l'aventura dans des périls. Il sauva des paralytiques des incendies, des enfants du fond des gouffres. L'abîme le rejetait, les flammes l'épargnaient.

Le temps n'apaisa pas sa souffrance. Elle devenait intolérable. Il résolut de mourir.

Et un jour qu'il se trouvait au bord d'une fontaine, comme il se penchait dessus pour juger de la profondeur de l'eau, il vit paraître en face de lui un vieillard tout décharné, à barbe blanche et d'un aspect si lamentable qu'il lui fut impossible de retenir ses pleurs. L'autre, aussi, pleurait. Sans reconnaître son image, Julien se rappelait confusément une figure ressemblant à celle-là. Il poussa un cri; c'était son père; et il ne pensa plus à se tuer.

Ainsi, portant le poids de son souvenir, il parcourut beaucoup de pays; et il arriva près d'un fleuve dont la traversée était dangereuse, à cause de sa violence et parce qu'il y avait sur les rives une grande étendue de vase. Personne depuis longtemps n'osait plus le passer.

Une vieille barque, enfouie à l'arrière, dressait sa proue dans les roseaux. Julien en l'examinant découvrit une paire d'avirons; et l'idée lui vint d'employer son existence au service des autres.[144]

Il commença par établir sur la berge une manière de chaussée qui permettrait de descendre jusqu'au chenal; et il se brisait les ongles à remuer les pierres énormes, les appuyait contre son ventre pour les transporter, glissait dans la vase, y enfonçait, manqua périr plusieurs fois.

Ensuite, il répara le bateau avec des épaves de navires, et il se fit une cahute avec de la terre glaise et des troncs d'arbres.

Le passage étant connu, les voyageurs se présentèrent. Ils l'appelaient de l'autre bord, en agitant des drapeaux; Julien bien vite sautait dans sa barque. Elle était très lourde; et on la surchargeait par toutes sortes de bagages et de fardeaux, sans compter les bêtes de somme, qui, ruant de peur, augmentaient l'encombrement. Il ne demandait rien pour sa peine; quelques-uns lui donnaient des restes de victuailles qu'ils tiraient de leur bissac ou les habits trop usés dont ils ne voulaient plus. Des brutaux vociféraient des blasphèmes. Julien les reprenait avec douceur; et ils ripostaient par des injures. Il se contentait de les bénir.

Une petite table, un escabeau, un lit de feuilles mortes et trois coupes d'argile, voilà tout ce qu'était son mobilier. Deux trous dans la muraille servaient de fenêtres. D'un côté, s'étendaient à perte de vue des plaines stériles ayant sur leur surface de pâles étangs, çà et là; et le grand fleuve, devant lui, roulait ses flots verdâtres. Au printemps, la terre humide avait une odeur de pourriture. Puis, un vent désordonné soulevait la poussière en tourbillons. Elle entrait partout, embourbait l'eau, craquait sous les gencives. Un peu plus tard, c'était des nuages de moustiques, dont la susurration et les piqûres ne s'arrêtaient ni jour ni nuit. Ensuite, survenaient d'atroces gelées qui donnaient aux choses la rigidité de la pierre, et inspiraient un besoin fou de manger de la viande.[145]

Des mois s'écoulaient sans que Julien vît personne. Souvent il fermait les yeux, tâchant, par la mémoire, de revenir dans sa jeunesse; — et la cour d'un château apparaissait, avec des lévriers sur un perron, des valets dans la salle d'armes, et, sous un berceau de pampres, un adolescent à cheveux blonds entre un vieillard couvert de fourrures et une dame à grand hennin ; tout à coup, les deux cadavres étaient là.   Il se jetait à plat ventre sur son lit, et répétait en pleurant :

— « Ah ! pauvre père ! pauvre mère ! pauvre mère ! » Et tombait dans un assoupissement où les visions funèbres continuaient.

Une nuit qu'il dormait, il crut entendre quelqu'un l'appeler. Il tendit l'oreille et ne distingua que le mugissement des flots.

Mais la même voix reprit :

— « Julien ! »

Elle venait de l'autre bord, ce qui lui parut extraordinaire, vu la largeur du fleuve.[146]

Une troisième fois on appela :

— « Julien ! »

Et cette voix haute avait l'intonation d'une cloche d'église.[147]

Ayant allumé sa lanterne, il sortit de la cahute.   Un ouragan furieux emplissait la nuit.   Les ténèbres étaient profondes, et çà et là déchirées par la blancheur des vagues qui bondissaient.

Après une minute d'hésitation, Julien dénoua l'amarre.   L'eau, tout de suite, devint tranquille, la barque glissa dessus et toucha l'autre berge, où un homme attendait.

Il était enveloppé d'une toile en lambeaux, la figure pareille à un masque de plâtre et les deux yeux plus rouges que des charbons.   En approchant de lui la lanterne, Julien s'aperçut qu'une lèpre hideuse le recouvrait ;[148] cependant, il avait dans son attitude comme une majesté de roi.

Dès qu'il entra dans la barque, elle enfonça prodigieusement, écrasée par son poids ;[149] une secousse la remonta ; et Julien se mit à ramer.

A chaque coup d'aviron, le ressac des flots la soulevait par l'avant.   L'eau, plus noire que de l'encre, courait avec furie des deux côtés du bordage.   Elle creusait des abîmes, elle faisait des montagnes, et la chaloupe sautait dessus, puis redescendait dans des profondeurs où elle tournoyait, ballottée par le vent.

Julien penchait son corps, dépliait les bras, et, s'arc-boutant des pieds, se renversait avec une torsion de la taille, pour avoir plus de force. La grêle cinglait ses mains, la pluie coulait dans son dos, la violence de l'air l'étouffait, il s'arrêta. Alors le bateau fut emporté à la dérive. Mais, comprenant qu'il s'agissait d'une chose considérable, d'un ordre auquel il ne fallait pas désobéir,[150] il reprit ses avirons; et le claquement des tolets coupait la clameur de la tempête.

La petite lanterne brûlait devant lui. Des oiseaux, en voletant, la cachaient par intervalles. Mais toujours il apercevait les prunelles du lépreux qui se tenait debout à l'arrière, immobile comme une colonne.

Et cela dura longtemps, très longtemps!

Quand ils furent arrivés dans la cahute, Julien ferma la porte; et il le vit siégeant sur l'escabeau. L'espèce de linceul qui le recouvrait était tombé jusqu'à ses hanches; et ses épaules, sa poitrine, ses bras maigres disparaissaient sous des plaques de pustules écailleuses. Des rides énormes labouraient son front. Tel qu'un squelette, il avait un trou à la place du nez; et ses lèvres bleuâtres dégageaient une haleine épaisse comme un brouillard, et nauséabonde.

— «J'ai faim!» dit-il.

Julien lui donna ce qu'il possédait, un vieux quartier de lard et les croûtes d'un pain noir.

Quand il les eut dévorés, la table, l'écuelle et le manche du couteau portaient les mêmes taches que l'on voyait sur son corps.

Ensuite, il dit: — «J'ai soif!»

Julien alla chercher sa cruche; et, comme il la prenait, il en sortit un arôme qui dilata son cœur et ses narines. C'était du vin; quelle trouvaille! mais le lépreux avança le bras, et, d'un trait vida toute la cruche.

Puis il dit: — «J'ai froid!»

Julien, avec sa chandelle, enflamma un paquet de fougères, au milieu de la cabane.

Le lépreux vint s'y chauffer; et, accroupi sur les talons, il tremblait de tous ses membres, s'affaiblissait; ses yeux ne brillaient plus, ses ulcères coulaient, et, d'une voix presque éteinte, il murmura: — « Ton lit! »

Julien l'aida doucement à s'y traîner, et même étendit sur lui, pour le couvrir, la toile de son bateau.

Le lépreux gémissait. Les coins de sa bouche découvraient ses dents, un râle accéléré lui secouait la poitrine, et son ventre, à chacune de ses aspirations, se creusait jusqu'aux vertèbres.

Puis il ferma les paupières.

— « C'est comme de la glace dans mes os! Viens près de moi! »

Et Julien, écartant la toile, se coucha sur les feuilles mortes, près de lui, côte à côte.

Le lépreux tourna la tête.

— « Déshabille-toi, pour que j'aie la chaleur de ton corps! »

Julien ôta ses vêtements; puis, nu comme au jour de sa naissance, se replaça dans le lit; et il sentait contre sa cuisse la peau du lépreux, plus froide qu'un serpent et rude comme une lime.

Il tâchait de l'encourager; et l'autre répondait, en haletant:

— « Ah! je vais mourir!... Rapproche-toi, réchauffe-moi! Pas avec les mains! non! toute ta personne. »

Julien s'étala dessus complètement, bouche contre bouche, poitrine sur poitrine.

Alors le lépreux l'étreignit; et ses yeux tout à coup prirent une clarté d'étoiles; ses cheveux s'allongèrent comme les rais du soleil; le souffle de ses narines avait la douceur des roses; un nuage d'encens s'éleva du foyer, les flots chantaient. Cependant une abondance de délices, une joie surhumaine descendait comme une inondation dans l'âme de Julien pâmé; et celui dont les bras le serraient toujours grandissait, grandissait, touchant de sa tête et de ses pieds les deux murs de la cabane. Le toit s'envola, le firmament se déployait; — et Julien monta vers les espaces bleus, face à face avec Notre-Seigneur Jésus, qui l'emportait dans le ciel.[151]

Et voilà l'histoire de saint Julien l'Hospitalier, telle à peu près qu'on la trouve, sur un vitrail d'église, dans mon pays.[152]

HERODIAS

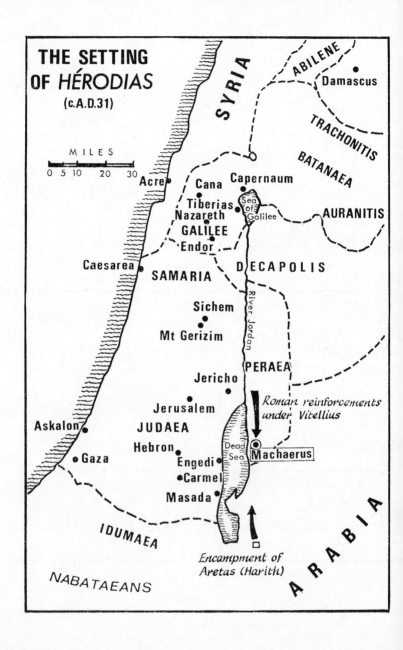

THE SETTING
OF *HÉRODIAS*
(c.A.D.31)

SYRIA

ABILENE

Damascus

TRACHONITIS

BATANAEA

AURANITIS

MILES

0 5 10   20   30

Acre

Cana

Capernaum

Tiberias

Nazareth

Sea of Galilee

GALILEE

Endor

DECAPOLIS

Caesarea

SAMARIA

Sichem

Mt Gerizim

River Jordan

PERAEA

Jericho

Roman reinforcements under Vitellius

Jerusalem

Askalon

JUDAEA

Hebron

Dead Sea

Machaerus

Engedi

Carmel

Masada

Gaza

IDUMAEA

ARABIA

Encampment of Aretas (Harith)

NABATAEANS

I

La citadelle de Machærous[1] se dressait à l'orient de la mer
Morte, sur un pic de basalte ayant la forme d'un cône. Quatre
vallées profondes l'entouraient, deux vers les flancs, une en face,
la quatrième au delà. Des maisons se tassaient contre sa base,
dans le cercle d'un mur qui ondulait suivant les inégalités du
terrain; et, par un chemin en zigzag tailladant le rocher, la ville
se reliait à la forteresse, dont les murailles étaient hautes de cent
vingt coudées, avec des angles nombreux, des créneaux sur le
bord, et, çà et là, des tours qui faisaient comme des fleurons à
cette couronne de pierres, suspendue au-dessus de l'abîme.[2]

Il y avait dans l'intérieur un palais orné de portiques, et couvert
d'une terrasse que fermait une balustrade en bois de sycomore,
où des mâts étaient disposés pour tendre un vélarium.

Un matin, avant le jour, le Tétrarque Hérode-Antipas[3] vint
s'y accouder, et regarda.

Les montagnes, immédiatement sous lui, commençaient à
découvrir leurs crêtes, pendant que leur masse, jusqu'au fond
des abîmes, était encore dans l'ombre. Un brouillard flottait, il
se déchira, et les contours de la mer Morte apparurent.[4] L'aube,
qui se levait derrière Machærous, épandait une rougeur. Elle
illumina bientôt les sables de la grève, les collines, le désert, et,
plus loin, tous les monts de la Judée, inclinant leurs surfaces
raboteuses et grises.[5] Engaddi, au milieu, traçait une barre noire;
Hébron, dans l'enfoncement, s'arrondissait en dôme; Esquol avait
des grenadiers, Sorek des vignes, Karmel des champs de sésame;
et la tour Antonia, de son cube monstrueux, dominait Jérusalem.[6]
Le Tétrarque en détourna la vue pour contempler, à droite, les
palmiers de Jéricho; et il songea aux autres villes de sa Galilée:[7]
Capharnaüm, Endor, Nazareth, Tibérias[8] où peut-être il ne
reviendrait plus. Cependant le Jourdain coulait sur la plaine
aride. Toute blanche, elle éblouissait comme une nappe de
neige.[9] Le lac, maintenant, semblait en lapis-lazuli;[10] et à sa

5*

pointe méridionale, du côté de l'Yémen,[11] Antipas reconnut ce qu'il craignait d'apercevoir. Des tentes brunes étaient dispersées; des hommes avec des lances circulaient entre les chevaux, et des feux s'éteignant brillaient comme des étincelles à ras du sol.

C'étaient les troupes du roi des Arabes, dont il avait répudié la fille pour prendre Hérodias, mariée à l'un de ses frères, qui vivait en Italie, sans prétentions au pouvoir.

Antipas attendait les secours des Romains; et Vitellius, gouverneur de la Syrie, tardant à paraître, il se rongeait d'inquiétudes.[12]

Agrippa, sans doute, l'avait ruiné chez l'Empereur?[13] Philippe, son troisième frère, souverain de la Batanée, s'armait clandestinement.[14] Les Juifs ne voulaient plus de ses mœurs idolâtres, tous les autres de sa domination;[15] si bien qu'il hésitait entre deux projets: adoucir les Arabes ou conclure une alliance avec les Parthes;[16] et, sous le prétexte de fêter son anniversaire, il avait convié, pour ce jour même, à un grand festin, les chefs de ses troupes, les régisseurs de ses campagnes et les principaux de la Galilée.[17]

Il fouilla d'un regard aigu toutes les routes.[18] Elles étaient vides. Des aigles volaient au-dessus de sa tête; les soldats, le long du rempart, dormaient contre les murs; rien ne bougeait dans le château.

Tout à coup, une voix lointaine, comme échappée des profondeurs de la terre, fit pâlir le Tétrarque. Il se pencha pour écouter; elle avait disparu. Elle reprit; et en claquant dans ses mains,[19] il cria: — « Mannaëi! Mannaëi! »

Un homme se présenta, nu jusqu'à la ceinture, comme les masseurs des bains. Il était très grand, vieux, décharné, et portait sur la cuisse un coutelas dans une gaine de bronze. Sa chevelure, relevée par un peigne, exagérait la longueur de son front. Une somnolence décolorait ses yeux, mais ses dents brillaient, et ses orteils posaient légèrement sur les dalles, tout son corps ayant la souplesse d'un singe, et sa figure l'impassibilité d'une momie.

— « Où est-il? » demanda le Tétrarque.

Mannaëi répondit, en indiquant avec son pouce un objet derrière eux:

— « Là! toujours! »

— « J'avais cru l'entendre! »

Et Antipas, quand il eut respiré largement, s'informa de Iaokanann,[20] le même que les Latins appellent saint Jean-Baptiste. Avait-on revu ces deux hommes, admis par indulgence, l'autre mois, dans son cachot, et savait-on, depuis lors, ce qu'ils étaient venus faire?[21]

Mannaëi répliqua:

— « Ils ont échangé avec lui des paroles mystérieuses, comme les voleurs, le soir, aux carrefours des routes. Ensuite ils sont partis vers la Haute-Galilée, en annonçant qu'ils apporteraient une grande nouvelle. »

Antipas baissa la tête, puis d'un air d'épouvante:

— « Garde-le! garde-le! Et ne laisse entrer personne! Ferme bien la porte! Couvre la fosse! On ne doit pas même soupçonner qu'il vit! »

Sans avoir reçu ces ordres, Mannaëi les accomplissait;[22] car Iaokanann était Juif, et il exécrait les Juifs comme tous les Samaritains.

Leur temple de Garizim, désigné par Moïse pour être le centre d'Israël, n'existait plus depuis le roi Hyrcan; et celui de Jérusalem les mettait dans la fureur d'un outrage, et d'une injustice permanente. Mannaëi s'y était introduit, afin d'en souiller l'autel avec des os de morts.[23] Ses compagnons, moins rapides, avaient été décapités.

Il l'aperçut dans l'écartement des deux collines. Le soleil faisait resplendir ses murailles de marbre blanc et les lames d'or de sa toiture. C'était comme une montagne lumineuse, quelque chose de surhumain, écrasant tout de son opulence et de son orgueil.

Alors il étendit les bras du côté de Sion; et, la taille droite, le visage en arrière, les poings fermés, lui jeta un anathème, croyant que les mots avaient un pouvoir effectif.

Antipas écoutait, sans paraître scandalisé.[24]

Le Samaritain dit encore:

— « Par moments il s'agite, il voudrait fuir, il espère une délivrance.   D'autres fois, il a l'air tranquille d'une bête malade; ou bien je le vois qui marche dans les ténèbres, en répétant: « Qu'importe ? Pour qu'il grandisse, il faut que je diminue! » [25]

Antipas et Mannaëi se regardèrent.   Mais le Tétrarque était las de réfléchir.

Tous ces monts autour de lui, comme des étages de grands flots pétrifiés, les gouffres noirs sur le flanc des falaises, l'immensité du ciel bleu, l'éclat violent du jour, la profondeur des abîmes le troublaient; et une désolation l'envahissait au spectacle du désert, qui figure, dans le bouleversement de ses terrains, des amphithéâtres et des palais abattus.[26]   Le vent chaud apportait, avec l'odeur du soufre, comme l'exhalaison des villes maudites,[27] ensevelies plus bas que le rivage sous les eaux pesantes.   Ces marques d'une colère immortelle effrayaient sa pensée; et il restait les deux coudes sur la balustrade, les yeux fixes et les tempes dans les mains.   Quelqu'un l'avait touché.   Il se retourna.   Hérodias était devant lui.

Une simarre [28] de pourpre légère l'enveloppait jusqu'aux sandales.   Sortie précipitamment de sa chambre, elle n'avait ni colliers, ni pendants d'oreilles; une tresse de ses cheveux noirs lui tombait sur un bras, et s'enfonçait, par le bout, dans l'intervalle de ses deux seins.[29]   Ses narines, trop remontées, palpitaient; la joie d'un triomphe éclairait sa figure; et, d'une voix forte, secouant le Tétrarque:

— « César nous aime!   Agrippa est en prison! »

— « Qui te l'a dit ? »

— « Je le sais! »

Elle ajouta:

— « C'est pour avoir souhaité l'empire à Caïus! » [30]

Tout en vivant de leurs aumônes, il avait brigué le titre de roi, qu'ils ambitionnaient comme lui.[31]   Mais dans l'avenir plus de craintes! — « Les cachots de Tibère s'ouvrent difficilement, et quelquefois l'existence n'y est pas sûre! » [32]

Antipas la comprit; et, bien qu'elle fût la sœur d'Agrippa, son intention atroce lui sembla justifiée.   Ces meurtres étaient une conséquence des choses, une fatalité des maisons royales. Dans celle d'Hérode, on ne les comptait plus.[33]

Puis elle étala son entreprise: les clients achetés, les lettres découvertes, des espions à toutes les portes, et comment elle était parvenue à séduire Eutychès le dénonciateur.[34] — « Rien ne me coûtait![35] Pour toi, n'ai-je pas fait plus?... J'ai abandonné ma fille! »

Après son divorce, elle avait laissé dans Rome cette enfant, espérant bien en avoir d'autres du Tétrarque. Jamais elle n'en parlait. Il se demanda pourquoi son accès de tendresse.[36]

On avait déplié le vélarium et apporté vivement de larges coussins auprès d'eux. Hérodias s'y affaissa, et pleurait, en tournant le dos. Puis elle se passa la main sur les paupières, dit qu'elle n'y voulait plus songer, qu'elle se trouvait heureuse; et elle lui rappela leurs causeries là-bas, dans l'atrium,[37] les rencontres aux étuves, leurs promenades le long de la voie Sacrée,[38] et les soirs, dans les grandes villas, au murmure des jets d'eau, sous des arcs de fleurs, devant la campagne romaine. Elle le regardait comme autrefois, en se frôlant contre sa poitrine, avec des gestes câlins. — Il la repoussa. L'amour qu'elle tâchait de ranimer était si loin, maintenant! Et tous ses malheurs en découlaient; car, depuis douze ans bientôt, la guerre continuait.[39] Elle avait vieilli le Tétrarque. Ses épaules se voûtaient dans une toge sombre, à bordure violette; ses cheveux blancs se mêlaient à sa barbe, et le soleil, qui traversait la voile, baignait de lumière son front chagrin. Celui d'Hérodias également avait des plis; et, l'un en face de l'autre, ils se considéraient d'une manière farouche.

Les chemins dans la montagne commencèrent à se peupler. Des pasteurs piquaient des bœufs, des enfants tiraient des ânes, des palefreniers conduisaient des chevaux. Ceux qui descendaient les hauteurs au delà de Machærous disparaissaient derrière le château; d'autres montaient le ravin en face, et, parvenus à la ville, déchargeaient leurs bagages dans les cours. C'étaient les pourvoyeurs du Tétrarque, et des valets, précédant ses convives.

Mais au fond de la terrasse, à gauche, un Essénien[40] parut, en robe blanche, nu-pieds, l'air stoïque. Mannaëi, du côté droit, se précipitait en levant son coutelas.

Hérodias lui cria: — « Tue-le! »

— « Arrête! » dit le Tétrarque.

Il devint immobile; l'autre aussi.

Puis ils se retirèrent, chacun par un escalier différent, à reculons, sans se perdre des yeux.

— « Je le connais! » dit Hérodias, « il se nomme Phanuel, et cherche à voir Iaokanann, puisque tu as l'aveuglement de le conserver! »

Antipas objecta qu'il pouvait un jour servir. Ses attaques contre Jérusalem gagnaient à eux le reste des Juifs.

— « Non! » reprit-elle, « ils acceptent tous les maîtres, et ne sont pas capables de faire une patrie! » Quant à celui qui remuait le peuple avec des espérances conservées depuis Néhémias,[41] la meilleure politique était de le supprimer.

Rien ne pressait, selon le Tétrarque. Iaokanann dangereux! Allons donc! Il affectait d'en rire.

— « Tais-toi! » Et elle redit son humiliation, un jour qu'elle allait vers Galaad, pour la récolte du baume.[42]

— « Des gens, au bord du fleuve, remettaient leurs habits. Sur un monticule, à côté, un homme parlait. Il avait une peau de chameau autour des reins, et sa tête ressemblait à celle d'un lion. Dès qu'il m'aperçut, il cracha sur moi toutes les malédictions des prophètes. Ses prunelles flamboyaient; sa voix rugissait; il levait les bras, comme pour arracher le tonnerre. Impossible de fuir! les roues de mon char avaient du sable jusqu'aux essieux; et je m'éloignais lentement, m'abritant sous mon manteau, glacée par ces injures qui tombaient comme une pluie d'orage. »

Iaokanann l'empêchait de vivre.[43] Quand on l'avait pris et lié avec des cordes, les soldats devaient le poignarder s'il résistait; il s'était montré doux. On avait mis des serpents dans sa prison; ils étaient morts.

L'inanité de ces embûches exaspérait Hérodias. D'ailleurs, pourquoi sa guerre contre elle? Quel intérêt le poussait? Ses discours, criés à des foules, s'étaient répandus, circulaient; elle les entendait partout, ils emplissaient l'air. Contre des légions elle aurait eu de la bravoure. Mais cette force plus pernicieuse que les glaives, et qu'on ne pouvait saisir, était stupéfiante; et elle parcourait la terrasse, blêmie par sa colère, manquant de mots pour exprimer ce qui l'étouffait.

Elle songeait aussi que le Tétrarque, cédant à l'opinion, s'aviserait peut-être de la répudier. Alors tout serait perdu! Depuis son enfance, elle nourrissait le rêve d'un grand empire. C'était pour y atteindre que, délaissant son premier époux, elle s'était jointe à celui-là, qui l'avait dupée, pensait-elle.

— « J'ai pris un bon soutien, en entrant dans ta famille! »

— « Elle vaut la tienne! » dit simplement le Tétrarque.

Hérodias sentit bouillonner dans ses veines le sang des prêtres et des rois ses aïeux.

— « Mais ton grand-père balayait le temple d'Ascalon![44] Les autres étaient bergers, bandits, conducteurs de caravanes, une horde, tributaire de Juda depuis le roi David![45] Tous mes ancêtres ont battu les tiens! Le premier des Makkabi vous a chassés d'Hébron, Hyrcan forcés à vous circoncire! » Et, exhalant le mépris de la patricienne pour le plébéien, la haine de Jacob contre Edom,[46] elle lui reprocha son indifférence aux outrages, sa mollesse envers les Pharisiens[47] qui le trahissaient, sa lâcheté pour le peuple qui la détestait. « Tu es comme lui,[48] avoue-le! et tu regrettes la fille arabe qui danse autour des pierres. Reprends-la! Va-t'en vivre avec elle, dans sa maison de toile! dévore son pain cuit sous la cendre! avale le lait caillé de ses brebis! baise ses joues bleues! et oublie-moi! »[49]

Le Tétrarque n'écoutait plus. Il regardait la plate-forme d'une maison, où il y avait une jeune fille, et une vieille femme tenant un parasol à manche de roseau, long comme la ligne d'un pêcheur. Au milieu du tapis, un grand panier de voyage restait ouvert. Des ceintures, des voiles, des pendeloques d'orfèvrerie en débordaient confusément. La jeune fille, par intervalles, se penchait vers ces choses, et les secouait à l'air. Elle était vêtue comme les Romaines, d'une tunique calamistrée[50] avec un péplum[51] à glands d'émeraude; et des lanières bleues enfermaient sa chevelure, trop lourde, sans doute, car, de temps à autre, elle y portait la main. L'ombre du parasol se promenait au-dessus d'elle, en la cachant à demi. Antipas aperçut deux ou trois fois son col délicat, l'angle d'un œil, le coin d'une petite bouche. Mais il voyait, des hanches à la nuque, toute sa taille qui s'inclinait pour se redresser d'une manière élastique. Il épiait le retour de ce mouvement, et sa respiration devenait plus forte; des flammes s'allumaient dans ses yeux. Hérodias l'observait.

Il demanda: — « Qui est-ce ? »

Elle répondit n'en rien savoir,[52] et s'en alla soudainement apaisée.

Le Tétrarque était attendu sous les portiques par des Galiléens, le maître des écritures, le chef des pâturages, l'administrateur des salines et un Juif de Babylone,[53] commandant ses cavaliers. Tous le saluèrent d'une acclamation. Puis, il disparut vers les chambres intérieures.

Phanuel surgit à l'angle d'un couloir.

— « Ah! encore ? Tu viens pour Iaokanann, sans doute ? »

— « Et pour toi! j'ai à t'apprendre une chose considérable. »

Et, sans quitter Antipas, il pénétra, derrière lui, dans un appartement obscur.

Le jour tombait par un grillage, se développant tout du long sous la corniche.[54] Les murailles étaient peintes d'une couleur grenat, presque noir. Dans le fond s'étalait un lit d'ébène, avec des sangles en peau de bœuf. Un bouclier d'or, au-dessus, luisait comme un soleil.

Antipas traversa toute la salle, se coucha sur le lit.

Phanuel était debout. Il leva son bras, et dans une attitude inspirée:

— « Le Très-Haut envoie par moments un de ses fils. Iaokanann en est un. Si tu l'opprimes, tu seras châtié. »

— « C'est lui qui me persécute! » s'écria Antipas. « Il a voulu de moi une action impossible.[55] Depuis ce temps-là il me déchire. Et je n'étais pas dur, au commencement! Il a même dépêché de Machærous des hommes qui bouleversent mes provinces. Malheur à sa vie! Puisqu'il m'attaque, je me défends! »

— « Ses colères ont trop de violence, » répliqua Phanuel. « N'importe! Il faut le délivrer. »

— « On ne relâche pas les bêtes furieuses! » dit le Tétrarque.

L'Essénien répondit:

— « Ne t'inquiète plus ! Il ira chez les Arabes, les Gaulois, les Scythes. Son œuvre doit s'étendre jusqu'au bout de la terre ! »

Antipas semblait perdu dans une vision.

— « Sa puissance est forte ! . . . Malgré moi, je l'aime ! »[56]

— « Alors, qu'il soit libre ? »

Le Tétrarque hocha la tête. Il craignait Hérodias, Mannaëi, et l'inconnu.

Phanuel tâcha de le persuader, en alléguant, pour garantie de ses projets, la soumission des Esséniens aux rois. On respectait ces hommes pauvres, indomptables par les supplices, vêtus de lin, et qui lisaient l'avenir dans les étoiles.[57]

Antipas se rappela un mot de lui, tout à l'heure.

— « Quelle est cette chose, que tu m'annonçais comme importante ? »

Un nègre survint. Son corps était blanc de poussière. Il râlait et ne put que dire :

— « Vitellius ! »

— « Comment ? il arrive ? »

— « Je l'ai vu. Avant trois heures, il est ici ! »

Les portières des corridors furent agitées comme par le vent. Une rumeur emplit le château, un vacarme de gens qui couraient, de meubles qu'on traînait, d'argenteries s'écroulant ;[58] et, du haut des tours, des buccins[59] sonnaient, pour avertir les esclaves dispersés.[60]

II

Les remparts étaient couverts de monde quand Vitellius entra dans la cour. Il s'appuyait sur le bras de son interprète, suivi d'une grande litière rouge ornée de panaches et de miroirs, ayant la toge, le laticlave,[61] les brodequins d'un consul et des licteurs autour de sa personne.

Ils plantèrent contre la porte leurs douze faisceaux, des baguettes reliées par une courroie avec une hache dans le milieu.[62] Alors, tous frémirent devant la majesté du peuple romain.[63]

La litière, que huit hommes manœuvraient, s'arrêta. Il en sortit un adolescent, le ventre gros, la face bourgeonnée, des perles le long des doigts.[64]   On lui offrit une coupe pleine de vin et d'aromates.   Il la but, et en réclama une seconde.

Le Tétrarque était tombé aux genoux du Proconsul,[65] chagrin, disait-il, de n'avoir pas connu plus tôt la faveur de sa présence. Autrement, il eût ordonné sur les routes tout ce qu'il fallait pour les Vitellius.   Ils descendaient de la déesse Vitellia.   Une voie, menant du Janicule à la mer, portait encore leur nom.[66]   Les questures,[67.] les consulats étaient innombrables dans la famille; et quant à Lucius, maintenant son hôte, on devait le remercier comme vainqueur des Clites[68] et père de ce jeune Aulus, qui semblait revenir dans son domaine, puisque l'Orient était la patrie des dieux.   Ces hyperboles furent exprimées en latin. Vitellius les accepta impassiblement.

Il répondit que le grand Hérode[69] suffisait à la gloire d'une nation.   Les Athéniens lui avaient donné la surintendance des jeux Olympiques.[70]   Il avait bâti des temples en l'honneur d'Auguste,[71] été patient, ingénieux, terrible, et fidèle toujours aux Césars.

Entre les colonnes à chapiteaux d'airain, on aperçut Hérodias qui s'avançait d'un air d'impératrice, au milieu de femmes et d'eunuques tenant sur des plateaux de vermeil des parfums allumés.

Le Proconsul fit trois pas à sa rencontre; et, l'ayant saluée d'une inclinaison de tête:

— « Quel bonheur! » s'écria-t-elle, « que désormais Agrippa, l'ennemi de Tibère, fût dans l'impossibilité de nuire! »

Il ignorait l'événement, elle lui parut dangereuse;[72] et comme Antipas jurait qu'il ferait tout pour l'Empereur, Vitellius ajouta:

— « Même au détriment des autres? »

Il avait tiré des otages du roi des Parthes, et l'Empereur n'y songeait plus; car Antipas, présent à la conférence, pour se faire valoir, en avait tout de suite expédié la nouvelle.   De là, une haine profonde, et les retards à fournir des secours.[73]

Le Tétrarque balbutia.   Mais Aulus dit en riant:

— « Calme-toi, je te protège! »

Le Proconsul feignit de n'avoir pas entendu.   La fortune du père dépendait de la souillure du fils; et cette fleur des fanges de Caprée[74] lui procurait des bénéfices tellement considérables, qu'il l'entourait d'égards, tout en se méfiant, parce qu'elle était vénéneuse.

Un tumulte s'éleva sous la porte. On introduisait une file de mules blanches, montées par des personnages en costume de prêtres. C'étaient des Sadducéens et des Pharisiens, que la même ambition poussait à Machærous, les premiers voulant obtenir la sacrificature,[75] et les autres la conserver. Leurs visages étaient sombres, ceux des Pharisiens surtout, ennemis de Rome et du Tétrarque. Les pans de leur tunique les embarrassaient dans la cohue; et leur tiare chancelait à leur front par-dessus des bande-lettes de parchemin, où des écritures étaient tracées.[76]

Presque en même temps, arrivèrent des soldats de l'avant-garde. Ils avaient mis leurs boucliers dans des sacs, par pré-caution contre la poussière; et derrière eux était Marcellus,[77] lieutenant du Proconsul, avec des publicains,[78] serrant sous leurs aisselles des tablettes de bois.

Antipas nomma les principaux de son entourage: Tolmaï, Kanthera, Séhon, Ammonius d'Alexandrie, qui lui achetait de l'asphalte, Naâmann, capitaine de ses vélites, Iaçim le Babylonien.

Vitellius avait remarqué Mannaëi.

— « Celui-là, qui est-ce donc? »

Le Tétrarque fit comprendre, d'un geste, que c'était le bour-reau.[79]

Puis, il présenta les Sadducéens.

Jonathas,[80] un petit homme libre d'allures et parlant grec, supplia le maître de les honorer d'une visite à Jérusalem. Il s'y rendrait probablement.

Eléazar,[81] le nez crochu et la barbe longue, réclama pour les Pharisiens le manteau du grand prêtre détenu dans la tour Antonia par l'autorité civile.[82]

Ensuite, les Galiléens dénoncèrent Ponce Pilate. A l'occasion d'un fou qui cherchait les vases d'or de David dans une caverne, près de Samarie, il avait tué des habitants; et tous parlaient à la fois, Mannaëi plus violemment que les autres. Vitellius affirma que les criminels seraient punis.[83]

Des vociférations éclatèrent en face d'un portique, où les soldats avaient suspendu leurs boucliers. Les housses étans défaites, on voyait sur les *umbo*[84] la figure de César. C'était pour les Juifs une idolâtrie. Antipas les harangua, pendant que Vitellius, dans la colonnade, sur un siège élevé, s'étonnait de leur fureur. Tibère avait eu raison d'en exiler quatre cents en Sardaigne.[85] Mais chez eux ils étaient forts; et il commanda de retirer les boucliers.

Alors, ils entourèrent le Proconsul, en implorant des réparations d'injustice, des privilèges, des aumônes. Les vêtements étaient déchirés, on s'écrasait; et, pour faire de la place, des esclaves avec des bâtons frappaient de droite et de gauche. Les plus voisins de la porte descendirent sur le sentier, d'autres le montaient; ils refluèrent; deux courants se croisaient dans cette masse d'hommes qui oscillait, comprimée par l'enceinte des murs.

Vitellius demanda pourquoi tant de monde. Antipas en dit la cause: le festin de son anniversaire; et il montra plusieurs de ses gens, qui, penchés sur les créneaux, halaient d'immenses corbeilles de viandes, de fruits, de légumes, des antilopes et des cigognes, de larges poissons couleur d'azur, des raisins, des pastèques, des grenades élevées en pyramides. Aulus n'y tint pas. Il se précipita vers les cuisines, emporté par cette goinfrerie qui devait surprendre l'univers.

En passant près d'un caveau, il aperçut des marmites pareilles à des cuirasses. Vitellius vint les regarder; et exigea qu'on lui ouvrît les chambres souterraines de la forteresse.

Elles étaient taillées dans le roc en hautes voûtes, avec des piliers de distance en distance. La première contenait de vieilles armures; mais la seconde regorgeait de piques, et qui allongeaient toutes leurs pointes, émergeant d'un bouquet de plumes. La troisième semblait tapissée en nattes de roseaux, tant les flèches minces étaient perpendiculairement les unes à côté des autres. Des lames de cimeterres couvraient les parois de la quatrième. Au milieu de la cinquième, des rangs de casques faisaient, avec leurs crêtes, comme un bataillon de serpents rouges. On ne voyait dans la sixième que des carquois; dans la septième, que des cnémides;[86] dans la huitième, que des brassards; dans les suivantes, des fourches, des grappins,[87] des échelles, des cordages, jusqu'à des mâts pour les catapultes, jusqu'à des grelots pour le

poitrail des dromadaires! et comme la montagne allait en
s'élargissant vers sa base, évidée à l'intérieur telle qu'une ruche
d'abeilles, au-dessous de ces chambres il y en avait de plus
nombreuses, et d'encore plus profondes.

Vitellius, Phinées son interprète, et Sisenna le chef des publicains, les parcouraient à la lumière des flambeaux, que portaient
trois eunuques.

On distinguait dans l'ombre des choses hideuses inventées par
les barbares : casse-têtes garnis de clous, javelots empoisonnant
les blessures, tenailles qui ressemblaient à des mâchoires de croco-
diles ; enfin le Tétrarque possédait dans Machærous des munitions
de guerre pour quarante mille hommes.

Il les avait rassemblées en prévision d'une alliance de ses
ennemis. Mais le Proconsul pouvait croire, ou dire, que c'était
pour combattre les Romains, et il cherchait des explications.

Elles n'étaient pas à lui ; beaucoup servaient à se défendre des
brigands ; d'ailleurs il en fallait contre les Arabes ; ou bien, tout
cela avait appartenu à son père.[88] Et, au lieu de marcher
derrière le Proconsul, il allait devant, à pas rapides. Puis il se
rangea le long du mur, qu'il masquait de sa toge, avec ses deux
coudes écartés ; mais le haut d'une porte dépassait sa tête.
Vitellius la remarqua, et voulut savoir ce qu'elle enfermait.

Le Babylonien pouvait seul l'ouvrir.

— « Appelle le Babylonien ! »

On l'attendit.

Son père était venu des bords de l'Euphrate s'offrir au grand
Hérode, avec cinq cents cavaliers, pour défendre les frontières
orientales. Après le partage du royaume, Iaçim était demeuré
chez Philippe, et maintenant servait Antipas.[89]

Il se présenta, un arc sur l'épaule, un fouet à la main. Des
cordons multicolores serraient étroitement ses jambes torses. Ses
gros bras sortaient d'une tunique sans manches, et un bonnet de
fourrure ombrageait sa mine, dont la barbe était frisée en anneaux.

D'abord, il eut l'air de ne pas comprendre l'interprète. Mais
Vitellius lança un coup d'œil à Antipas, qui répéta tout de suite
son commandement. Alors Iaçim appliqua ses deux mains
contre la porte. Elle glissa dans le mur.

Un souffle d'air chaud s'exhala des ténèbres. Une allée descendait en tournant; ils la prirent et arrivèrent au seuil d'une grotte, plus étendue que les autres souterrains.

Une arcade s'ouvrait au fond sur le précipice, qui de ce côté-là défendait la citadelle. Un chèvrefeuille, se cramponnant à la voûte, laissait retomber ses fleurs en pleine lumière. A ras du sol, un filet d'eau murmurait.

Des chevaux blancs étaient là, une centaine peut-être, et qui mangeaient de l'orge sur une planche au niveau de leur bouche. Ils avaient tous la crinière peinte en bleu, les sabots dans des mitaines de sparterie,[90] et les poils d'entre les oreilles bouffant sur le frontal, comme une perruque. Avec leur queue très longue, ils se battaient mollement les jarrets. Le Proconsul en resta muet d'admiration.

C'étaient de merveilleuses bêtes, souples comme des serpents, légères comme des oiseaux. Elles partaient avec la flèche du cavalier, renversaient les hommes en les mordant au ventre, se tiraient de l'embarras des rochers, sautaient par-dessus des abîmes, et pendant tout un jour continuaient dans les plaines leur galop frénétique; un mot les arrêtait. Dès que Iaçim entra, elles vinrent à lui, comme des moutons quand paraît le berger; et, avançant leur encolure, elles le regardaient inquiètes avec leurs yeux d'enfant. Par habitude, il lança du fond de sa gorge un cri rauque qui les mit en gaieté; et elles se cabraient, affamées d'espace, demandant à courir.[91]

Antipas, de peur que Vitellius ne les enlevât, les avait emprisonnées dans cet endroit, spécial pour les animaux, en cas de siège.

— « L'écurie est mauvaise, » dit le Proconsul, « et tu risques de les perdre! Fais l'inventaire, Sisenna! »

Le publicain retira une tablette de sa ceinture, compta les chevaux et les inscrivit.

Les agents des compagnies fiscales corrompaient les gouverneurs, pour piller les provinces. Celui-là flairait partout, avec sa mâchoire de fouine et ses paupières clignotantes.

Enfin, on remonta dans la cour.

Des rondelles de bronze au milieu des pavés, çà et là, couvraient les citernes. Il en observa une, plus grande que les autres, et qui n'avait pas sous les talons leur sonorité. Il les frappa toutes alternativement, puis hurla, en piétinant:

— « Je l'ai! je l'ai! C'est ici le trésor d'Hérode! »[92]

La recherche de ses trésors était une folie des Romains.

Ils n'existaient pas, jura le Tétrarque.

Cependant, qu'y avait-il là-dessous?

— « Rien! un homme, un prisonnier. »

— « Montre-le! » dit Vitellius.

Le Tétrarque n'obéit pas; les Juifs auraient connu son secret. Sa répugnance à ouvrir la rondelle impatientait Vitellius.

— « Enfoncez-la! » cria-t-il aux licteurs.

Mannaëi avait deviné ce qui les occupait. Il crut, en voyant une hache, qu'on allait décapiter Iaokanann; et il arrêta le licteur au premier coup sur la plaque, insinua entre elle et les pavés une manière de crochet, puis, roidissant ses longs bras maigres, la souleva doucement, elle s'abattit; tous admirèrent la force de ce vieillard. Sous le couvercle doublé de bois s'étendait une trappe de même dimension. D'un coup de poing, elle se replia en deux panneaux; on vit alors un trou, une fosse énorme que contournait un escalier sans rampe;[93] et ceux qui se penchèrent sur le bord aperçurent au fond quelque chose de vague et d'effrayant.

Un être humain était couché par terre, sous de longs cheveux se confondant avec les poils de bête qui garnissaient son dos. Il se leva. Son front touchait à une grille horizontalement scellée; et, de temps à autre, il disparaissait dans les profondeurs de son autre.

Le soleil faisait briller la pointe des tiares, le pommeau des glaives, chauffait à outrance les dalles; et des colombes, s'envolant des frises, tournoyaient au-dessus de la cour. C'était l'heure où Mannaëi, ordinairement, leur jetait du grain. Il se tenait accroupi devant le Tétrarque, qui était debout près de Vitellius. Les Galiléens, les prêtres, les soldats, formaient un cercle par derrière; tous se taisaient, dans l'angoisse de ce qui allait arriver.

Ce fut d'abord un grand soupir, poussé d'une voix caverneuse.[94]

Hérodias l'entendit à l'autre bout du palais. Vaincue par une fascination, elle traversa la foule; et elle écoutait, une main sur l'épaule de Mannaëi, le corps incliné.

La voix s'éleva:[95]

— « Malheur à vous, Pharisiens et Sadducéens, race de vipères,[96] outres gonflées,[97] cymbales retentissantes! »[98]

On avait reconnu Iaokanann.   Son nom circulait.   D'autres accoururent.

— « Malheur à toi, ô peuple! et aux traîtres de Juda, aux ivrognes d'Ephraïm, à ceux qui habitent la vallée grasse, et que les vapeurs du vin font chanceler![99]

« Qu'ils se dissipent comme l'eau qui s'écoule, comme la limace qui se fond en marchant, comme l'avorton d'une femme qui ne voit pas le soleil.[100]

« Il faudra, Moab, te réfugier dans les cyprès comme les passereaux, dans les cavernes comme les gerboises.[101]   Les portes des forteresses seront plus vite brisées que des écailles de noix, les murs crouleront, les villes brûleront;[102] et le fléau de l'Eternel ne s'arrêtera pas.   Il retournera vos membres dans votre sang, comme de la laine dans la cuve d'un teinturier.[103]   Il vous déchirera comme une herse neuve; il répandra sur les montagnes tous les morceaux de votre chair. »[104]

De quel conquérant parlait-il?   Etait-ce de Vitellius?   Les Romains seuls pouvaient produire cette extermination.[105]   Des plaintes s'échappaient: — « Assez! assez! qu'il finisse! »

Il continua, plus haut:

— « Auprès du cadavre de leurs mères, les petits enfants se traîneront sur les cendres.   On ira, la nuit, chercher son pain à travers les décombres, au hasard des épées.   Les chacals s'arracheront des ossements sur les places publiques,[106] où le soir les vieillards causaient.   Tes vierges, en avalant leurs pleurs, joueront de la cithare dans les festins de l'étranger,[107] et tes fils les plus braves baisseront leur échine, écorchée par des fardeaux trop lourds! »[108]

Le peuple revoyait les jours de son exil, toutes les catastrophes de son histoire.   C'étaient les paroles des anciens prophètes. Iaokanann les envoyait, comme de grands coups, l'une après l'autre.[109]

Mais la voix se fit douce, harmonieuse, chantante. Il annonçait un affranchissement,[110] des splendeurs au ciel, le nouveau-né un bras dans la caverne du dragon,[111] l'or à la place de l'argile,[112] le désert s'épanouissant comme une rose:[113] — « Ce qui maintenant vaut soixante kiccars[114] ne coûtera pas une obole.[115] Des fontaines de lait jailliront des rochers;[116] on s'endormira dans les pressoirs le ventre plein![117] Quand viendras-tu, toi que j'espère? D'avance, tous les peuples s'agenouillent, et ta domination sera éternelle, Fils de David! »[118]

Le Tétrarque se rejeta en arrière, l'existence d'un fils de David l'outrageant comme une menace.[119]

Iaokanann l'invectiva pour sa royauté:

— « Il n'y a pas d'autre roi que l'Eternel! » — et pour ses jardins, pour ses statues, pour ses meubles d'ivoire, comme l'impie Achab![120]

Antipas brisa la cordelette du cachet suspendu à sa poitrine, et le lança dans la fosse, en lui commandant de se taire.

La voix répondit:

— « Je crierai comme un ours, comme un âne sauvage, comme une femme qui enfante![121]

« Le châtiment est déjà dans ton inceste. Dieu t'afflige de la stérilité du mulet! »[122]

Et des rires s'élevèrent, pareils au clapotement des flots.

Vitellius s'obstinait à rester. L'interprète, d'un ton impassible, redisait, dans la langue des Romains, toutes les injures que Iaokanann rugissait dans la sienne.[123] Le Tétrarque et Hérodias étaient forcés de les subir deux fois. Il haletait, pendant qu'elle observait béante le fond du puits.

L'homme effroyable se renversa la tête; et, empoignant les barreaux, y colla son visage, qui avait l'air d'une broussaille, où étincelaient deux charbons:

— « Ah! c'est toi, Iézabel![124]

« Tu as pris son cœur avec le craquement de ta chaussure.[125] Tu hennissais comme une cavale.[126] Tu as dressé ta couche sur les monts, pour accomplir tes sacrifices![127]

« Le Seigneur arrachera tes pendants d'oreilles, tes robes de pourpre, tes voiles de lin, les anneaux de tes bras, les bagues de tes pieds, et les petits croissants d'or qui tremblent sur ton front, tes miroirs d'argent, tes éventails en plumes d'autruche, les patins de nacre qui haussent ta taille, l'orgueil de tes diamants, les senteurs de tes cheveux, la peinture de tes ongles, tous les artifices de ta mollesse;[128] et les cailloux manqueront pour lapider l'adultère! »[129]

Elle chercha du regard une défense autour d'elle. Les Pharisiens baissaient hypocritement leurs yeux. Les Sadducéens tournaient la tête, craignant d'offenser le Proconsul. Antipas paraissait mourir.

La voix grossissait, se développait, roulait avec des déchirements de tonnerre, et, l'écho dans la montagne la répétant, elle foudroyait Machærous d'éclats multipliés.

— « Etale-toi dans la poussière, fille de Babylone! Fais moudre la farine! Ote ta ceinture, détache ton soulier, trousse-toi, passe les fleuves! ta honte sera découverte, ton opprobre sera vu![130] tes sanglots te briseront les dents![131] L'Eternel exècre la puanteur de tes crimes![132] Maudite! maudite! Crève comme une chienne! »[133]

La trappe se ferma, le couvercle se rabattit. Mannaëi voulait étrangler Iaokanann.

Hérodias disparut. Les Pharisiens étaient scandalisés. Antipas, au milieu d'eux, se justifiait.

— « Sans doute, » reprit Eléazar, « il faut épouser la femme de son frère, mais Hérodias n'était pas veuve, et de plus elle avait un enfant, ce qui constituait l'abomination. »

— « Erreur! erreur! » objecta le Sadducéen Jonathas. « La Loi condamne ces mariages, sans les proscrire absolument. »[134]

— « N'importe! On est pour moi bien injuste! » disait Antipas, « car, enfin, Absalon a couché avec les femmes de son père,[135] Juda avec sa bru,[136] Ammon avec sa sœur,[137] Loth avec ses filles. »[138]

Aulus, qui venait de dormir, reparut à ce moment-là. Quand il fut instruit de l'affaire, il approuva le Tétrarque. On ne devait point se gêner pour de pareilles sottises; et il riait beaucoup du blâme des prêtres, et de la fureur de Iaokanann.

Hérodias, au milieu du perron, se retourna vers lui.

— « Tu as tort, mon maître ! Il ordonne au peuple de refuser l'impôt. »[139]

— « Est-ce vrai ? » demanda tout de suite le Publicain.

Les réponses furent généralement affirmatives. Le Tétrarque les renforçait.

Vitellius songea que le prisonnier pouvait s'enfuir ; et comme la conduite d'Antipas lui semblait douteuse, il établit des sentinelles aux portes, le long des murs et dans la cour.

Ensuite, il alla vers son appartement. Les députations des prêtres l'accompagnèrent.

Sans aborder la question de la sacrificature, chacune émettait ses griefs.

Tous l'obsédaient. Il les congédia.

Jonathas le quittait, quand il aperçut, dans un créneau, Antipas causant avec un homme à longs cheveux et en robe blanche, un Essénien ; et il regretta de l'avoir soutenu.

Une réflexion avait consolé le Tétrarque. Iaokanann ne dépendait plus de lui ; les Romains s'en chargeaient. Quel soulagement ![140] Phanuel se promenait alors sur le chemin de ronde.

Il[141] l'appela, et, désignant les soldats :

— « Ils sont les plus forts ! je ne peux le délivrer ! ce n'est pas ma faute ! »

La cour était vide. Les esclaves se reposaient. Sur la rougeur du ciel, qui enflammait l'horizon, les moindres objets perpendiculaires se détachaient en noir. Antipas distingua les salines à l'autre bout de la mer Morte, et ne voyait plus les tentes des Arabes. Sans doute ils étaient partis ? La lune se levait ; un apaisement descendait dans son cœur.[142]

Phanuel, accablé, restait le menton sur la poitrine. Enfin, il révéla ce qu'il avait à dire.

Depuis le commencement du mois, il étudiait le ciel avant l'aube, la constellation de Persée se trouvant au zénith. Agalah se montrait à peine, Algol brillait moins, Mira-Cœti avait disparu ;[143] d'où il augurait la mort d'un homme considérable, cette nuit même, dans Machærous.

Lequel? Vitellius était trop bien entouré. On n'exécuterait pas Iaokanann.[144] « C'est donc moi! » pensa le Tétrarque.

Peut-être que les Arabes allaient revenir? Le Proconsul découvrirait ses relations avec les Parthes![145] Des sicaires de Jérusalem escortaient les prêtres; ils avaient sous leurs vêtements des poignards; et le Tétrarque ne doutait pas de la science de Phanuel.

Il eut l'idée de recourir à Hérodias. Il la haïssait pourtant. Mais elle lui donnerait du courage; et tous les liens n'étaient pas rompus de l'ensorcellement qu'il avait autrefois subi.

Quand il entra dans sa chambre, du cinnamome fumait sur une vasque de porphyre; et des poudres, des onguents, des étoffes pareilles à des nuages, des broderies plus légères que des plumes, étaient dispersés.

Il ne dit pas la prédiction de Phanuel, ni sa peur des Juifs et des Arabes; elle l'eût accusé d'être lâche. Il parla seulement des Romains; Vitellius ne lui avait rien confié de ses projets militaires. Il le supposait ami de Caïus, que fréquentait Agrippa; et il serait envoyé en exil, ou peut-être on l'égorgerait.

Hérodias, avec une indulgence dédaigneuse, tâcha de le rassurer. Enfin, elle tira d'un petit coffre une médaille bizarre, ornée du profil de Tibère. Cela suffisait à faire pâlir les licteurs et fondre les accusations.

Antipas, ému de reconnaissance, lui demanda comment elle l'avait.

— « On me l'a donnée, » reprit-elle.

Sous une portière en face, un bras nu s'avança, un bras jeune, charmant et comme tourné dans l'ivoire par Polyclète.[146] D'une façon un peu gauche, et cependant gracieuse, il ramait dans l'air, pour saisir une tunique oubliée sur une escabelle[147] près de la muraille.[148]

Une vieille femme la passa doucement, en écartant le rideau.

Le Tétrarque eut un souvenir, qu'il ne pouvait préciser.

— « Cette esclave est-elle à toi? »

— « Que t'importe? » répondit Hérodias.

III

Les convives emplissaient la salle du festin.

Elle avait trois nefs, comme une basilique,[149] et que séparaient des colonnes en bois d'algumim, avec des chapiteaux de bronze couverts de sculptures.[150] Deux galeries à claire-voie s'appuyaient dessus; et une troisième en filigrane d'or se bombait au fond, vis-à-vis d'un cintre énorme, qui s'ouvrait à l'autre bout.

Des candélabres, brûlant sur les tables alignées dans toute la longueur du vaisseau,[151] faisaient des buissons de feux,[152] entre les coupes de terre peinte et les plats de cuivre, les cubes de neige, les monceaux de raisin; mais ces clartés rouges se perdaient progressivement, à cause de la hauteur du plafond, et des points lumineux brillaient, comme des étoiles, la nuit, à travers des branches.   Par l'ouverture de la grande baie, on apercevait des flambeaux sur les terrasses des maisons; car Antipas fêtait ses amis, son peuple, et tous ceux qui s'étaient présentés.

Des esclaves, alertes comme des chiens et les orteils dans des sandales de feutre, circulaient, en portant des plateaux.

La table proconsulaire occupait, sous la tribune dorée, une estrade en planches de sycomore. Des tapis de Babylone l'enfermaient dans une espèce de pavillon.

Trois lits d'ivoire, un en face et deux sur les flancs, contenaient Vitellius, son fils et Antipas; le Proconsul étant près de la porte, à gauche, Aulus à droite, le Tétrarque au milieu.

Il avait un lourd manteau noir, dont la trame disparaissait sous des applications de couleur, du fard aux pommettes, la barbe en éventail, et de la poudre d'azur dans ses cheveux, serrés par un diadème de pierreries.   Vitellius gardait son baudrier de pourpre, qui descendait en diagonale sur une toge de lin.   Aulus s'était fait nouer dans le dos les manches de sa robe en soie violette, lamée d'argent.   Les boudins de sa chevelure formaient des étages, et un collier de saphirs étincelait à sa poitrine, grasse et blanche comme celle d'une femme.   Près de lui, sur une natte et jambes croisées, se tenait un enfant très beau, qui souriait toujours.   Il l'avait vu dans les cuisines, ne pouvait plus s'en passer, et, ayant peine à retenir son nom chaldéen, l'appelait simplement: « l'Asiatique ».[153]   De temps à autre, il s'étalait sur le triclinium.[154]   Alors, ses pieds nus dominaient l'assemblée.[155]

De ce côté-là, il y avait les prêtres et les officiers d'Antipas, des habitants de Jérusalem, les principaux des villes grecques; et, sous le Proconsul: Marcellus avec les publicains, des amis du Tétrarque, les personnages de Kana,[156] Ptolémaïde,[156] Jéricho; puis, pêle-mêle, des montagnards du Liban, et les vieux soldats d'Hérode: douze Thraces, un Gaulois, deux Germains, des chasseurs de gazelles, des pâtres de l'Idumée, le sultan de Palmyre,[156] des marins d'Eziongaber.[156]   Chacun avait devant soi une galette de pâte molle, pour s'essuyer les doigts; et les bras, s'allongeant comme des cous de vautour, prenaient des olives, des pistaches, des amandes.   Toutes les figures étaient joyeuses, sous des couronnes de fleurs.[157]

Les Pharisiens les avaient repoussées comme indécence romaine. Ils frissonnèrent quand on les aspergea de galbanum[158] et d'encens, composition réservée aux usages du Temple.

Aulus en frotta son aisselle; et Antipas lui en promit tout un chargement, avec trois couffes[159] de ce véritable baume, qui avait fait convoiter la Palestine à Cléopâtre.

Un capitaine de sa garnison de Tibériade,[160] survenu tout à l'heure, s'était placé derrière lui, pour l'entretenir d'événements extraordinaires. Mais son attention était partagée entre le Proconsul et ce qu'on disait aux tables voisines.[161]

On y causait de Iaokanann et des gens de son espèce; Simon de Gittoï[162] lavait les péchés avec du feu.   Un certain Jésus...

— « Le pire de tous, » s'écria Eléazar. « Quel infâme bateleur! »

Derrière le Tétrarque, un homme se leva, pâle comme la bordure de sa chlamyde.[163] Il descendit l'estrade, et, interpellant les Pharisiens:

— « Mensonge!   Jésus fait des miracles! »

Antipas désirait en voir.

— « Tu aurais dû l'amener!   Renseigne-nous! »[164]

Alors il conta que lui, Jacob, ayant une fille malade, s'était rendu à Capharnaüm, pour supplier le Maître de vouloir la guérir.   Le Maître avait répondu: « Retourne chez toi, elle est guérie!» Et il l'avait trouvée sur le seuil, étant sortie de sa couche quand le gnomon du palais marquait la troisième heure, l'instant même où il abordait Jésus.[165]

Certainement, objectèrent les Pharisiens, il existait des pratiques, des herbes puissantes! Ici même, à Machærous, quelquefois on trouvait le baaras[166] qui rend invulnérable; mais guérir sans voir ni toucher était une chose impossible, à moins que Jésus n'employât les démons.

Et les amis d'Antipas, les principaux de la Galilée, reprirent, en hochant la tête:

— «Les démons, évidemment.»[167]

Jacob, debout entre leur table et celle des prêtres, se taisait d'une manière hautaine et douce.

Ils le sommaient de parler: — «Justifie son pouvoir!»

Il courba les épaules, et à voix basse, lentement, comme effrayé de lui-même:

— «Vous ne savez donc pas que c'est le Messie?»

Tous les prêtres se regardèrent; et Vitellius demanda l'explication du mot. Son interprète fut une minute avant de répondre.

Ils appelaient ainsi un libérateur qui leur apporterait la jouissance de tous les biens et la domination de tous les peuples. Quelques-uns même soutenaient qu'il fallait compter sur deux. Le premier serait vaincu par Gog et Magog,[168] des démons du Nord; mais l'autre exterminerait le Prince du Mal; et, depuis des siècles, ils l'attendaient à chaque minute.

Les prêtres s'étant concertés, Eléazar prit la parole.

D'abord le Messie serait enfant de David, et non d'un charpentier; il confirmerait la Loi. Ce Nazaréen l'attaquait; et, argument plus fort, il devait être précédé de la venue d'Elie.

Jacob répliqua:

— «Mais il est venu, Elie!»

— «Elie! Elie!» répéta la foule, jusqu'à l'autre bout de la salle.

Tous, par l'imagination, apercevaient un vieillard sous un vol de corbeaux, la foudre allumant un autel, des pontifes idolâtres jetés aux torrents; et les femmes, dans les tribunes, songeaient à la veuve de Sarepta.[169]

Jacob s'épuisait à redire qu'il le connaissait! Il l'avait vu! et le peuple aussi!

— « Son nom ? »

Alors, il cria de toutes ses forces:

— « Iaokanann ! »[170]

Antipas se renversa comme frappé en pleine poitrine. Les Sadducéens avaient bondi sur Jacob. Eléazar pérorait, pour se faire écouter.

Quand le silence fut établi, il drapa son manteau, et comme un juge posa des questions.

— « Puisque le prophète est mort... »

Des murmures l'interrompirent. On croyait Elie disparu seulement.

Il s'emporta contre la foule, et, continuant son enquête:

— « Tu penses qu'il est ressuscité ? »

— « Pourquoi pas ? » dit Jacob.

Les Sadducéens haussèrent les épaules; Jonathas, écarquillant ses petits yeux, s'efforçait de rire comme un bouffon. Rien de plus sot que la prétention du corps à la vie éternelle;[171] et il déclama, pour le Proconsul, ce vers d'un poète contemporain:

Nec crescit, nec post mortem durare videtur.[172]

Mais Aulus était penché au bord du triclinium, le front en sueur, le visage vert, les poings sur l'estomac.

Les Sadducéens feignirent un grand émoi; — le lendemain, la sacrificature leur fut rendue;[173] — Antipas étalait du désespoir; Vitellius demeurait impassible. Ses angoisses étaient pourtant violentes; avec son fils il perdait sa fortune.

Aulus n'avait pas fini de se faire vomir, qu'il voulut remanger.

— « Qu'on me donne de la râpure de marbre, du schiste de Naxos, de l'eau de mer,[174] n'importe quoi! Si je prenais un bain ? »

Il croqua de la neige, puis, ayant balancé entre une terrine de Commagène[175] et des merles roses, se décida pour des courges au miel. L'Asiatique le contemplait, cette faculté d'engloutissement dénotant un être prodigieux et d'une race supérieure.

On servit[176] des rognons de taureau, des loirs, des rossignols,

Machaerus to-day, seen from the East

Salome dancing before Herod: Tympanum of Rouen Cathedral,
North of Main Front

des hachis dans des feuilles de pampre; et les prêtres discutaient
sur la résurrection. Ammonius,[177] élève de Philon le Platonicien,
les jugeait stupides, et le disait à des Grecs qui se moquaient des
oracles. Marcellus et Jacob s'étaient joints.[178] Le premier
narrait au second le bonheur qu'il avait ressenti sous le baptême
de Mithra,[179] et Jacob l'engageait à suivre Jésus. Les vins de
palme et de tamaris, ceux de Safet[180] et de Byblos,[180] coulaient
des amphores[181] dans les cratères,[182] des cratères dans les coupes,
des coupes dans les gosiers; on bavardait, les cœurs s'épanchaient.
Iaçim, bien que Juif, ne cachait plus son adoration des planètes.[183]
Un marchand d'Aphaka[184] ébahissait des nomades, en détaillant
les merveilles du temple d'Hiérapolis;[185] et ils demandaient
combien coûterait le pèlerinage. D'autres tenaient à leur religion
natale. Un Germain presque aveugle chantait un hymne
célébrant ce promontoire de la Scandinavie, où les dieux apparais-
sent avec les rayons de leurs figures;[186] et des gens de Sichem ne
mangèrent pas de tourterelles, par déférence pour la colombe
Azima.[187]

Plusieurs causaient debout, au milieu de la salle; et la vapeur
des haleines avec les fumées des candélabres faisait un brouillard
dans l'air. Phanuel passa le long des murs. Il venait encore
d'étudier le firmament, mais n'avançait pas jusqu'au Tétrarque,
redoutant les taches d'huile qui, pour les Esséniens, étaient une
grande souillure.[188]

Des coups retentirent contre la porte du château.

On savait maintenant que Iaokanann s'y trouvait détenu.
Des hommes avec des torches grimpaient le sentier; une masse
noire fourmillait dans le ravin; et ils hurlaient de temps à autre:
— «Iaokanann! Iaokanann!»

— «Il dérange tout!» dit Jonathas.

— «On n'aura plus d'argent, s'il continue!» ajoutèrent les
Pharisiens.

Et des récriminations partaient:
— «Protège-nous!»
— «Qu'on en finisse!»
— «Tu abandonnes la religion!»
— «Impie comme les Hérode!»

— « Moins que vous! » répliqua Antipas. « C'est mon père qui a édifié votre temple! »[189]

Alors, les Pharisiens, les fils des proscrits, les partisans des Matathias,[190] accusèrent le Tétrarque des crimes de sa famille.

Ils avaient des crânes pointus, la barbe hérissée, des mains faibles et méchantes, ou la face camuse, de gros yeux ronds, l'air de bouledogues. Une douzaine, scribes et valets des prêtres, nourris par le rebut des holocaustes, s'élancèrent jusqu'au bas de l'estrade; et avec des couteaux ils menaçaient Antipas, qui les haranguait, pendant que les Sadducéens le défendaient mollement. Il aperçut Mannaëi, et lui fit signe de s'en aller, Vitellius indiquant par sa contenance que ces choses ne le regardaient pas.

Les Pharisiens, restés sur leur triclinium, se mirent dans une fureur démoniaque. Ils brisèrent les plats devant eux. On leur avait servi le ragoût chéri de Mécène,[191] de l'âne sauvage, une viande immonde.

Aulus les railla à propos de la tête d'âne,[192] qu'ils honoraient, disait-on, et débita d'autres sarcasmes sur leur antipathie du pourceau. C'était sans doute parce que cette grosse bête avait tué leur Bacchus; et ils aimaient trop le vin, puisqu'on avait découvert dans le Temple une vigne d'or.

Les prêtres ne comprenaient pas ses paroles. Phinées, Galiléen d'origine, refusa de les traduire. Alors sa colère fut démesurée, d'autant plus que l'Asiatique, pris de peur, avait disparu; et le repas lui déplaisait, les mets étant vulgaires, point déguisés suffisamment! Il se calma en voyant des queues de brebis syriennes, qui sont des paquets de graisse.

Le caractère des Juifs semblait hideux à Vitellius. Leur dieu pouvait bien être Moloch,[193] dont il avait rencontré des autels sur la route; et les sacrifices d'enfants lui revinrent à l'esprit, avec l'histoire de l'homme qu'ils engraissaient mystérieusement. Son cœur de Latin était soulevé de dégoût par leur intolérance, leur rage iconoclaste, leur achoppement de brute.[194] Le Proconsul voulait partir. Aulus s'y refusa.

La robe abaissée jusqu'aux hanches, il gisait derrière un monceau de victuailles, trop repu pour en prendre, mais s'obstinant une point les quitter.

L'exaltation du peuple grandit. Ils s'abandonnèrent à des projets d'indépendance. On rappelait la gloire d'Israël. Tous les conquérants avaient été châtiés: Antigone,[195] Crassus,[195] Varus...[195]

— « Misérables! » dit le Proconsul; car il entendait le syriaque;[196] son interprète ne servait qu'à lui donner du loisir pour répondre.

Antipas, bien vite, tira la médaille de l'Empereur, et, l'observant avec tremblement, il la présentait du côté de l'image.[197]

Les panneaux de la tribune d'or se déployèrent tout à coup; et à la splendeur des cierges, entre ses esclaves et des festons d'anémone, Hérodias apparut, — coiffée d'une mitre assyrienne qu'une mentonnière attachait à son front; ses cheveux en spirales s'épandaient sur un péplos[198] d'écarlate, fendu dans la longueur des manches. Deux monstres en pierre, pareils à ceux du trésor des Atrides,[199] se dressant contre la porte, elle ressemblait à Cybèle[200] accotée de ses lions; et du haut de la balustrade qui dominait Antipas, avec une patère[201] à la main, elle cria:

— « Longue vie à César! »

Cet hommage fut répété par Vitellius, Antipas et les prêtres.[202]

Mais il arriva du fond de la salle un bourdonnement de surprise et d'admiration. Une jeune fille venait d'entrer.

Sous un voile bleuâtre lui cachant la poitrine et la tête, on distinguait les arcs de ses yeux, les calcédoines[203] de ses oreilles, la blancheur de sa peau. Un carré de soie gorge-de-pigeon,[204] en couvrant les épaules, tenait aux reins par une ceinture d'orfèvrerie. Ses caleçons noirs étaient semés de mandragores,[205] et d'une manière indolente elle faisait claquer de petites pantoufles en duvet de colibri.

Sur le haut de l'estrade, elle retira son voile. C'était Hérodias,[206] comme autrefois dans sa jeunesse. Puis, elle se mit à danser.[207]

Ses pieds passaient l'un devant l'autre, au rythme de la flûte et d'une paire de crotales. Ses bras arrondis appelaient quelqu'un, qui s'enfuyait toujours. Elle le poursuivait, plus légère qu'un papillon, comme une Psyché curieuse, comme une âme vagabonde, et semblait prête à s'envoler.

Les sons funèbres de la gingras [208] remplacèrent les crotales.
L'accablement avait suivi l'espoir.   Ses attitudes exprimaient des
soupirs, et toute sa personne une telle langueur qu'on ne savait
pas si elle pleurait un dieu, ou se mourait dans sa caresse.   Les
paupières entre-closes, elle se tordait la taille, balançait son ventre
avec des ondulations de houle, [209] faisait trembler ses deux seins,
et son visage demeurait immobile, et ses pieds n'arrêtaient pas.

Vitellius la compara à Mnester, le pantomime. [210]   Aulus
vomissait encore.   Le Tétrarque se perdait dans un rêve, et ne
songeait plus à Hérodias.   Il crut la voir près des Sadducéens.
La vision s'éloigna.

Ce n'était pas une vision.   Elle avait fait instruire, loin de
Machærous, Salomé sa fille, que le Tétrarque aimerait; et l'idée
était bonne.   Elle en était sûre, maintenant! [211]

Puis, ce fut l'emportement de l'amour qui veut être assouvi.
Elle dansa comme les prêtresses des Indes, comme les Nubiennes
des cataractes, comme les bacchantes de Lydie. [212]   Elle se renversait de tous les côtés, pareille à une fleur que la tempête agite.
Les brillants de ses oreilles sautaient, l'étoffe de son dos chatoyait;
de ses bras, de ses pieds, de ses vêtements jaillissaient d'invisibles
étincelles qui enflammaient les hommes.   Une harpe chanta; la
multitude y répondit par des acclamations.   Sans fléchir ses
genoux en écartant les jambes, elle se courba si bien que son
menton frôlait le plancher; et les nomades habitués à l'abstinence,
les soldats de Rome experts en débauches, les avares publicains,
les vieux prêtres aigris par les disputes, tous, dilatant leurs narines,
palpitaient de convoitise.

Ensuite elle tourna autour de la table d'Antipas, frénétique-
ment, comme le rhombe des sorcières; [213] et d'une voix que des
sanglots de volupté entrecoupaient, il lui disait: — «Viens!
viens!»   Elle tournait toujours; les tympanons [214] sonnaient à
éclater, la foule hurlait.   Mais le Tétrarque criait plus fort: —
«Viens! viens!   Tu auras Capharnaüm! la plaine de Tibérias!
mes citadelles! la moitié de mon royaume!»

Elle se jeta sur les mains, les talons en l'air, parcourut ainsi
l'estrade comme un grand scarabée; et s'arrêta, brusquement.

Sa nuque et ses vertèbres faisaient un angle droit.   Les four-

reaux de couleur qui enveloppaient ses jambes, lui passant par-
dessus l'épaule, comme des arcs-en-ciel, accompagnaient sa figure,
à une coudée du sol. Ses lèvres étaient peintes, ses sourcils très
noirs, ses yeux presque terribles, et des gouttelettes à son front
semblaient une vapeur sur du marbre blanc.

Elle ne parlait pas. Ils se regardaient.

Un claquement de doigts se fit dans la tribune.[215] Elle y
monta, reparut; et, en zézayant un peu, prononça ces mots, d'un
air enfantin:

— « Je veux que tu me donnes dans un plat, la tête... » Elle
avait oublié le nom, mais reprit en souriant: « La tête de Iaokanann! »

Le Tétrarque s'affaissa sur lui-même, écrasé.

Il était contraint par sa parole, et le peuple attendait. Mais la
mort qu'on lui avait prédite, en s'appliquant à un autre, peut-
être détournerait la sienne? Si Iaokanann était véritablement
Elie, il pourrait s'y soustraire; s'il ne l'était pas, le meurtre n'avait
plus d'importance.

Mannaëi était à ses côtés, et comprit son intention.

Vitellius le rappela pour lui confier le mot d'ordre, des sentinelles gardant la fosse.

Ce fut un soulagement. Dans une minute, tout serait fini!

Cependant, Mannaëi n'était guère prompt en besogne.

Il rentra, mais bouleversé.

Depuis quarante ans il exerçait la fonction de bourreau.
C'était lui qui avait noyé Aristobule,[216] étranglé Alexandre,[216]
brûlé vif Matathias,[216] décapité Zosime,[216] Pappus,[216] Joseph[216]
et Antipater; et il n'osait tuer Iaokanann! Ses dents claquaient,
tout son corps tremblait.

Il avait aperçu devant la fosse le Grand Ange des Samaritains,[217]
tout couvert d'yeux et brandissant un immense glaive, rouge, et
dentelé comme une flamme. Deux soldats amenés en témoignage
pouvaient le dire.

Ils n'avaient rien vu, sauf un capitaine juif, qui s'était précipité
sur eux, et qui n'existait plus.[218]

La fureur d'Hérodias dégorgea en un torrent d'injures popu-
lacières et sanglantes. Elle se cassa les ongles au grillage de la

tribune, et les deux lions sculptés semblaient mordre ses épaules et rugir comme elle.

Antipas l'imita, les prêtres, les soldats, les Pharisiens, tous réclamant une vengeance, et les autres, indignés qu'on retardât leur plaisir.

Mannaëi sortit, en se cachant la face.

Les convives trouvèrent le temps encore plus long que la première fois. On s'ennuyait.

Tout à coup, un bruit de pas se répercuta dans les couloirs. Le malaise devenait intolérable.

La tête entra; — et Mannaëi la tenait par les cheveux, au bout de son bras, fier des applaudissements.

Quand il l'eut mise sur un plat, il l'offrit à Salomé.

Elle monta lestement dans la tribune; plusieurs minutes après, la tête fut rapportée par cette vieille femme que le Tétrarque avait distinguée le matin sur la plate-forme d'une maison, et tantôt dans la chambre d'Hérodias.

Il se reculait pour ne pas la voir. Vitellius y jeta un regard indifférent.

Mannaëi descendit l'estrade, et l'exhiba aux capitaines romains, puis à tous ceux qui mangeaient de ce côté.

Ils l'examinèrent.

La lame aiguë de l'instrument, glissant du haut en bas, avait entamé la mâchoire. Une convulsion tirait les coins de la bouche. Du sang, caillé déjà, parsemait la barbe. Les paupières closes étaient blêmes comme des coquilles; et les candélabres à l'entour envoyaient des rayons.

Elle arriva à la table des prêtres. Un Pharisien la retourna curieusement; et Mannaëi, l'ayant remise d'aplomb, la posa devant Aulus, qui en fut réveillé. Par l'ouverture de leurs cils, les prunelles mortes et les prunelles éteintes semblaient se dire quelque chose.

Ensuite Mannaëi la présenta à Antipas. Des pleurs coulèrent sur les joues du Tétrarque.[219]

Les flambeaux s'éteignaient. Les convives partirent; et il ne resta plus dans la salle qu'Antipas, les mains contre ses tempes, et regardant toujours la tête coupée, tandis que Phanuel, debout au milieu de la grande nef, murmurait des prières, les bras étendus.

A l'instant où se levait le soleil, deux hommes, expédiés autrefois par Iaokanann, survinrent, avec la réponse si longtemps espérée.[220]

Ils la confièrent à Phanuel, qui en eut un ravissement.

Puis il leur montra l'objet lugubre, sur le plateau, entre les débris du festin. Un des hommes lui dit:

— « Console-toi! Il est descendu chez les morts annoncer le Christ! »

L'Essénien comprenait maintenant ces paroles: — « Pour qu'il croisse, il faut que je diminue. »

Et tous les trois, ayant pris la tête de Iaokanann, s'en allèrent du côté de la Galilée.

Comme elle était très lourde, ils la portaient alternativement.

NOTES AND COMMENTARY

(The figures refer to the Notes. Words shown in *Harrap's Shorter French and English Dictionary* are not given, except where it has been thought desirable.)

UN CŒUR SIMPLE

1. **Pont-l'Evêque:** It was in this little Norman town that Flaubert's mother was born. The family frequently spent holidays there, and his parents owned a considerable amount of property in the district. In April 1876 he revisited Pont-l'Evêque (and Honfleur) to ensure authenticity of detail and atmosphere throughout this story.

2. **Mme Aubain:** A character borrowed from real life—Mme Allais, known by the Flaubert family as "la tante Allais". She was an older cousin of Flaubert's mother, and lived in Pont-l'Evêque. Unlike Mme Aubain, however, she was in very comfortable circumstances.

3. **Félicité:** There were two 'models' for this devoted but simple servant: an unfortunate unmarried mother named Léonie, who was in service with Flaubert's friends, the Barbeys of Trouville, and whom he might have had in mind when describing, in *Madame Bovary*, the old (but dirtier) servant, Catherine Leroux, who receives a medal for "un demi-siècle de servitude" (Pt. I, ch. 8); and (particularly) "Mademoiselle Julie", the maid who helped to bring up Flaubert and his sister and remained with the family for fifty-eight years. He always treated her with affection and invited her often to Croisset to chat about old times. She survived Flaubert. The first *cœur simple* in Flaubert's work dates from 1836 (see Introduction); he also gave Emma Bovary a maid, Félicité, "une jeune fille de quatorze ans, orpheline et de physionomie douce", who replaces an insolent girl, Nastasie (the name he also gives to Félicité's unpleasant sister in *Un Cœur Simple*). In *Le Candidat*, the play written just before the *Trois Contes*, there is a maid called Félicité. This *retour des noms* is a marked characteristic in Flaubert.

4. **resta fidèle à sa maîtresse:** Flaubert first wrote, "resta *toute sa vie attachée* à sa maîtresse", changed it to "*et aima toujours . . .*", then had to return to the original version since Félicité does not feel affection for her mistress until they are drawn together by suffering. "*Toute sa vie*" had to be suppressed because Félicité outlives her mistress by "bien des années".

5. **Elle:** *I.e.*, Mme Aubain. This ambiguity is an example of the kind of stylistic lapse that Flaubert's friend and adviser, Louis Bouilhet, would not have allowed to slip through, had he still been alive.

6. **sans fortune:** A rough draft of the story reads: "*épousé contre le vœu de sa famille* un beau garçon sans fortune." None of this was true of Mme Allais, who married a wealthy and successful business man, and left a fortune of 700,000 francs to her son. Why, then, did Flaubert place Mme Aubain in such financial straits? Because the pathos of the story depends on the constancy of overworked Félicité's devotion despite her mistress's poverty; a rich mistress would have had more than one servant, would have kept herself aloof, and would have been able to leave a faithful servant better provided for. 'Reality' is thus distorted in the interests of art.

7. **1809:** Flaubert mentions several dates throughout the story, and the MSS show the trouble he went to over them (not always to good purpose), although he eventually omitted most of them. "Mme Aubain se marie en 1802, à 22 ans, un an après sa majorité. Son 1er enfant en 1803; son 2e enfant en 1807; veuve en 1809. Prend Félicité en 1810, en 1810 Félicité a 18 ans — Mme Aubain 30. Perd sa fille en 1823, elle a 46 ans" (he then notes how old she is in 1830, 1843, and 1848—each time being three years out: in 1823 she must be 43). "Paul né en 1803, 1810 a 7 ans; 1814—11 ans; 1823—20 ans; 1830—27 ans; 1848—45 ans. Félicité en 1810—18 ans; 1823—31 ans; 1830—42 ans (*should be* 38); 1848—60 (56)." (See C. A. Burns, "The MSS of Flaubert's *Trois Contes*", *French Studies*, Oct. 1954.) Since Mme Aubain dies in 1853, Félicité can have been her servant for only 43 years; "un demi-siècle" is no doubt intended as an approximation.

8. **Toucques ... Geffosses:** Geffosses, to the south of Pont-l'Evêque, belonged to Flaubert's parents; his mother inherited half of it in 1798, and the rest was gradually acquired by his father. Toucques (or Touques) lies between Pont-l'Evêque and Trouville.

9. **Cette maison:** In the rough draft, Flaubert noted that it was "celle qui est en face du marché au tournant de la rue, la troisième après le pont". According to Gérard-Gailly (*Flaubert et les fantômes de Trouville*, p. 199) this house still exists, unchanged, in Pont-l'Evêque: 14, place Robert-de-Flers. In later versions, Flaubert cut the description of this house by half, following his usual method of ruthless suppression of dispensable detail, *e.g.*: "Construite à plusieurs reprises, elle avait intérieurement [...] des lambourdes saillantes (=*projecting joists*), des plafonds trop bas, des fenêtres à guillotine—et une sorte de couleur brune flottant dans l'air comme un brouillard, surprenait tout à coup quand on arrivait du dehors."

10. **la salle:** 'sitting room.' *Cf.*: "Dès les premiers froids, Emma quitta sa chambre pour habiter la salle, longue pièce à plafond bas. ...

Assise dans son fauteuil, près de la fenêtre, elle voyait passer les gens du village sur le trottoir" (*Madame Bovary*, Pt. II, ch. 4).

11. **bergères de tapisserie:** 'easy-chairs upholstered with tapestry.'

12. **Vesta:** The Roman hearth goddess, whose shrine (not strictly a *templum*) was a round structure containing the sacred fire. In the rough draft Flaubert further describes the clock, "dont la coupole tournait pour indiquer les heures". Roman buildings were often copied for objets d'art during the Revolution and First Empire, as part of the cult of Roman republicanism.

13. **muscadin:** From *musqué*, 'perfumed with musk,' hence 'affected.' The term was given in 1793 to the elegantly dressed Royalists—'fops' or 'dandies.'

14. **sans matelas:** The cots are still there, for sentimental reasons, although Virginie is dead and Paul married since 1839. This detail sets the tone of sad nostalgia pervading the story.

15. **Les deux panneaux en retour:** 'the two panels at right-angles to the wall,' *i.e.*, the ends of the bookcases.

16. **Audran:** The name of a family of French artists and engravers, the most distinguished being Gérard (or Girard) (1640–1703), who became engraver to Louis XIV in 1670.

17. **Cette maison . . . prairies:** Note how in this apparently 'realist' description each detail is chosen not for its own sake, but for a particular effect, to evoke the contrast between the living past and the dead present. Mme Aubain no longer has anything to do but look out of the window all day. Only Félicité, as Flaubert next shows us, manages to continue to give life some meaning, in her little world of shining saucepans and morning Mass.

18. **mouchoir d'indienne:** 'print kerchief,' no doubt made in Rouen, well-known for its printed cotton-goods industry. *Cf.* the wedding scene in *Madame Bovary* (Pt. I, ch. 4): "Les dames, en bonnet, avaient . . . de petits fichus de couleur attachés dans le dos avec une épingle . . ."

19. **sa camisole . . . hôpital:** *camisole*, 'dressing-jacket'—a short coat with long sleeves; Catherine Leroux, the old servant in *Madame Bovary*, is similarly described as wearing a "camisole rouge" and "un grand tablier bleu". The *tablier à bavette* ('bibbed apron') was just as much a part of usual Norman dress as the bonnet. No doubt Flaubert, having been brought up in a hospital, associated it more closely with the nurse's dress.

20. **fonctionnant d'une manière automatique:** One notices the same tendency in St Julian and Antipas to respond mechanically to

stimuli, as if their powers of reason and control over their actions cease to be autonomous, and become governed by forces outside themselves.

After this brief and restrained introductory chapter, the aim of which is to present the heroine in all her simplicity and to evoke the monotony of her existence, Flaubert next retraces the events in her life that led up to the circumstances in Ch. I, which must refer to a period between 1838 (when Félicité was 46) and 1853 (when Mme Aubain died).

21. **histoire d'amour:** The whole story is, in fact, "une histoire d'amour manqué"; each successive object of her affection is taken from her. It is this carefully graduated narrowing of Félicité's world that gives the story its shape, and prevents its becoming a string of episodes.

22. **mares:** Flaubert suppressed on the proofs two further details of her miserable childhood: "Elle ... couchait sur la paille, servait les domestiques ..."

23. **sols:** Old form of *sous*. Thirty *sous* would be 1 fr. 50 centimes —about 1s. 3d. before 1914.

24. **l'assemblée:** 'the village fête' (a Norman expression).

25. **elle fut étourdie:** Her reaction is the same as that of Emma Bovary at the ball she attends at la Vaubyessard (Pt. 1, ch. 8). Both are feeling for the first time (on a different social level, of course) "le frottement de la richesse" and seeing a world hitherto unknown.

26. **les croix d'or:** A detail Flaubert also notes in the "fameux Comices" scene in *Madame Bovary* (Pt. II, ch. 8): "... les bonnets empesés, les croix d'or et les fichus de couleur ... relevaient de leur bigarrure éparse la sombre monotonie des redingotes."

27. **le timon d'un banneau:** 'the shaft of a tip-cart.'

28. **offrit de la reconduire:** From these and later attentions paid by the 'well-to-do' young man, it seems that Félicité had considerably more attractiveness at eighteen than she had at twenty-five!

29. **Théodore:** We are expected to realize this is the same young man. It is a *truc* common in Flaubert, to introduce a character and his or her name separately, leaving the reader to put them together. The servant of M. Guillaumin in *Madame Bovary* is also a Théodore.

30. **c'était mal de se moquer:** 'it was mean to make fun of her.' Félicité's understanding of Théodore's vague proposal (rendered partly in free indirect speech: "Du reste ... son goût") is implied with touching simplicity.

31. **du bras gauche ... étreinte:** The scene between Emma Bovary and her lover, Rodolphe, is similar: "Et il allongeait son bras et lui en entourait la taille. Elle tâchait de se dégager mollement. Il la soutenait ainsi, en marchant" (Pt. II, ch. 9).

32. Le vent ... l'ombre: An idyllic scene to which Flaubert is careful to give the right overtones to harmonize with Félicité's innocent emotions. He first wrote: "le vent était *lourd, des* étoiles brillaient", but preferred a soft wind and a cloudless sky.

33. acheté un homme: *I.e.*, a replacement for military service. If one drew a "mauvais numéro", and if one's parents had enough money, a substitute could be found, often through agents called "marchands d'hommes". Deslauriers' father, for example, in *L'Education Sentimentale*, was a "marchand d'hommes". In the Goncourts' novel, *Germinie Lacerteux* (1865), the maid, Germinie (from whom Flaubert was wrongly accused of borrowing the idea of Félicité), sacrifices her savings to "acheter un homme" for her good-for-nothing lover.

34. s'échappait la nuit: In the MS she also "... grimpait lestement les échaliers (*'fences'*), traversait les herbages". By suppressing these details showing the efforts Félicité is willing to make, has not Flaubert lost something?

35. prendre des informations: About what? The possibility of his being conscripted again? Or the procedure for getting married? Probably the former, but a more ironical possibility is that he was going in connection with his forthcoming marriage with Mme Lehoussais.

36. se garantir de la conscription: He could have made himself exempt from call-up by marrying Félicité, of course; but he never intended to make her his wife.

37. Ce fut ... soleil levant: This is the first indication we have of her depth of emotion. Wounded pride is as much a part of it as grief, judging by the violence of her reactions.

38. ayant reçu ses comptes: 'having been paid off.'

39. capeline de veuve: 'widow's hood,' a black hooded cape. Her husband had died the previous year (1809).

40. « le genre de la maison »: 'the sort of house it was'—the guillemets imply that this is Félicité's own thought, just as "Monsieur" is the form she—and her mistress—use to refer to *le feu* M. Aubain.

41. Paul et Virginie: The title of a popular novel by Bernardin de Saint-Pierre (1787); Emma Bovary, after reading it as a little girl, "... avait rêvé ... l'amitié douce de quelque bon petit frère" (Pt. I, ch. 6). The two children in *Un Cœur Simple* are, in fact, Gustave Flaubert and his sister, Caroline, three years younger than he.

42. sa tristesse: The rough draft continues: "... et son besoin d'amour se tourna vers les enfants." But Flaubert's method is to let this fact reveal itself gradually through the character's own actions.

43. **boston:** a card game enjoying much the same popularity in early nineteenth-century France as bridge to-day.

44. **sous l'allée:** 'under the trees of the alley-way.' In the rough draft Flaubert introduced the old iron in the first description of the house: "La cour se trouvait entre un passage étroit que les ferrailles d'un revendeur encombraient perpétuellement." This, then, is a case of redistribution of detail, not of suppression.

45. **le bruit sec:** 'the harsh rattling.'

46. **Puis la· ville ... dans la rue:** This impression of the busy market is auditory, not visual, in contrast to the previous crowd scene in which stress is laid on the lights, colours, and movement. A lesser writer than Flaubert would have repeated the effect. Markets and fairs always held a fascination for him.

47. **au plus fort du marché:** 'when the market was at its busiest.'

48. **offraient:** for sale, of course.

49. **marquis de Grémanville:** The model for this character was Flaubert's great-great-uncle, Charles-François Fouet de Crémanville, who died at a great age in September 1813. Flaubert therefore never knew him, but heard much (too much) about him. Despite his pretensions he was never a noble. The "marquis" has no important part to play in the story; he is simply there to add to the general declining trend in the family. By making his home at Falaise (some fifty miles south of Pont-l'Evêque) Flaubert has emphasized the episodic function of this character, who seems to have been introduced mainly so that Flaubert could pay off an old score, for having so often been bored by accounts of his "illustrious" relative's importance and virtues.

50. **Bourais:** Flaubert took the name of a Pont-l'Evêque family for this character who, being a *bourgeois* and a lawyer, earns Flaubert's contempt on both counts. His customary irony is almost absent from this story, but self-important people like Bourais and Grémanville bring it out.

51. **Pour instruire ... harponnait, etc.:** This satirical résumé of the kind of useless knowledge that constituted conventional standards of knowledge is very much in the style of *Bouvard et Pécuchet*.

52. **gravures à Félicité:** The rough draft goes on: "Elle sut alors qu'il existait d'autres pays que l'arrondissement de Pont-l'Evêque." Her ignorance of geography is brought out a little less naïvely later on.

53. **sa belle main:** 'his fine handwriting.'

54. **La cour ... tache grise:** The use of the present tense increases the sense of authenticity here, which is made even clearer in the rough draft. Flaubert complained that he was having to sacrifice some

charming descriptions at the beginning of *Un Cœur Simple*; the following is one of them:

> Il y a deux routes pour s'y rendre, par les herbages et par l'eau. Celle-là débouche dans la grande rue après le pont, derrière un moulin. D'abord elle tourne une colline, puis une petite rivière qui la baigne aux trois quarts, roule avec douceur sur un lit de graviers. Au printemps, lorsque les feuilles ne sont pas ouvertes, on aperçoit d'un côté entre les branches des ormes un immense tapis de gazon et de l'autre, par les trous des haies l'intérieur des masures, où les poiriers fleuris font, çà et là, de longues fusées blanches, les pommiers des bouquets roses, et les iris des lignes bleues à la crête des chaumières. Mais l'été tous les arbres du chemin forment une voûte obscure dont la fraîcheur est augmentée par l'eau qui bouillonne contre les pierres, mises exprès dans son courant pour servir de trottoir. Puis on incline sur la droite et l'on arrive à Geffosses. La cour est en pente . . . *etc*. (See C. A. Burns, *art. cit*.)

Every detail is exact—even the fact that the sea is just visible, 14 kilometres away. The long description, although evocative and obviously a direct result of Flaubert's special fact-finding mission in April 1876, has not passed through his stylistic purifying process.

55. accablée de souvenirs: as Flaubert was after the visit just mentioned (see Introduction). Much of his own sadness has passed into Mᵐᵉ Aubain's feelings.

56. pantalons brodés: In the rough draft, this paragraph continues with a description of Félicité's power over animals:

> Puis ils revenaient tout en sueur et leur bonne les essuyait. Son pouvoir sur les animaux les divertissait infiniment. Le chien de garde jappait de plaisir à son approche. Les poules se rassemblaient autour d'elle. Les vaches rétives se laissaient traire. Les bourdons ne la piquaient pas, et à ceux qui lui demandaient son secret, elle répondait ingénument: "Ils m'aiment, voilà tout."

Flaubert must have seen that this passage is made incongruous by the following incident in which Félicité fails to pacify the bull!

57. la Toucques: or Touques, is the river flowing through Pont-l'Evêque and Touques into the English Channel at Trouville.

58. un souffle sonore: The adjective 'loud' or 'ringing' seems surprising, used to describe breathing (even that of a bull); but to the frightened intruders who are hearing it, it no doubt sounds 'loud' rather than just heavy or noisy.

59. Ses sabots . . . prairie: The rhythmic succession of short, sharp syllables renders the thudding of hooves.

60. **le haut bord:** *I.e.*, the raised bank of the ditch round the field.

61. **une claire-voie:** *I.e.*, 'une porte à claire-voie'—'a wooden barred gate.'

62. **M. Poupart:** Another character drawn from real life, according to Gérard-Gailly (p. 200): Dr Giffard, of Trouville.

63. **les bains de mer de Trouville:** The advice must have been given during the early spring of the following year. Trouville was only a fishing village at this period; its popularity grew with the establishment of railway services, and it is now one of the most popular of French seaside resorts.

64. **un long voyage:** This provincial fussing amuses Flaubert, but he restrains his mockery to the extent of rejecting *"toutes sortes de* renseignements" in favour of the milder final version.

65. **M. Lechaptois:** Flaubert considered several names for this character: Lebourgeois, Hazard, and then Lestiboudois, which he had already used in *Madame Bovary* for the verger of Yonville.

66. **La route . . . deux heures:** Flaubert must have made this journey many times under similar conditions when a boy. In 1841 the family took Caroline to Trouville for health reasons—she probably had a touch of tuberculosis.

67. **paturons:** 'pasterns,' (< O.Fr. 'pasturon'), *i.e.*, that part of the horse's foot between fetlock and hoof.

68. **ornières:** Flaubert first wrote 'ornières *profondes*', but wished to avoid too much repetition of the *on* sound (enfonçaient, patur*ons*, c*on*tre).

69. **. . . le reste:** Flaubert followed this, in the rough draft, with a reaction foreign to Félicité's nature (hence its suppression): "Mais elle jeta sur la maison un regard farouche—puis se reprochant la haine qui lui mordait au cœur, elle fit un signe de croix vivement; les chevaux . . ."

70. **La mère Liébard . . . :** In the following paragraphs devoted to the description of the farmhouse meal, the farm, and activities at Trouville, the subject of the story, Félicité, is hardly mentioned. Flaubert wallows unashamedly in his childhood memories for his own pleasure. This does not lessen the literary value of the descriptions as *tableaux de genre* and evocations of atmosphere. This holiday constitutes a climax in the structure of the story, being the only time of unclouded happiness. After this, Félicité's life becomes progressively lonelier as her joys are taken from her one by one.

71. **prodigua les démonstrations de joie:** The phrase implies a certain lack of sincerity; she 'gushes' over the whole family. Flaubert can never resist the temptation to describe a meal in detail. This one is of typical Norman heaviness.

72. **forci:** 'filled out.'

73. **écuelles d'étain:** 'pewter bowls.'
forces: 'shears.'
seringue: 'syringe.'

74. **Pas un arbre . . . qui n'eût . . .:** 'There was not a tree . . . which did not have . . .' *Il n'y avait* is frequently omitted (*cf.* "Aucun bruit dans le village").

75. **Le vent en avait jeté bas plusieurs:** 'The wind had blown down several of them.' Of what? The trees or the branches? The trees, apparently, since they are bending under their wealth of apples. The "re-rooting at the middle" mentioned is extremely rare and possible only with certain species such as Ribston pippins.

76. **dit qu'elle aviserait:** 'said she would look into the matter.'

77. **reharnacher:** 'reharness.'

78. **les *Ecores*:** The visitor to Trouville no longer encounters this obstacle; the river Touques has been turned to the west so as to leave room for a wide quay between the cliff and the water. In the 1830's one had to go past the jutting-out rock on foot.

79. **l'*Agneau d'or*:** Gérard-Gailly describes this inn as "formant le coin du quai et de la rue du Commerce (aujourd'hui rue de Verdun)" (p. 29). It was kept by Louis-Victor David and his wife. The Flauberts did not, as is usually stated, put up there themselves; they occupied the only house on the beach (see P. Spencer, "New light on Flaubert's youth", *French Studies*, Apr. 1954).

80. **à défaut d'un costume:** Mme Aubain cannot afford one. A painting of Trouville by Charles Mozin shows that by 1845 there were several gay bathing-machines on the beach.

81. **Hennequeville:** A village just to the east of Trouville, on the road to Honfleur.

82. **dans le fouillis des ronces:** 'among the tangled briars.'

83. **oursins:** 'sea-urchins.'
godefiches: probably = *godes* (f.), a local word in Lower Normandy for small edible fish resembling the whiting.
méduses: 'jelly-fish.'

84. **Marais . . . hippodrome:** The *Marais* (Marshes) behind Deauville were the Flauberts' property. There is a prophetic ring about the word *hippodrome* here, as the famous racecourse has since been built on the site.

85. **calfats:** 'caulkers,' whose job is to make boats watertight with a mixture of tow, oakum and pitch.

86. **balises:** 'buoys,' marking the channel into the harbour.

87. **Leurs voiles . . . mâts:** 'Their sails were lowered two-thirds of the way down the masts,' *i.e.*, they depended on their foresails (*misaines*) to bring them in.

88. **l'ancre tout à coup tombait:** The verb is thrown to the end of the sentence for the sake of harmony and stress. Thus the juxtaposition of nasal sounds (*ancre, tombait*) is avoided, and the effectiveness of the verb is enhanced.

89. **Nastasie Barette:** Again, identity and name are introduced separately. In real life this character was the hunchback daughter of Captain Pierre Barbey, called "La Barbette", ". . . gnome femelle alourdie de marmaille", says Gérard-Gailly (p. 200). In the rough draft of the story, Flaubert gives more details about Nastasie:

> Sa jupe en guenilles battait ses mollets rouges, des écailles gluantes argentaient sa camisole en tricot, un serre-tête pointu lui cachait les cheveux. Elle ressemblait à Félicité, mais était beaucoup plus maigre avec des dents pourries, l'œil bleuâtre et froid et cet air soupçonneux qui appartient aux pauvres. Au bout d'un quart d'heure, Mme Aubain la congédia. Elle reparut le soir, escortée de sa marmaille.

Although Flaubert decided he could not devote so much space to a very secondary character, the sketch of this Normandy fishwife is very picturesque and authentic.

90. **un petit mousse:** 'a little ship's boy'—Victor, who will reappear later. This character is yet another *souvenir trouvillais*, Capt. Barbey's own nephew, who had already made his début in the first *Education Sentimentale* (1843–45) as the nephew of Maître Nicole, dying (as Victor does) of yellow fever in Havana.

91. **Le mari ne se montrait pas:** Why not? Because Nastasie is afraid he might jeopardize her successful cadging? Or simply because Flaubert did not want to introduce another minor character?

92. **parce qu'il était indispensable:** 'l'éloignement' or 'son fils'? The meaning is clear in the context, but the expression of it is none the less faulty.

93. **promenait ses yeux autour d'elle:** The catechism is seen through Félicité's eyes, and nowhere do we see the author's own disbelief. The church is that of Saint-Michel, Pont-l'Evêque (see illustration, p. 128).

94. **des villes tout en flammes:** Sodom and Gomorrah, destroyed by a rain of "fire and brimstone" (*Gen.* 13–19).

95. **sur le fumier d'une étable:** Félicité has not lost her farm-hand outlook!

96. **l'Agneau:** The rough draft goes on: "les bergers en souvenir de

Jean-Baptiste". Flaubert no doubt cut this when he decided to write *Hérodias*.

97. **les colombes à cause du Saint-Esprit:** This small detail is of some importance; the association, in Félicité's mind, of birds with the Holy Ghost remains with her strongly, and leads her into a pathetic confusion during her last years.

98. **Elle avait peine ... cloches harmonieuses:** Here we can see how Flaubert worked up one of his ideas; his notes read: "Hors du catéchisme, elle réfléchit, ou tâche de réfléchir aux mystères; ou plutôt ils lui arrivent sous forme d'images."

99. **ne tâcha pas de comprendre:** We see from Flaubert's notes for this passage the effort he made not to be harsh towards Félicité in the final version: "Ignorance profonde, aucun désir de savoir. Elle n'avait qu'un besoin: aimer." Other notes, not developed in the story, show how he tried to capture the simplicity of her religious beliefs:

> Si l'homme n'eût point péché, il n'eût point connu la mort. Elle croyait qu'à force de ne point pécher on ne mourrait pas. ... Les saints — bons hommes, dévoués, obligeants. ... Elle voyait Dieu dans la création, était naturellement anéantie devant Dieu. Croyait que Dieu la voyait toujours, pas de hasard, par la loi de la nature. ... Elle ne comprend Jésus que comme homme.

Could Flaubert have had in mind here Renan's celebrated reference to Jesus as "cet *homme* incomparable"?

100. **la messe:** For the catechism, mass, and first communion, Flaubert made very detailed notes, not all of which were used.

101. **Quand ce fut ... s'évanouir:** The idea and the description of this feeling of 'otherness'—amounting almost to hallucination—have their origin in Flaubert's own experience. "Mes personnages imaginaires m'affectent, me poursuivent, ou plutôt, c'est moi qui suis en eux," he wrote to Taine in 1868. Félicité's emotional reaction to religious experience is of the same order as that of Emma Bovary. At the time of her illness, Emma receives communion: "Ce fut en défaillant d'une joie céleste qu'elle avança les lèvres pour accepter le corps du Sauveur qui se présentait" (éd. Charpentier, p. 236). The same kind of mystic exaltation occurs when Emma is trying to fight her love for Léon:

> Elle aurait voulu, comme autrefois, être encore confondue dans la longue ligne des voiles blancs, que marquaient çà et là les capuchons raides des bonnes sœurs inclinées sur leur prie-Dieu; le dimanche, à la messe, quand elle relevait sa tête, elle apercevait le doux visage de la Vierge. ... Alors un attendrissement la saisit, elle se sentit molle et tout

abandonnée comme un duvet d'oiseau qui tournoie dans la tempête...
(p. 121).

There is a close relationship between Emma's physical love and her
mystical aspirations ; similarly, Félicité's religious devotion is, at this
point, but a manifestation of her love for Virginie.

Flaubert's impersonality in the communion episode can be better
appreciated if compared with the similar scene in *Bouvard et Pécuchet*,
in which the element of anti-clerical satire assumes normal Flaubertian
proportions:

> Pécuchet, en méditant la Passion de Jésus-Christ, s'excitait à des élans
> d'amour.   Il aurait voulu lui offrir son âme, celle des autres, et les
> ravissements, les transports, les illuminations des saints, tous les êtres,
> l'univers entier.   Bien qu'il priât avec ferveur, les différentes parties de
> la messe lui semblèrent un peu longues.   Enfin, les petits garçons
> s'agenouillèrent.... Les petites filles les remplacèrent, ayant, sous leurs
> couronnes, des voiles qui tombaient; de loin, on aurait dit un aligne-
> ment de nuées blanches au fond du chœur.   Puis ce fut le tour des
> grandes personnes.   La première du côté de l'Evangile était Pécuchet,
> mais trop ému, sans doute, il oscillait la tête de droite et de gauche.
> Le curé eut peine à lui mettre l'hostie dans la bouche, et il la reçut en
> tournant les prunelles.   Bouvard, au contraire, ouvrit si largement les
> mâchoires, que sa langue lui pendait sur la lèvre comme un drapeau
> (éd. Pléiade, pp. 886–7).

Whereas in *Un Cœur Simple* "le curé discourait", in *Bouvard et Pécuchet*
"le curé harangua les petits garçons."

102. **les Ursulines d'Honfleur:** Flaubert's mother, an orphan, had
been brought up in a convent school in Honfleur.   Emma Bovary is
also sent to an Ursuline convent school, in Rouen.

103. **Pour « se dissiper »:** 'to occupy her mind.'

104. **engagé au long cours:** 'signed on for an ocean voyage.'

105. **prendre à gauche ... à droite:** 'fork left ... right.'

106. **Le paquebot ... disparut:** Flaubert has suppressed words
indicating time and distance from this paragraph: "*Puis* la voile avait
tourné ... il faisait *au loin* une tache noire ..."   They are made strictly
superfluous by "on ne vit *plus* personne", and by "pâl*issait toujours*"
('grew steadily paler').

107. **Le parloir:** The parlour of the convent.   Félicité thinks of
going to visit Virginie whilst in Honfleur.   Obscure.

108. **Un retard ... Madame:** 'If she were late, Madame would
certainly be annoyed.'

109. **les Iles:** The Antilles.

110. **La moindre émotion l'énervait:** 'The least excitement exhausted her.'

111. **ahurissement de Félicité:** M. Bourais, like Homais in *Madame Bovary*, personifies the self-satisfied, ill-bred pedantry of the half-educated.

112. **les découpures d'une tache ovale:** *I.e.*, the indentations of the coast of Cuba.

113. **la maison où demeurait Victor:** This is perhaps pushing Félicité's ignorance beyond the limits of *vraisemblance*, but a child could certainly react in this way on seeing a map for the first time.

114. **elle qui s'attendait ... bornée:** The thought is Bourais's, rendered in free indirect speech (unsuccessfully, since this comment is usually read as part of the author's narrative).

115. **Ne sachant lire aucun des deux:** 'As neither of them could read.' The inversion is unusual in literary French.

116. **On n'en disait pas davantage:** *I.e.*, in the letter. It is impossible to tell whether this is the continuation of Mme Aubain's announcement, in free indirect speech, or part of the narrative. It would not be necessary for her to pronounce the words "Il est mort", as her own reaction makes the nature of the "malheur" obvious.

117. **Félicité tomba ... se retirer:** Her inarticulate grief is observed from the outside, as a physical phenomenon, because Flaubert realized that at moments of great anguish rational thought ceases. The repeated words "Pauvre petit gars" show how her mind is revolving round the same spot.

118. **... à eux:** Who are "eux"? Victor's parents, who had no affection for him? Or Liébard and Mme Aubain? If the latter, Félicité cannot have seen their reactions—Liébard's sighs, her mistress's shuddering and trembling.

119. **Sa tête ... ouvrage:** The poignant restraint with which her profound emotions are intimated shows the hand of a master writer familiar with suffering.

120. **l'ayant coulée la veille:** 'having passed the lye through it the day before.' The instinct to get on with a job if it has to be done is so deeply rooted in Félicité that she does not consider sitting and brooding like her mistress. There is something of Flaubert himself here: through all his recent bereavements and acute anxieties he went on doggedly with his writing, work being a protection against the ravages of reality. There is a danger of misinterpretation here: Félicité's reactions are not evidence of lack of feeling, but of strength of mind.

121. **cadavres flottant dans l'eau:** The image, although part of the

narrative, is in Félicité's mind; for she naturally thinks Victor has been drowned.

122. **« Bon! encore un! »**: Even here Flaubert cannot resist satirizing one of his favourite butts, the medical profession.

123. **sans le climat**: 'but for the climate.'

124. **la**: *I.e.*, Mme Aubain.

125. **Tancarville**: Some 30 km. from Le Havre, both being on the opposite bank of the Seine estuary to that on which Honfleur stands.

126. **la tonnelle**: 'the arbour.'

127. **elle en buvait deux doigts**: 'she (*i.e.*, Virginie) drank two thimblesful.'

128. **elle avait été aux environs faire une course**: 'she had been out on an errand in the neighbourhood.'

129. **Félicité se précipita ... descendit**: Flaubert has not thought carefully about the possibility of this magnificent cross-country run. Is it likely that a woman with long skirts could catch up with a horse-drawn gig on a dark, snowy night, along a muddy road? And then, having achieved this, would she really think it more important to return and shut the gate than to be with her beloved Virginie? Flaubert also makes the mistake of presenting a direct thought as a reported one; "La cour n'est pas fermée..." would read better.

130. **la diligence de Lisieux**: The Lisieux-Honfleur coach would stop at the inn at Pont-l'Evêque.

What is the purpose of Félicité's return to Pont-l'Evêque, that is, why did Flaubert make her return? Mainly so as to avoid having to describe the death of Virginie, by placing the central character (Félicité) elsewhere. We shall see why in the next note.

131. **elle venait de passer**: The death of Virginie is a very moving reminiscence for Flaubert, recalling in particular the death of his great friend, Alfred Le Poittevin, in 1848, and that of his own sister, Caroline. Caroline died on 20th March 1846, aged twenty-two, after giving birth to a daughter (who became Mme Commanville). The shock had a profound effect on Flaubert, convincing him finally that love and affection always brought suffering in their wake and should therefore be avoided. Since Flaubert has Caroline in mind, his reluctance to describe the death-scene is understandable. Mme Aubain's grief, naturally, is that of Mme Flaubert.

The fact that the little girl dies explains the choice of names he gives the children, as the following remark in a letter reveals: "La mort de Virginie [in Bernardin de Saint-Pierre's *Paul et Virginie*] est fort belle ... [elle] est exceptionnelle" (16.9.1853).

132. The following notes show the extent to which Flaubert utilized his own memories when writing this scene. "Quand ma sœur est morte," he wrote to Louise Colet in 1847, "je l'ai veillée la nuit; j'étais au bord de son lit, je la regardais, couchée sur le dos dans sa robe de noces avec son bouquet blanc." He goes on to say that "un prêtre ronflait", and in the MS of *Un Cœur Simple* we read: "Un prêtre dans un fauteuil lisait des psaumes"—clearly another reminiscence.

133. **Pendant deux nuits . . . la morte:** Writing to Du Camp of the death of Le Poittevin, Flaubert said: "Je l'ai gardé pendant deux nuits. Je l'ai enseveli dans son drap, je lui ai donné le baiser d'adieu et j'ai vu souder le cercueil" (7.4.1848). Note that our attention is kept on Félicité during this episode by the simple expedient of making Mme Aubain prostrate.

134. **et n'eût pas éprouvé . . . rouverts:** The idea of the dead coming back to life recurs in Flaubert, and seems to date from his sister's death, of which he wrote: "Il me semblait qu'en pensant, en pleurant, en me déchirant l'âme avec des prières et des vœux, j'obtiendrais un souffle, un regard, un geste de ce corps..." (*La Dernière Heure*, in *Œuvres de jeunesse inédites*, Conard, t. II, p. 267). Cf. the death of Emma Bovary: Charles Bovary "... se rappelait des histoires de catalepsie, les miracles du magnétisme; et il se disait qu'en le voulant extrêmement, il parviendrait peut-être à la ressusciter" (Pt. II, ch. 9).

135. **suivant . . . suivait:** The repetition passed through Flaubert's *gueuloir* unnoticed.

136. **il fallut . . . cimetière:** Almost as long as at the funeral of Le Poittevin: "On l'a porté à bras au cimetière. La course a duré plus d'une heure" (7.4.1848).

137. **D'abord elle se révolta contre Dieu:** Cf. the reaction of Emma Bovary's husband after her death:

Charles éclata en blasphèmes.
— « Je l'exècre, votre Dieu! »
— « L'esprit de la révolte est encore en vous, » soupira l'ecclésiastique (Pt. II, ch. 9).

Julian, after the murder of his parents (*La Légende . . .*) "ne se révoltait pas contre Dieu", even though the crime was presumably inspired by God.

138. **pour l'autre:** *I.e.,* for the sake of her late husband.

139. **elle passait au bord des maisons:** 'she skirted the houses.'

140. **offrir le pain bénit:** This task of distributing bread blessed by the priest was usually entrusted to 'notables' of the parish.

141. **Bourais . . . s'absenta mystérieusement:** This marks the beginning of his double life, which is to cost Mme Aubain so dearly. The apparent insignificance of the occurrence misleads the reader as it misleads the inhabitants of Pont-l'Evêque.

142. **la Révolution de Juillet,** 1830, which brought about the replacement of the autocratic King Charles X by the Orleanist Louis-Philippe, "le roi bourgeois".

143. **blouses flottantes:** Flaubert originally wrote simply *blouses*, which could. mean a peasant's smock or overall. The word *flottantes* gives the desired impression that these smocks are feminine garments of finer material.

144. **Mme Aubain eut leur visite:** 'they called on Mme Aubain'—an honour she is quick to return.

145. **Il ne pouvait . . . estaminets:** Paul's aimlessness recalls that of Flaubert at a similar age.

146. **l'espalier:** 'espalier wall,'—with trellis-work along which fruit trees are trained.

147. **un ménage:** 'a set of doll's furniture.'

148. **Le soleil . . . douceur profonde:** This nostalgic scene takes place in an atmosphere closely resembling that of the drowsy afternoons during the holiday at Trouville: the sun lighting an interior, warmth, and silence broken by a single sound.

149. **un dévouement bestial:** It is as if Flaubert is ashamed of the tender emotion of the previous scene, and seeks to destroy its effect by using the harsh word *bestial*. This is less harsh than in English, and could be translated as 'animal-like', but 'fidélité de chien' would have been kinder and, despite its being a cliché, more accurate.

150. **Elle soigna des cholériques:** In 1831–32 there was a widespread epidemic of cholera in France—part of a pandemic wave which began in India in 1826 and had, by 1838, spread throughout China, Russia, Europe, Great Britain and North America.

151. **protégeait les Polonais:** After the unsuccessful rising against Russian domination in 1830, Europe was filled with Polish exiles.

152. **s'était accommodé une vinaigrette:** 'had prepared himself a dish seasoned with a vinegar sauce.'

153. **des horreurs en 93:** During the Reign of Terror (31st May 1793–27th July 1794), that is. The Duchesse de Langeais, in Balzac's *Le Père Goriot*, refers to Goriot in 1819 as "ce vieux Quatre-vingt-treize". Those who had been active revolutionaries under Robespierre never lost their reputation!

154. **Il vivait au bord . . . repos de son âme:** Félicité resembles

St Julian in this selfless tending of a sick man suffering from a repulsive disease, whom nobody else would touch.

155. **Il s'appelait Loulou . . . gorge dorée:** Flaubert made detailed notes on the appearance and habits of parrots, taken from various sources. A page headed *Perroquet Amazone* contains notes from an article on parrots by Z. Gerbe in the *Dictionnaire Universel d'Histoire Naturelle*, ed. d'Orbigny; from A. E. Brehm's *Vie des Animaux Illustrée*, and other works. He mentions "boissons—nourriture—caresses—voix —se cache.—Le perroquet deux repas par jour." The verso is headed simply *Perroquets*, and covers "aspects, caractère, nature, nourriture— boisson—bain—manies", the details being taken from further works on natural history by A. G. Desmarest, Heinrich Kuhl, and François Levaillant (see éd. Conard, p. 69, and C. A. Burns, *art. cit.*, p. 317).

These works did not, of course, give Flaubert the idea of introducing a parrot into the story. The original, as Gérard-Gailly has shown (*op. cit.*, pp. 196–7), belonged to Capt. Barbey himself; he was a very talkative bird, grey with a red tail. Flaubert would have seen him when in Trouville in the summers of 1861 and 1864. Furthermore, Flaubert went to see the stuffed parrots in Rouen Museum on 15th July 1876, and even persuaded the Director, Dr Pennetier, to lend him a magnificent Amazon parrot, which he had on his table all the time whilst writing the last two chapters. The physical presence of the bird was a great aid to composition—previously the episode of Loulou "n'alla pas tout seul", he needed to " 'peindre' d'après nature" (July, 1876). Nevertheless, note that Flaubert does not attempt to give a complete, 'realistic' description of the parrot.

156. **Jacquot:** This was the name of Capt. Barbey's parrot.

157. **Etrange . . . regardait!:** 'What a strange stubborn streak Loulou had that made him stop talking the moment anyone looked at him!'

158. **avait reçu du garçon boucher une chiquenaude:** 'had received a flip (perhaps on the nose or the ear) from the butcher-boy.'

159. **Elle eut du mal à s'en remettre:** 'She had difficulty in recovering from this.'

160. **Bien que ses péchés auraient pu:** Flaubert disliked the uglier forms of the subjunctive (and drew mocking attention to his "joli style" when he wrote "que vous vissiez" in a letter of 8.7.1876— precisely when he was writing this part of the story). The conditional here avoids the unpleasant sound of *eussent pu*; furthermore, it serves to make the statement one of fact rather than of possibility.

161. **Des bourdonnements ... troubler:** 'Imaginary buzzing noises completed her troubles.'

162. **Une congestion:** 'A stroke.'

163. **dans le débord:** 'off the side of the road.'

164. **Derrière elle ... sur le dos:** "De toutes les sources personnelles d'*Un Cœur Simple*," says Gérard-Gailly (p. 204), this is "la plus émouvante." Félicité's accident takes place on the very spot where Flaubert experienced his first nervous crisis in January 1844. He also lost consciousness, and found himself covered with blood when he came round (he had been bled by his brother, Dr Achille Flaubert, who was a passenger in the gig Gustave was driving).

165. **un mètre de cailloux:** 'a heap of stones (a yard high).'

166. **lui fit des recommandations:** 'asked him [the captain of the Honfleur–Le Havre boat] to look after it carefully.'

167. **et il n'en fut plus question. C'était à croire:** 'and nothing further was heard about it. It was enough to make one think ...'

168. **« Ils me l'auront volé! »:** 'They have probably stolen him from me!'

169. **Cet endroit:** By postponing until now the description of Félicité's room, Flaubert is able to make it as complete as it ever will be during her lifetime. He restrains his passion for inventories, and mentions only such objects as show Félicité's *respect du vieux*, her sentimentality, and her religious devotion.

170. **en noix de coco:** 'made out of a coconut.'

171. **le portrait du comte d'Artois:** Mme Aubain would have taken down this portrait of Charles X from her own *salle* in 1830, no doubt, and put one of Louis-Philippe in its place.

172. **un corps de cheminée:** 'a chimney-breast.'

173. **une image d'Epinal:** One of the cheap lithographs in gaudy colours, for which Epinal, a north-eastern frontier town, is famous. It is typical of these products that the dove has the colouring of a parrot!

174. **se mettre dans les demoiselles de la Vierge:** 'join the Ladies of the Virgin,' also called 'Les Enfants de Marie' because they consist mainly of young ladies. Félicité thinks, perhaps, that in their company she would be reminded of Virginie.

175. **les contributions:** 'Inland Revenue.'

176. **commencé des démarches pour les Eaux et Forêts:** 'started trying to get into the Waterways and Forests Department.'

177. **l'enregistrement:** 'the Registry Office.'

178. **et y montrait ... sa protection:** This seems to be a conscious or unconscious parody of *La Légende de Saint Julien*, in which the young

man wins the Emperor's daughter by his valour and heroic deeds. Paul, the nineteenth-century middle-class hero, finds the pen just as effective.

179. **Elle dénigra ... allégement:** Another personal element may be detected here, in the friction between Paul's mother and his fiancée: in January 1855 Flaubert's mistress, Louise Colet, arrived unexpectedly at Croisset and created a violent scene because Flaubert preferred to live in a *trou* like Croisset with his mother than to be in Paris with her. In a novel of revenge, *Une Histoire de Soldat* (1856), Louise Colet describes the scene and paints a picture of Mme Flaubert (very similar to the impression Paul's fiancée must have of Mme Aubain) as a widow who, she felt, had not laughed since the death of her husband.

180. **ses comptes ... ses noirceurs:** '*her* accounts ... *his* blackguardly dealings.'

181. **l'habitude idolâtre:** Félicité is not really guilty of idolatry. The parrot has simply become confused in her mind with the dove, and she does not pray *to* the bird, only *before* it, as one might before a Cross, or statue of Saint or Virgin.

182. **une rente de trois cent quatre-vingts francs:** 'a pension of (approx.) £16 a year (nowadays about £160).'

183. **ruinée dans l'épicerie:** 'who had lost all her money in the grocery business.'

184. **Bien des années se passèrent:** This is the second time many years are passed over, Félicité's life being thus divided into three critical periods and two long uneventful ones.

185. **son traversin fut mouillé:** Even with her bolster wet through, she does not think of moving down to an empty room, and la mère Simon does not suggest it, apparently. Is this likely?

186. **Pneumonie:** Flaubert documented himself on this disease from Grisolle's *Traité pratique de la Pneumonie* (1841) lent to him by Edmond Laporte, who had once studied medicine. He made notes on premonitory symptoms (*prodromes*) of pneumonia and pleurisy ("frisson —vomissements glaireux—fièvre—pouls—toux rare," etc.) and treatment ("ventouses, emplâtre sur le point de côté," etc.). He also sought advice from Dr Pennetier, Director of Rouen Museum.

187. **reposoirs:** Temporary outdoor altars set up for Corpus Christi (*Fête-Dieu*) celebrations.

188. **qui l'aviez tué:** Flaubert originally wrote "qui l'*avait* tué"— incorrect, but certainly what an uneducated person like Félicité would say. Flaubert is rejecting the Naturalist method here, then.

189. **La Simonne:** Familiar way of saying "la mère Simon".

190. **Les herbages . . . les ardoises:** At the supreme moment of Félicité's death, the atmosphere is again that of the afternoons at Trouville: sunlight outside, warmth, a gentle sound breaking the silence. Flaubert therefore makes a repeated association between happiness (or · the memory of it) and atmosphere. This imposition of a pattern upon reality is, of course, foreign to the Realist aesthetic.

191. **elle la voyait:** By this clever device, Flaubert is enabled to describe the procession and keep our attention on Félicité, thus carrying the story forward on two fronts simultaneously. This alternating technique recalls that of the *Comices Agricoles* scene in *Madame Bovary*, in which the continual switching from the lovers to the surrounding fair produces effective irony. Here, the two contrasting events lead to a simultaneous climax, timed with great mastery and feeling.

192. **modérait la musique:** 'was conducting the band.'

193. **fabriciens:** 'church-wardens.'

194. **lui soulevait les côtes:** 'made her sides heave.'

195. **ophicléides:** The ophicleide (bass key bugle) first appeared under this name in 1817. Because of its coarse and unmusical tone, it was superseded by the bombardon in brass bands.

196. **La Simonne . . . le reposoir:** Again Flaubert adroitly connects the two scenes, now presenting the ceremony as if seen by La Simonne.

197. **un falbala en point d'Angleterre:** 'a flounce of English point lace.'

198. At last Félicité participates in the ceremony, through the only sense able to receive any communication from the outside world—her sense of smell.

199. This final illusion is liable to misinterpretation as the height of irony, but Flaubert's letter to Mme Roger des Genettes of 19th June 1876 (quoted in the Introduction) makes his intention quite clear: "Faire pleurer les âmes sensibles." The parrot is, to Félicité, what the shining angel is to St Julian in mediaeval versions of the legend: the symbol of divine happiness.

LA LEGENDE DE SAINT JULIEN
L'HOSPITALIER

1. **un château:** The stained-glass window in Rouen Cathedral representing the story of St Julian does not show his father's castle. The picture of Julian's own castle, later in the story, is extremely simple and consists only of a wall and a tower with a *domed* roof. In the *Trois Contes* dossier at the Bibliothèque Nationale (to which reference will frequently be made in this Commentary) notes are to be found, but not in Flaubert's own hand, under the heading *Architecture Militaire* and the following sub-headings: "Tours, cunettes ['cunettes'—gutters running into the moat], barrière, barbacane ['barbican' *or* 'loop-hole'], poterne ['postern-gate'], porte, herse ['portcullis'], forme des tours, couronnement ['coping' (of wall)], créneaux ['battlements' *or* 'loop-holes'], mâchicoulis ['machicolation'—a hole or slit in the floor through which missiles or boiling liquid could be thrown down on attackers], hourds ['hoardings'—projecting wooden scaffolds], échauguettes ['watch-towers'], courtine ['curtain, wall between two bastions'], emplacement des tours, escaliers, fenêtres meutrières ['loop-holes'], donjon, maîtresse tour ['main tower'], beffroi ['belfry'], tours isolées, oubliettes ['secret dungeons'']." As usual, Flaubert had more terms at his disposal than he actually made use of, but this preliminary mastery over precise vocabulary results in the clarity and detail of the description, the total effect of which is similar to that of the naturalistic miniatures, paintings, and illustrations in Books of Hours of the fifteenth century. (See also Note 18.)

2. **Le père ... d'une colline:** Note the similarity of rhythm, simplicity, and function, between this opening sentence and that of *Hérodias*. The apparently effortless simplicity and transparency of this sentence can be better appreciated by comparing it with two previous versions, which show how much judicious pruning was necessary:

> Jamais il n'y eut d'enfant plus joli ni de meilleurs parents que le père et la mère du petit Julien. Ils habitaient un château dans les bois sur la pente d'une colline au fond d'une large vallée.

The second version suppresses the reference to Julian's prettiness (this will be mentioned at the proper time, later in the story):

> Jamais il n'y eut de meilleurs parents que la mère et le père du petit Julien. Ils habitaient un château au milieu des bois sur la pente d'une colline.

Finally all evaluation and description of characters is omitted, and the whole welded into a single ternary period—the three-part sentence so frequently met with in Flaubert. The opening of this story should be compared with that of Voltaire's *Candide*, which Flaubert was re-reading at Concarneau.

3. **quartiers de rocs:** '(massive) pieces of rock.'

4. **De longues gouttières . . . en bas:** 'Long gutter-spouts representing dragons face-downwards.' During the Gothic period these gargoyles usually projected for several feet so as to throw the water clear of the building, sometimes (as here) into a rain-water tank below.

5. **le bord des fenêtres:** 'window-ledges.' *Rebord* is the more usual term.

6. **basilic . . . héliotrope:** In the Middle Ages both these plants had a symbolic significance, and this accounts for Flaubert's choice of them. Basil stands for cruel rage, and heliotrope for divine inspiration—the two opposing forces acting on Julian and ruling his fate.

7. **avec des berceaux pour prendre le frais:** 'with arbours so that one could take the air.'

8. **un jeu de mail:** 'a mall alley'—the forerunner of croquet.

9. **les fossés étaient pleins d'herbe:** Some editions give "pleins d'*eau*", which is nonsensical. One would expect a moat to be full of water only in times of danger, and overgrown with grass when not needed. The MS in Flaubert's handwriting gives "herbe"; the mistake was subsequently made by the copyist.

10. **la fente des créneaux:** 'the slits of the loop-holes.'

11. **étendards:** Standards captured in war. Julian's father is described as having had "beaucoup de combats et d'aventures".

12. **des mufles de bêtes fauves:** 'heads of wild beasts.'

13. **Amalécites:** 'Amalekites,' a collection of tribes always in conflict with ancient Israel, and condemned to annihilation by Saul (I *Sam.* 15).

14. **Garamantes:** A people of North Africa, of Libyan or Negro origin, whose territory (Phazania or Fezzan) occupied the western part of Libya. Their civilization was very advanced when the Romans conquered them in 19 B.C. Between the seventh and sixteenth centuries they were under Arab domination. These and other references to

North Africa in *Saint Julien* constitute the earliest stages in the gestation of the idea that will become *Hérodias*.

15. **braquemarts des Sarrasins:** Swords with short, wide blades, in use between the thirteenth and fifteenth centuries. An illumination on a thirteenth-century Arabic MS (in Lavisse-Parmentier, *Album Historique*) shows Saracens marching against the Crusaders and carrying slings and swords similar to braquemarts. According to the Rouen window, St Julien took part in the Crusades. The longer mediaeval version of the legend says he fought against the Turks. But in Flaubert's version, the weapons captured indicate he has chosen to bring Julian into the world after the Crusades, during the ensuing days of peace—*i.e.*, some time after 1291 (see Note 98).

16. **maîtresse broche:** 'main spit.'

17. **une étuve . . . idolâtres:** By the fourteenth century public baths had become as notorious again as they had been in Roman times (*cf.* Italian *bagnio*, 'bath' *and* 'brothel'). It was but a short step for the puritanical to consider the act of bathing itself as a heathen practice.

These opening paragraphs have been devoted to establishing an idyllic, picturesque setting for Julian's *milieu*, and to evoking—by means of well-chosen, characteristic details—an atmosphere of chivalry, simplicity, and prosperity. The military tradition of Julian's family has also been stressed, since this is an essential part of the tragedy: Julian's misfortune is to have been born into a noble family which (as was normal) encouraged prowess with weapons. The short mediaeval versions of the legend simply state that Julian was "of noble birth", and the long versions make him the only son of Geoffroi, Count of Anjou and Maine, and his wife Emma.

18. **une demoiselle de haut lignage:** Note the transition from father to mother, then to son, effected by linking them in the last sentences of this and of the next paragraph. Flaubert's use of "bridge-passages" is very accomplished in this story.

A detail in the MS, suppressed in the final version, reads: ". . . conseils. Puis le soir, devant la cheminée où flambait un grand feu, il se chauffait les mains en songeant à sa jeunesse." This scene is redolent of the *Mémoires d'Outre-Tombe*, in which Chateaubriand describes his childhood at the old castle of Combourg. Now, Combourg closely resembles the castle of Julian's father, and Flaubert had visited it in 1847, revelling in its romantic melancholy. The rejected sentence may, then, give us a clue as to the castle Flaubert had in mind for this setting.

19. **hennin:** The steeple headdress (*hennin*) originating in Flanders

7+

c. 1428. This makes the father's "pelisse de renard" (characteristic of dress several centuries earlier) a considerable anachronism.

20. **domestique:** 'household' (archaic—*le ménage* would be used in modern French).

21. **filait à la quenouille:** 'span on her distaff,' *i.e.*, the part of the spinning-wheel on which wool, flax, etc. are wound for spinning.

22. **Toujours enveloppé . . . il lui vint un fils:** Julian's parents are not highly individualized; as one would expect in a legend, they remain rather stylized as 'good mediaeval types', the father soldierlike, stolid, just, respected by all, and the mother fair, proud, serious, efficient and devout. Note how the altar serves as a transition from domestic duties to devotion rewarded by a son.

23. **Alors il y eut de grandes réjouissances:** Rejoicing is recorded also in the *Prose Tale* version of the legend, which Flaubert consulted (see Introduction): "Et quant li enfes fut nez tuit li parent en orent grant joie"—"And when the child was born all the family were exceedingly joyful" (I, 7). Flaubert's imagination, always alive to the prospect of describing a feast, may well have seized on this detail and expanded it into a colourful scene of carousal.

24. **un nain sortit d'un pâté:** Flaubert may have read of Jeffery Hudson, the dwarf who was brought in to table in a pie at a dinner given for Charles I. Henrietta Maria adopted him, and he accompanied her to Paris.

25. **Un soir . . . sera un saint:** In the *Prose Tale* the mother, before Julian's birth, has a prophetic dream the meaning of which clearly foreshadows that of the talking animal: "Si sonja la nuit ke de son corps issiot une beste ki devorait li et son signor"—"That night she dreamt that from her body came forth a beast which devoured her and her husband" (I, 4). Flaubert only half reveals the future parricide (in the prediction to the father), and both parents foresee happiness and glory —an ironical touch introduced by Flaubert. The idea of the prediction at Julian's birth (which does not occur in other versions of the legend) may not necessarily have originated in the *Prose Tale*, since Flaubert would certainly have known some of the many examples of such auguries *e.g.*, Jesus Christ, St Rémy, St Dominic, St Eloi, St John the Baptist.

26. **Les chants . . . voix des anges:** Here, as on similar occasions in the story, Flaubert leaves the way open for a *rational* explanation; but he stresses the likelihood of the visitation and the angels' voices implicitly by choosing to mention at this moment the religious relic over the bed.

27. **Songe .. . ciel:** *I.e.*, "*Elle se dit que* songe ou réalité . . ." An example of free indirect speech leading to double ambiguity: this could

be taken as the servant's opinion, or the author's narrative, or the mother's belief. Only the next sentence shows it must be the mother's belief.

28. **C'était un Bohême ... empereur:** This apparition originally took a different form: "C'était un Juif à barbe jaune, en haillons, les yeux malades. Il balbutia, d'un air idiot, avec un ricanement: 'Oh! ton fils, un fameux chef. Beaucoup de gloire! la fille d'un empereur.'" The gipsy, with his fiery eyes and inspired manner, is a more acceptable (if more conventional) seer. The Jew is too similar to the old man who appeared to the mother, whilst having something unmistakably evil about him. It may, then, have been Flaubert's first intention to make Julian the plaything of opposing forces, good and evil. It is in keeping with the intense symbolism running through the story that each prediction corresponds to the temperament of the mother and father respectively (devout, and martial), and to the conflicting tendencies in Julian. Already we can observe Flaubert's very skilful method of intermingling the various forces behind Julian's future behaviour, in terms both mediaeval (the symbolic plants, visions, and divine predictions) and modern (inherited characteristics, influence of environment and upbringing). The supernatural rubs shoulders with sound psychology throughout, as the attentive reader will notice.

29. **les brumes du matin s'envolaient:** Again, a rational explanation is made possible beside the supernatural.

30. **Mais tous deux ... égards infinis:** Cf. *Prose Tale*, I, 9: "Et la contesse sa mère l'ama tant ke ele mist tout son cuer en lui amer"— "And his mother the countess loved him so much that she put her whole heart into loving him." Flaubert doubles the irony by showing both parents doting on their future murderer.

31. **la mine rose ... un petit Jésus:** In the short versions of the mediaeval legend there is no mention of Julian's childhood, but the *Prose Tale* gives a portrait of him as a pretty, pleasant child: "Li enfes crut et fu molt biaus et molt blons et bien tailliés et molt plaisans et molt gracieus a tous ciaus ki le veoient"—"The boy grew and was very handsome and fair-complexioned, very well-made, agreeable, and courteous to all who saw him" (I, 8).

32. **Quand il eut ... chanter:** As Miss Smith points out (*op. cit.*), this is almost certainly a misreading of the *Prose Tale*: "Et quant li enfes ot passé vii ans si fu molt grans de son eage et ama deduit de chiens et doisiaus sor toutes choses"—"And when the boy was past seven years old he was very big for his age and loved hunting with hounds and hawks more than anything else" (I, 10). Flaubert must have misread

"deduit de chiens et doisiaus" as "déduit du chant d'oiseaux" ("enjoy-ment of bird-song"), which gave him the idea of having the boy taught to sing. The MS of Flaubert's story bears out Miss Smith's theory, for it goes on: "... chanter. Pendant qu'elle tirait les fils de sa longue tapisserie, il jouait à ses pieds en *gazouillant comme un oiseau.*" We must, however, go further, and assume that Flaubert eventually understood the meaning of the sentence, and that it gave him the most important single idea in his story (usually regarded as an innovation for which he deserves all the credit), namely, Julian's overwhelming passion for hunting at an early age.

33. **un piéton, accoutré à l'orientale:** 'a man on foot, dressed in Eastern fashion.'

34. **quand ils étaient repus:** 'when they had been well fed' (*repaître*).

35. **les erreurs ... sables brûlants:** The deliberate Latinism of the first sentence ("the wanderings of ships on the foamy seas") and the rhythm of both, give an epic quality in harmony with the subject.

36. **les cavernes de la Syrie, la Crèche et le Sépulcre:** All three places are mentioned here because they form part of Flaubert's own memories. They were all on his itinerary in 1850. *Les cavernes de la Syrie* are the Christian cemetery at Damascus, of which Flaubert wrote in Sept. 1850: "Ce sont tous caveaux; on met dans un toute une famille, quelquefois une nation entière" (*Voyages*, éd. Belles Lettres, II, p. 241). *La Crèche* is the Grotto of the Nativity in Bethlehem, which Flaubert visited in August 1850: "Rien n'est d'une suavité plus mystique et d'une splendeur plus douce que l'entrée de la Crèche par le côté gauche..." (*ibid.*, p. 207). *Le Sépulcre*, the Holy Sepulchre in Jerusalem, was a disappointment to Flaubert: a full-length portrait of Louis-Philippe was hanging there! "O grotesque!... ta lumière étincelle jusque dans le tombeau de Jésus!" (p. 203). He went away "rempli de froideur et d'ironie", struck only by "l'inanité, l'inutilité, le grotesque et le parfum" of the place (p. 210), and wondering how many mediaeval pilgrims must have felt the same: "Qui sait les déceptions du patient moyen âge, l'amertume des pèlerins de jadis, quand, revenus dans leurs provinces, on leur disait en les regardant avec envie: 'Parlez m'en!'" But he adds, "La déception, s'il y en avait une, ce serait sur moi que je la rejetterais et non sur les lieux" (p. 203). It is significant that Flaubert does not send Julian on a pilgrimage after he has killed his parents, even though this was enjoined as an expiation for serious sins, especially murder.

37. **des coquilles de leur manteau:** Pilgrims (and impostors) wore these as evidence of having been to the Holy Land and to Santiago de Compostela. The *coquilles* are *coquilles Saint Jacques*, 'scallops.' On

Flaubert and *coquilles*, see C. R. Duckworth, "Flaubert and Voltaire's *Dictionnaire philosophique*", in *Studies on Voltaire and the 18th century*, XVIII, 1961.

38. **conquérant . . . archevêque:** The parents' aspirations for Julian, and his own dualism, are stressed by placing each word at the end of its sentence.

39. The first temptation occurs, ironically and significantly, whilst Julian is at his devotions. Flaubert chooses the most defenceless and inoffensive animal as Julian's first victim—in fact, even though his victims get larger, they are all characterized by their inoffensiveness. The wantonness of Julian's cruelty would be less striking if he had chosen a rat—or an eagle, like the child Hannibal in *Salammbô* (ch. 7). Hannibal is made a brave young hero, Julian a perverted bully, because his victims are always no match for him.

40. **malice:** 'mischievousness,' not 'malice' (*méchanceté*).

41. **Il se précipita . . . défaillir:** Note the gradual evolution of Julian's morbid cruelty, from pleasure in killing outright to sadistic delight in causing prolonged suffering. Having shown Julian to be completely possessed by his inhuman hatred for animal life, Flaubert introduces the decisive factor of Julian's introduction to the art of hunting.

42. **apprendre la vénerie:** The reason for the father's decision is explained in the MS: "Le soir, au souper, son père remarqua qu'il avait sur la figure et dans toute sa personne quelque chose de plus mâle, et devinant sa peine, il lui dit qu'il serait temps, vu son âge, d'apprendre la vénerie." Flaubert did well to make the decision a fatal coincidence in the final version.

The account that follows of Julian's instruction in hunting is based on wide and careful reading. Du Camp remarks that "avant de faire la nouvelle intitulée *Saint Julien l'Hospitalier*, il lut tous les livres de vénerie qu'il put se procurer, — je le sais, car c'est moi qui les lui envoyai . . ." He adds that the books "naturellement ne lui furent d'aucune utilité" (*Souvenirs littéraires*, t. I, p. 237). How wrong he was! As we shall see, this "useless" *manie* of Flaubert's is the basis of the artistically satisfying and essentially authentic description he gives of an important aspect of mediaeval *mœurs* and of Julian's upbringing. [*Refs.*:—Marie-Jeanne Durry, *Flaubert et ses projets inédits*, pp. 366–375; S. Smith and C. A. Burns, *op. cit.* Flaubert's notes are contained in notebooks kept at the Bibliothèque historique de la Ville de Paris, and in the *Trois Contes* dossier at the Bibliothèque Nationale (Nouv.Acq.Fr.23663, fos. 481–513).]

43. **par demandes et réponses:** This was the usual method in the Middle Ages.

44. **tout le déduit des chasses:** 'all about the pastime of hunting.'

45. **l'art de dresser les chiens:** Flaubert consulted the *Livre de la Chasse* of Gaston Phœbus (in Lavallée's 1834 edition) of which Livre 2ᵉ is entitled "De la Nature des chiens et de leur dressage" ('training').

46. **affaiter les faucons:** "Le plus souvent dans les auteurs de fauconnerie ou de vénerie le mot *affaiter* signifie *dresser*," says Lavallée.

47. **comment reconnaître le cerf à ses fumées:** '... by its droppings'—the title, almost word for word, of Ch. 20 of Lavallée's edition of Gaston Phœbus.

48. **le loup à ses déchaussures:** '... by the way it has scratched up the earth.' *Cf.* Jean de Franchières, *La Fauconnerie* (1628)—which Flaubert consulted: "*Déchaussée.* En parlant du loup, c'est lorsqu'il a gratté la terre avec ses deux pieds de derrière."

49. **leurs voies:** Flaubert found this term in Desgraviers, *Essai de Vénerie* (1810), who writes: "*Voies* ... signifie trace ou empreinte des pieds de l'animal que les chiens sentent plus ou moins vivement."

50. **on les lance:** 'they are made to break cover.'

51. **les règles de la curée:** 'the rules for fleshing the hounds,' *i.e.*, distributing parts of the game to incite the pack (see note 73).

52. **lui composa une meute:** 'got together a pack of hounds for him.' Every breed and country of origin mentioned in the description of the pack is (of course) authentic, being based on Flaubert's notes from (*inter alia*) Gaston Phœbus and *L'Ecole de la Chasse aux Chiens courants*, by Le Verrier de la Conterie (1763 edition).

53. **lévriers barbaresques:** 'Barbary greyhounds,' from North Africa. *Cf.* Phœbus, "... le bon lévrier doit aller si vite ... qu'il doit atteindre toute bête."

54. **inébranlables dans leur créance:** Either 'unshakeably self-confident' or 'unerring in the chase'—probably the former.

55. **refuites:** Either 'lurking places' (when at bay), or 'doubling-back' (to deceive hounds), or 'path' (taken by hunted beast)—here probably the first.

56. **Des mâtins de Tartarie:** Phœbus mentions "le mâtin de vilaine taille". Tartary is in W. Siberia.

57. **talbots:** A breed now extinct, derived (like the bloodhound) from the St Hubert.

58. **dogues alains:** Ferocious hounds brought to Europe by the Alani, a nomadic people resembling Mongols, who made incursions into the

Roman Empire in the fifth century. Flaubert's description is not exaggerated, in fact he has amalgamated two statements by Phœbus, who tells of an "alain qui tuait son maître" and says "le dogue" is "plus fort pour faire mal que tout autre bête. . . . Si l'on poursuit un cheval ils le prennent volontiers."

59. **Tous mangeaient . . . auges de pierre:** Authentic details; Flaubert noted in his *carnet*, from *Le Livre du Roi Modus* (1839 edition): "Pain de frœment dans la vénerie royale." In *Modus* he also read that the kennel should have "un bel auge [*sic*] qui soit toujours plein de belle eau claire et fraîche de rivière ou de puits."

60. **des tiercelets du Caucase:** The male of any hawk, being one-third smaller than the female, is called a tiercel. Flaubert noted from Tardif's *La Fauconnerie*, "Le tiercelet est le mâle de l'autour ['goshawk']; vient d'Arménie." He then chose an alternative name for the same region. Why? No doubt because *Caucase* gave a harshness and masculinity to the sentence which would have been lacking if the similar and soft-sounding *Arménie* and *Allemagne* had both been left, and so close together.

61. **des sacres de Babylone:** The saker is a large falcon. *Cf.* Flaubert's note from Tardif: "Sacres, 3 espèces, le Seph, de Babylone."

62. **des gerfauts d'Allemagne:** The gerfalcon (another species of large falcon) nests, according to Tardif, in Denmark and Prussia, but "communément il se prend ès confins de l'Allemaigne en faisant son passage." Flaubert abbreviated this in his notebook to "Gerfaut, Allemagne".

63. **des faucons-pèlerins . . . lointains pays:** 'peregrine falcons,' the most common variety. Detail based on the following note taken from *Modus*: "Faucons-pèlerins pris sur les falaises de la mer, en lointains pays."

64. **par rang de taille:** 'according to height.'

65. **une motte de gazon . . . afin de les dégourdir:** 'a strip of turf . . . so as to loosen them up.' Tardif says the warm grass underneath the perch "est très bonne contre toute maladie de reins et de goutte"—a domestic detail that would have detracted from the nobility of the description, had Flaubert borrowed it!

66. **bourses:** 'rabbit-nets.'
   engins: here, 'devices.'

67. **des chiens d'oysel . . . des cailles s'envolaient:** *Chien d'oysel* (*d'oiseau*) = *chien d'arrêt*, 'setter, pointer.' Phœbus writes that having been trained to lie flat, "ils sont bons pour prendre les perdrix et les cailles au filet."

68. **des renards tombaient dans des fosses:** The hounds and hunts-men make them fall in, as Flaubert read in Phœbus: "Aussi prend-on cerf ou sanglier, ours et loup et d'autres bêtes dans les fosses. On doit les faire bouter dans la fosse."

69. **tartaret de Scythie:** 'tartaret,' possibly an Asiatic gerfalcon or a lanner from Tartary.

70. **il préférait chasser ... comme la neige:** It is because of this preference that Julian is quite alone when the stag curses him; the *Prose Tale* says that on that occasion Julian "ot des compaignons ki le sivirent mais il se destorna d'els au plus tot qu'il pot"—"had some companions following him, but he gave them the slip as soon as he could" (I, 12). Although Flaubert contended, when he had re-read Victor Hugo's *Légende du beau Pécopin*: "Je n'ai aucune peur de la ressemblance", there is a remarkably close similarity here: "Pécopin *aimait trop la chasse*. Quand il était *sur son cheval*, quand il avait *le faucon au poing* ou quand il suivait *le tartaret* du regard. . . . Il partait, *il volait*, il oubliait tout."

71. **longes:** 'jesses,' short straps used to tie the hawk's leg.

72. **vola:** 'hunted with falcon.'

73. **coupé en pièces sur sa peau fumante:** Even if Julian's enjoy-ment of *la curée* is morbidly intense, the facts are authentic; as Phœbus writes, after the deer has been hewn into pieces, "les chiens doivent venir manger sur le cuir qui mieux pourra."

74. **loups ... au pied d'un gibet:** Detail based on Phœbus, from whom Flaubert noted, in his *cahier*: "Le loup mange les hommes morts ou les pendus attachés bas ou tombés du gibet."

Flaubert's aim in the previous paragraphs has been to bring the degradation of Julian to a climax of bestiality, thus setting the stage for the massacre. This last paragraph, however, seems rather an anticlimax: after establishing the telling fact that tenderness is now so foreign to Julian that he resents his mother's embrace, Flaubert adds some quite palatable details which leave us with a final impression of Julian's bravery, whereas it is his merciless brutality that should be stressed as the dominant trait here, in preparation for the next episode.

75. **Le second ... sauta dans le vide:** The wild goat, noted Flaubert from Phœbus, "saute prodigieusement ... pour garantir sa vie," however high the rock may be. This little episode shows that Julian's desire to kill *every* wild animal he sees has now become com-pulsive.

76. **Puis il s'avança ... dans les rêves:** So far Flaubert has kept the story on the plane of social and psychological probability. Here, for the first time, an unmistakably supernatural element is introduced. This

dream-like sequence is entirely of Flaubert's invention, and in it we see the same kind of crescendo of carnage as earlier in the story. The irresistible force working on Julian is now so strong that it drives out all thought, all sense of time and place.

77. **la forme d'un cirque:** The arena shape is chosen deliberately for Julian's bloodthirsty sport—but *cirque* is the normal French word for a round valley or hollow, *e.g.*, the *Cirque de Navacelles* in the Cévennes.

78. **Le rebord . . . franchir:** 'The rim of the valley was too high [for the deer] to climb it.' A more correct (but heavy) construction would be: "... trop haut pour qu'ils le franchissent." Dumesnil, in his edition, sees a source of this episode in the *Aeneid*, Bk. I, ll. 180–198. Aeneas sees three stags followed by the herd, "lays low the leaders who bear their heads aloft with branching antlers. Then he routs the herd, pursuing them with arrows through the leafy woods. He does not cease until he has stretched seven huge bodies out on the ground ..." The chief difference is that whereas Aeneas does have to chase his quarry, Julian's brutality is brought out by the way he takes full advantage of having a 'sitting' target.

79. **un cerf, une biche et son faon:** This 'family group' does not appear in any previous version; Flaubert establishes himself the parallel between this crime and the stag's prediction; and the doe is killed, like Julian's parents, by "un coup en plein poitrail".

80. **Le cerf . . . barbe blanche:** *Cf.* the very similar description in Hugo's *Pécopin*: "... la, colossale silhouette noire d'un énorme cerf *à seize andouillers* apparaissait par instants ... *le monstrueux cerf* de la nuit *bramait* dans les halliers."

81. **La biche . . . l'étendit par terre:** This, the first full-scale assault on the reader's emotions, is achieved by a very carefully arranged sequence: first, the delicate colouring of hind and fawn is described; while the fawn is actually feeding from its mother, the cross-bow *ronfla* —the very word shatters the calm of the scene. Only then do we realize that Julian has killed the fawn first; this is simply 'good hunting,' of course, for by picking off the fawn first, Julian ensures that the parents will stay by it and be easy targets. The effect of the mother's almost human cry is to exasperate Julian, who is quite without any sense of pity or reason when he comes to shoot "sa dernière flèche"—the last for many years.

82. **une cloche au loin tintait:** As if to celebrate the end of Julian's cruel and bestial youth, the church-bell accompanies the stag's curse— again showing the hand of Providence guiding all these events.

83. **« Maudit! . . . et ta mère »:** This episode should be compared

7*

with that in the *Golden Legend* (see Introduction). The *Prose Tale* is superior to the *Golden Legend* in that it shows (like Flaubert's story) Julian devoid of pity, and therefore unable to avoid his fate *because of his weakness*. It thus has a truly tragic quality, and makes Julian's cruelty an important factor of his ultimate fate. Here is the *Prose Tale* version:

> Si tendi son arc et vit une beste en li buisson, et ala entor le buisson espiant coment il le peust berser. Ensi come il vaut traire a li, ele comença a crier et a dire: "Enfes, ne moci mie, je te dirai ta destinée ki t'avendra: tu occiras ton père et ta mère a 1 seul colp."

> He stretched his bow and saw an animal in a thicket, and walked round the thicket spying out how to shoot at it. Just as he went to let fly at it, it began to cry out: "Child, do not kill me; I shall tell you the fate that will befall you: you will kill your father and mother at one blow."

Julian takes aim three times; each time the animal pleads, and finally tells him: "Ja cele part iras, ne nus ne le te puet destornar for dex".— "That path will you take, and no one but God can turn you from it." Julian throws down his bow and arrows, and swears never to go anywhere near where his parents might be (I, 12-15). The kind of animal is not specified in the *Prose Tale*.

84. **à la porte du château:** The vast stretch of country, so near and yet curiously unknown to Julian, in which he has been hunting, is clearly an unreal land conjured up to play its part as a temptation (the animals there invite death and raise his blood-lust to a pitch) in the divinely determined pattern of his life.

85. **Si je le voulais . . . l'envie:** Julian is now obsessed by two fears: the fear common to all the Julians, that he might kill his parents accidentally; and a Freudian fear *avant la lettre* (analogous to the Œdipus complex) that even though he finds the idea consciously horrifying, he might feel a desire to commit such an act. Flaubert naturally expresses this in terms of Julian's own religious belief, as a possible temptation by the Devil—temptation being a recurring theme in Flaubert's work (notably in the *Tentation de Saint Antoine* and its early versions).

86. **maîtres mires:** 'master physicians' (archaic). As usual in Flaubert, the doctors are wrong!

87. **L'épée trop lourde . . . et s'évanouit:** The idea of this episode probably came from the story of Prince Agib, in the *Thousand and One Nights*, as Marcel Schwob points out in *Spicilège*. Astrologers predict that a boy will be killed on his fifteenth birthday by Prince Agib. All precautions are taken, but at the appointed time, the Prince goes to take a knife from a high shelf, slips, and drops the knife point downwards. It pierces the boy's heart.

88. **au nom de Dieu:** The next temptation is presented, then, not by the Devil, but by God, by Providence working insidiously, inexorably, hunting the hunter.

89. **barbes:** 'flaps.'

90. **Le vent tanna sa peau:** *Cf. Prose Tale*: "Et ala tant par glace et par pleuve ke sa char devint toute noire"—"And he went so much through cold and rain that his skin became quite black" (III, 3).

91. **une compagnie:** *I.e.*, a band of mercenaries hiring themselves out as soldiers.

92. **il enlevait ses soldats ... son épée:** 'he swept his troops on into battle with a great flourish of his sword.'

93. **feu grégeois:** 'wildfire'—erroneously called 'Greek fire' by the Crusaders. A chemical mixture (*e.g.*, of sulphur, naphtha, and quicklime) which ignited when wetted.

94. **masse d'armes:** 'mace'—a heavy iron club with spiked head.

95. **En tournant ... crut mort:** The *Prose Tale* gives details so similar as to be indisputably the source of these two sentences:

> Il ne refusa nul encontre de chevalier ni de serjant ... tant par est de ses armes preus et aventureus que il est issus de mainte presse le jor et de mainte mellee u uns autres eust esté occis.

> He never refused a combat with knight or man-at-arms, so proud and bold in fighting is he that from many a skirmish and affray he escaped each day, where another would have been killed (XVI, 4–5).

96. **Grâce à la faveur divine ... les vieillards:** The sense is that divine favour is bestowed on him *because* he protects the righteous and the defenceless; it is obvious, however, that Providence is 'saving him up' for the fulfilment of the prediction, not rewarding him for his kindness. At the same point in the *Prose Tale* Julian behaves in the same way: "Juliens en dona por deu a tous cels ki li demandoient et li plot a doner en tel manière"—"He gave alms for the sake of God to all those who asked him and he took great pleasure in giving thus" (IV, 4).

97. **Quand il en voyait ... par méprise:** This sentence gives the most unfortunate impression (*i*) that Julian killed old men after making sure they were not his father (in contradiction to the previous sentence), and (*ii*) that he habitually killed people from behind—when they were walking "*devant lui*", not "*vers lui*".

98. **le Dauphin de France et le roi d'Angleterre:** The ancient title of *dauphin* was held by the eldest son of the King of France from 1364, when Charles V transferred it, on his accession, to his eldest son, Charles (VI). Although Flaubert is careful to avoid giving any precise clues as to period in this story (it is legend, not history), it is reasonable

to assume that he pictured Julian helping Charles VI, and then Richard II (his son-in-law) against Bolingbroke. This would establish the period as *c.* 1400 quite satisfactorily—but for the anachronism pointed out in the next note.

99. **les templiers de Jérusalem:** These might be the Knights Templars, whose religious and military order was suppressed, to the detriment of Christianity, by Pope Clement V and Philippe le Bel *in 1312.* They successfully checked the advance of Islam, and Julian's association with them would correspond to the fact, mentioned in long versions of the legend, that Julian fought against the Turks. On the other hand, Flaubert might have intended the Knights of the Order of the Hospital of St John of Jerusalem (the Hospitallers). This was originally a military brotherhood, as well as the nursing order it still is, maintaining hospitals for the sick and poor (as Julian does, in earlier versions of the legend). Flaubert took the detail from the *Prose Tale*: "Ensi sen rala jusqua Acre, et trova illuec les templiers et autres gens"— "So he went back to Acre, and found there the Templars and other people" (VI, 3).

100. **le suréna des Parthes:** 'the chief of the Parthian army.' The Parthian Empire proper came to an end in A.D. 224. Julian would be helping the Persians (Sassanians)—whose army contained many Parthian elements still—against marauding Mongolians such as Tamerlane, who invaded India as far as Delhi in 1398.

101. **le négud d'Abyssinie:** 'negus,' from the Abyssinian *n'gus,* 'King.'

102. **l'empereur de Calicut:** Today, Kozhikode; an important town on the S.W. coast of India.

103. **rondaches:** 'roundels,'—round shields.

104. **Troglodytes:** Name applied to various tribes of savage cave-dwellers throughout North Africa, from Libya to the Red Sea.

105. **la guivre:** (< Latin *vipera*), a fabulous serpent, shown in heraldry as devouring a babe. *Cf.* Hugo's lines in *Les Orientales*:

> Rome a ses clefs. Milan, l'enfant qui hurle encor
> Dans les dents de la guivre . . .

106. **le dragon d'Oberbirbach:** Another legendary monster. This part of Flaubert's story reads like a résumé of a mediaeval romance of chivalry, so exactly does he capture the style, with the mingling of the legendary and the exotic. Julian's heroic exploits make him the spiritual brother of Hugo's Eviradnus (in the *Légende des Siècles*),

> . . . toujours en marche, attendu qu'on moleste
> Bien des infortunés sous la voûte céleste.

107. **Occitanie:** The name given in the Middle Ages to the Mediterranean region of France. Previous versions of the legend do not specify any region for this episode.

108. **calife de Cordoue:** Moorish supremacy in the Spanish town of Córdova actually ceased in 1236, when it was captured by Ferdinand III of Castile; the Moorish caliphate did not exist, then, after this date.

109. **extirper:** 'to eradicate, root out.' This is obviously incorrect. In a letter to Flaubert (éd. Conard, p. 226) Auguste Sabatier asked if this was not "une faute d'impression pour *extorquer* ['extort']?" But *extirper* appears in the MS, replacing *obtenir*.

110. **Julien n'en voulut pas:** A detail borrowed from the *Prose Tale*: "li maistres envoia après lui .v. bezans, mais juliiens les renvoia. Et dist qu'il n'en avoit cure. Car il i vint sans or, et sans or sen voloit aler" —"The lord sent after him five bezants [gold coins of Byzantium], but Julian returned them, saying he did not care to have them. For he came without gold, and without gold he wished to leave" (VI, 2).

111. **Ses grands yeux ... la taille fine:** Flaubert makes Julian's future wife an Arabian beauty—an idea which might have come to him in two stages. Whereas the *Golden Legend* mentions only "a rich widow", the *Prose Tale* expands this, saying she is the widow of the count whom Julian aids, and describing her thus: "Ele n'avoit mie xx ans ... ausi come la rose sormonte toutes les autres fleurs en biauté ausi estoit ele plus bele et plus sage des autres dames del pais"—"She was not yet twenty ... just as the rose is more beautiful than all other flowers, so was she fairer and wiser than any lady in the land" (XV, 2). She is established in Flaubert's mind as a beautiful girl, and his imagination makes her the daughter of a Moorish concubine, gives her an exotic beauty similar to that of Salammbô, Herodias, and Salome. Rather than heady sensuousness, however, she has innocence and youthful charm. *Cf.* Salammbô's first appearance: "Il y avait sur sa poitrine un assemblage de pierres lumineuses. ... Ses bras, garnis de diamants, sortaient nus de sa tunique sans manches ..." (Ch. 1). Mathô sees her sleeping: "Les anneaux de sa chevelure se répandaient autour d'elle ... et sa large tunique blanche se courbait en molles draperies, jusqu'à ses pieds, suivant les inflexions de sa taille" (Ch. 5).

112. **C'était un palais ... bâti à la moresque:** There is a curious resemblance between this description and the day-dreaming of Frédéric Moreau (who is in many respects the author as a young man) in *L'Education Sentimentale*: "Frédéric se meublait un palais à la moresque, pour vivre couché sur des divans de cachemire, au murmure d'un jet d'eau, servi par des pages nègres" (Pt. I, ch. 5).

113. **Les chambres . . . murailles:** The technique to which Flaubert refers is not imaginary; it was a method of setting small pieces of silvered glass into walls and ceilings, which originated in the East and was spread throughout the Mediterranean basin by the Moors. The two most famous examples are in the Golestan Palace in Teheran, and a palace in Schiraz.

114. **cloisons festonnées:** 'partitions decorated with swags,' *i.e.*, carved or sculptured motifs representing leaves, flowers, branches, etc.

115. **Vêtu de pourpre . . . ours blancs:** The variety of animals he dreams of killing, with their habitat ranging from desert and jungle to arctic regions, informs us indirectly of the extent of his travels. Even in the midst of this calm and blissful existence, the desire to shed animal blood gnaws relentlessly within him.

116. **Des princes . . . le sort de ses parents:** There are close similarities here with the *Prose Tale*. A knight describes to him the pleasures of riding and hunting: "Juliens li respondit molt sagement et dist, 'Sire je sui uns povres hom ki nule rien ne quier fors seulement ma viande.' 'Mauvais jestes,' fait li sires"—"Julian replies very wisely, saying: 'Sire, I am a poor man who desires nothing save only his food.' 'You are faint-hearted,' says the lord" (IX, 5). In Flaubert's story his friends *and* his wife are the unwitting agents of temptation.

Julian now thinks of hunting as 'murder'; the *rapprochement* is not so explicit in any previous version (perhaps it is expressed too bluntly and unsubtly here?). The psychological significance of the desire to hunt is made quite plain in the *Prose Tale*, however; when peace returns, Julian begins hunting again: "Ains est revenus a sa nature"—"And so he went back to his old nature" (XXIV, 6). It is implied that Julian is being punished in the *Prose Tale*—not for hunting, however, but for not continuing his pilgrimage to Santiago de Compostela.

117. **il avoua son horrible pensée:** It is very important to bear in mind, during the following episode, that Julian's wife knows his secret. This is not the case in any previous version.

118. **il s'agenouillait pour sa prière:** Temptation strikes, for the third and final time, in circumstances that stress its divine inspiration. The *Prose Tale* says Julian spent the whole night wondering whether to go or stay (X, 3–6).

119. **Cependant . . . :** Flaubert originally wrote: "Elle tâcha de le retenir." In the final version, he makes her appear merely surprised and apprehensive, without doing anything positive to stop Julian. No doubt this change was effected to make her behaviour on the parents' arrival more likely.

120. **étonné de l'inconséquence de son humeur:** 'amazed at the inconsistency of *her* mood'—not 'his mood'; he is blinded to the inconsistency of his own change of attitude, by the forces urging him on.

121. **la seigneuresse:** 'lady,' 'wife of a lord.' *Maîtresse* or *châtelaine* is more generally used, but Flaubert introduces the same word into another of Frédéric's day-dreams in *L'Education Sentimentale*: "Coiffée d'un hennin, elle (Mme Arnoux) priait à deux genoux derrière un vitrage de plomb. Seigneuresse des Castilles ou des Flandres, elle se tenait assise," *etc.* (Pt. I, ch. 5).

122. There is a fairy-tale improbability about a great noblewoman allowing two unknown beggars (as they appear) into her bedroom at night in her husband's absence. In the *Prose Tale* only seven years pass between Julian's disappearance and the parents' arrival; they are on a pilgrimage to Santiago de Compostela.

123. **s'étant concertés du regard:** 'having first exchanged glances.'

124. **leur servit un repas:** *Cf. Prose Tale*: "La dame les fit bien encourtiner de blancs dras et lors aporta a mangier"—"The lady had them well wrapped up in white sheets and brought them food to eat" (XXXI, 15). In no other version of the legend is food mentioned.

125. **eut soin de taire l'idée funèbre qui les concernait:** We see from her silence with regard to Julian's having gone out hunting *and* to the stag's prediction that she is fully aware of the connection between the two. In the *Prose Tale* she knows nothing of this and says quite openly: "Et si vos dirai de Jullien ki le matin s'en vaut aler cachier"— "And I will tell you about Julian who this morning wanted to go hunting" (XXIX, 1).

126. **La mère avait encore ... de ses joues:** The abundance of her hair will play its part in the tragedy. The parents are not individualized until after the words "le vieux, ayant examiné les murs..." Before this they are treated as a single entity doing everything in common. Flaubert postpones a description of them until Julian's wife has had time to study them herself in the blazing light of the *candélabre*, omitting the following picture which appears, in his MS, after "chacun sur un bâton":

La femme serrait sous le bras un petit paquet de linge. Sa grosse jupe tombait à plis droits sur ses sabots, et l'on voyait à peine le bout de son nez dans l'enfoncement de son bonnet. L'homme avait un gros chapeau de jonc, une ceinture en poil de chèvre et un sac tout déchiré sur l'épaule.

127. **Elle les coucha elle-même dans son lit:** This is essential to

the murder, and occurs in all mediaeval versions.   On the subject of the
moral responsibility of Julian's wife for the murder, see Introduction.

128. **puis ferma la croisée; ils s'endormirent:** *Cf. Prose Tale*:
"Ele les couce et cuevre molt bien et puis ist de la cambre et clot luis.
Cil sont maintenant endormi le bras a bras, bouce a bouce"—"She puts
them to bed and covers them up well, goes from the room and shuts the
door.   They fall asleep at once in each other's arms, mouth to mouth"
(XXXII, 3).

129. **Julien parcourut... espace de pays:** As in the first great
hunting episode, he goes into a forest and reaches a high point overlooking an expanse of unknown country.   The symmetrical pattern is
clear, although Flaubert is careful not to repeat any effects.

130. **Des pierres plates... d'un air lamentable:** The description of
this strange cemetery, whose lugubrious atmosphere portends the deaths
now imminent, can be traced back to a personal source: Flaubert's visit
to the open cemetery near Damascus, which the pilgrims have visited
at the beginning of the *Légende*.   He writes this of it in his *Voyage en
Orient*: "Cimetière chrétien: ce sont tous caveaux... nous avons vu
dedans plusieurs débris humains pêle-mêle. . . . Çà et là quelques têtes
sans corps, quelques thorax sans têtes" (éd. cit., II, p. 241).

131. **Un pouvoir supérieur détruisait sa force:** In no previous
version are we shown a 'close-up' of the forces of Providence working
on Julian.   At the same time, the animals have their revenge by
humiliating, ridiculing, and exasperating him.

132. **Le chant d'un coq... le faîte de son palais:** After walking,
as if in a nightmare, with his eyes closed, he finds himself, as mysteriously
as he did after the first hunt, back at his castle.   A comparison has to be
drawn between this second hunt and the fantastic hunt in Hugo's
Légende du Beau Pécopin.   Both hunts take place at night; both hunters
get lost and fail to hit any of the animals, who seem to be under some
miraculous protection.   The end of Pécopin's hunt reads: "Tout à
coup un coq chanta. . . . Le jour naissait.   Il leva les yeux et poussa un
cri de joie.   Ce château, c'était le Falkenburg. '   Flaubert also wrote
originally: "Tout à coup, le chant d'un coq vibra," *etc.*   The basic
idea of this second hunt would seem to come from a recollection of
Pécopin, but the details, and Julian's cruelty and his fear of the animals'
vengeance, are of Flaubert's invention.

133. **il avançait vers le lit... la chambre:** *Cf.* the *Golden Legend*:
"He approached the bed to awaken his wife; and seeing the two figures
...", and the *Prose Tale*: "La cambre nestoit mie molt clere, car la
fenestre estoit entreclose.   Si con il veoit molt peu, il vint vers son lit

si esgarda cels ki i gisent"—"The room was not very light, for the window was half-closed. So as he saw very little, he approached his bed and saw those who are (were) lying in it" (XXXII, 7). Flaubert repeats several details given in the latter.

134. **le bramement du grand cerf noir:** Cf. *Pécopin*: "On entendait toujours au loin le bruit de la chasse, et par instants le monstrueux cerf de la nuit bramait dans la nuit." The reappearance of the stag in Flaubert's story makes it difficult to know exactly what are the forces acting on Julian. Is the hand of Providence always on him, guiding him through massacre, murder and suffering to ultimate saintliness? Or were the events of the previous night caused by the stag—now avenged —as is implied here? What part, if any, does the curse play in the fulfilment of the will of God?

135. **Le tapage du meurtre l'avait attirée:** Flaubert intensifies the irony of the situation by placing her so close at hand during the murder. Had Julian not been so anxious not to awaken her, she would certainly have heard him return and shown herself. In the Langlois and *Golden Legend* versions, she is at church during the murder, and Julian does not see her until, out in the garden, he meets her returning. In the *Prose Tale* she goes to bed "in a room far from there," then, hearing Julian has returned, she goes to their room to announce to him the arrival of his parents—whereupon he faints.

136. **Son père . . . le plancher:** There is no detailed description of the murder-scene in any previous version. As one would expect, Flaubert, with his predilection for death-scenes (*e.g.*, *Rage et Impuissance*, *Madame Bovary*, *Salammbô*, and each of the *Trois Contes*), expands on it, making it much more violent and dramatic. As for the manner of killing, the *Golden Legend* says Julian "silently drew his sword", whereas in the *Prose Tale* (and in Flaubert's story), he slays them "come hors del sens"—"as if out of his mind".

137. **Elle avait obéi à la volonté de Dieu . . . son crime:** Only in Flaubert's version does Julian put any of the blame on his wife, and go off without her. The reasons for this are discussed in the Introduction.

138. **un monastère à trois journées du château:** Why a monastery? Why three days away? The *Prose Tale* gives us both answers. After the murder, ". . . furent il III jors au bois. . . . Adont ont fait les corps ensevelir et les misent en une biere et les porterent au moustier, si les enfouirent a grant honor"—"They spent three days in the wood. . . . Then they had the bodies put in shrouds, and placed them upon a bier, and bore them to the church and buried them with great honours"

(XXXV, 7–XXXVI, 4). Obviously, Flaubert thought *moustier* meant 'monastery'.

139. **les bras en croix:** 'with his arms outstretched in the form of a cross.' The monk in the penitent's hood is, of course, Julian.

140. **l'auvent:** The usual meaning is 'porch roof.' Here, 'shutters, probably hinged at the top to shade the window.

141. **il se nourrit ... de coquillages:** Cf. *Prose Tale*: "... onques ne mangierent fors glant et autres fruis ki il conquilloient par les buissons" —"They did not eat anything but acorns and other fruits gathered among the bushes" (XXXV, 7). *Plantes* can be seen as a misreading for *glant* (*glands*), and *coquillages* for *conquilloient* (*cueillaient*).

142. **l'indifférence des propos:** 'the callousness of the remarks.'

143. **cervoise:** 'barley-beer.'

144. **l'idée lui vint ... des autres:** Julian goes through two main stages in his development as a saint: he begins to love animals (but they flee from him in terror); and he adopts a positive attitude towards helping others—not any longer in the hope of dying in the process, but in a true spirit of service performed with humility.

145. **Au printemps ... manger de la viande:** Flaubert has chosen for Julian a climate of unrelieved unpleasantness, which contrasts so strongly with that of his life hitherto. The insane desire to eat meat is a curious detail, which may have its origins in Flaubert's own bulimia (morbid hunger); this was always stimulated violently when he had been out in the country.

146. **la largeur du fleuve:** We know already that it is so wide that travellers have to signal with flags.

147. **l'intonation d'une cloche d'église:** As in every other significant episode in the story, a religious association is established, hinting at the providential forces at work.

148. **une lèpre hideuse le recouvrait:** There is no leper on the Rouen Cathedral window. In the *Golden Legend* and Langlois versions Julian does not discover the leprosy until he has returned to his house. In the *Prose Tale*, however, the leper says before getting into the boat: "Je sui un povres mesiaus molt mesaisiés et molt faibles"—"I am a poor leper, very ill and weak" (XLI, 4).

In several mediaeval legends Christ appears in the form of a leper, since it was a mark of sublime charity to receive a person afflicted with this disease.

Flaubert's description of the leper is, of course, given with his usual eye for detail. He had only to depend on his memory, or on the notes he made on his journey to the Middle East, for in September 1850 he visited the leprosarium near Damascus (*Voyages*, pp. 242–243). He was horrified by what he saw, and the description he gives there shows that there is no exaggeration either in the *Légende* or in *Salammbô* (Ch. 6), where the leper Hannon is depicted in a very similar manner to this one. Flaubert is not indulging here in distasteful description for the sake of it; it is necessary in order to communicate to the reader unacquainted with the horrible appearance of lepers the magnificence of Julian's self-sacrifice. We must in any case remember that lepers were a common sight in the Middle Ages (as they still were in the East at the time of Flaubert's visit).

149. **écrasée par son poids:** Sudden increase in the passenger's weight and in the violence of the storm are recurrent manifestations in folklore, but do not occur in any version of the St Julian legend. It is likely that Flaubert borrowed the idea from Maury's account (in *Légendes pieuses*) of the legend of St Christopher, who carried a child on his shoulders under similar circumstances.

150. **un ordre auquel il ne fallait pas désobéir:** In this way Flaubert forestalls the modern critical reader's unwillingness to believe that anyone could behave as Julian does with any insane old leper who happens to pass by. Julian's intuitive feeling is justified by the strange natural phenomena he is witnessing.

151. For a comparison of the endings of the various versions of the legend, see Introduction.

152. **Et voilà ... dans mon pays:** The resemblance between the story told on the stained-glass window at Rouen Cathedral (summarized in Introduction) and Flaubert's story is very remote. This is precisely the reason why Flaubert would not allow any illustration to be inserted in an edition of *La Légende de Saint Julien* other than a picture of the window; "En comparant l'image au texte," he explained to his publisher, Charpentier, "on se serait dit: 'Je n'y comprends rien. Comment a-t-il tiré ceci de cela?'" (16.2.1879). According to the Goncourt brothers (*Journal*, 10 juin 1879), he even rejected Zola's idea of a Salome by Moreau, just as he had refused, years before, to allow any illustrations to *Salammbô*.

HERODIAS

1. **La citadelle de Machærous:** Herod the Great had made Machaerus one of the most impregnable of the fortresses defending his kingdom of Judaea against the Arabs. It was situated on the border between Palestine and Arabia, to the east of the Dead Sea, probably on the site of present-day Mekaur (in Jordan). The Romans, under Bassus, destroyed the fortress in A.D. 71.

2. **La citadelle . . . l'abîme:** This opening paragraph, which sets the scene for us so clearly, has the detailed authenticity characteristic of Flaubert. It is interesting to see how he fashioned this evocative and well-balanced description from the material he used. His notes are contained in the *Trois Contes* dossier, N.Acq.Fr.23663, fos. 657–759, at the Bibliothèque Nationale. From Auguste Parent's *Machærous* he copied the description of the citadel given by Flavius Josephus (in *The Jewish Wars*, Bk. 7, ch. 6). But the following extract from Parent's own comments shows that Flaubert found these more useful:

> [La ville] était dominée par le pic; elle était bâtie à l'extrémité de la vallée orientale, à la base de la montagne dont il est question dans le dernier paragraphe de la description de Josèphe. . . . Le rocher, en effet, forme bien un pic complètement isolé, d'une grande hauteur et entouré, dans chaque direction, de vallées larges et profondes. . . . Sur le sommet est un plateau assez vaste, parfaitement propre à contenir une forteresse. . . . Le sommet du roc fut entouré de hautes murailles flanquées de nombreuses tours de 100 coudées (plus de 30 mètres d'élévation). [*Coudée* = 'cubit,' an ancient measure equal to about 20 inches.] Au milieu [Hérode] bâtit un palais. . . . Au pied du roc il fit construire une ville entourée de murailles flanquées de tours. Au centre de cette enceinte on construisait une ville entière qui fut reliée à la forteresse et au palais par un chemin en zigzag, le long duquel on gravissait péniblement les rampes escarpées de la montagne.

Flaubert's description differs only on minor points, *e.g.*, he makes the walls 120 cubits high (according to Parent the *towers* were only 100 cubits), and he simplifies the description of the valleys. A note by Flaubert from H. B. Tristram's *Land of Moab* shows the source of other details:

> Comme toutes les ruines du Moab, la ville semble avoir été un système de cercles concentriques bâtis autour d'un fort central, et en dehors des bâtiments, murs en terrasse enfermant la ville.

Despite the obvious accuracy of the picture Flaubert gives of Machaerus, it is not difficult to perceive the hand of the author in the choice of detail. It should be compared with the description of Carthage in *Salammbô* (Ch. 4).

3. **le Tétrarque Hérode-Antipas:** On the death of Herod the Great in A.D. 4 Palestine was divided—on the orders of the Roman emperor Augustus—among Herod's three sons, Archelaus (Judaea, Samaria and Idumaea), Philip (Trachonitis, Batanea and Auranitis) and Antipas (Galilee and Peraea). Each of them adopted the family name 'Herod', to the confusion of readers of the Gospels. Antipas, like Philip, was given the title of mere tetrarch (a minor ruler), whereas Archelaus became ethnarch (a far superior title which Augustus now revived—John Hyrcanus II had been the last ethnarch, forty-three years before). The ultimate power remained, however, with the emperors who ruled during Antipas's lifetime, Augustus, Tiberius, and finally Caligula (Gaius) who banished Antipas in A.D. 39, with his wife Herodias, to *Lugdunum Convenarum* (Saint-Bertrand de Comminges, in Aquitaine, near the Spanish frontier), not to Lyons as is commonly stated (see S. Perowne, *The Later Herods*, p. 69).

4. **les contours de la mer Morte apparurent:** *Cf.* Flaubert's note from Parent: "La ville se développait sur plusieurs collines—de sa partie ouest on devait jouir d'une vue admirable sur la Mer Morte" (Flaubert's underlining).

5. **tous les monts . . . grises:** From the vividness of the descriptions we can see that Flaubert's memories of his visit to the region were very much alive. *Cf. Voyages*, éd. Belles Lettres, t. II, p. 217: "Dans sa généralité c'est du gris par-dessus lequel il y a du violet recouvert d'une transparence de rose." For the following dawn scene, Flaubert uses the same technique as in *Salammbô* (Ch. 1), where from a high terrace in the palace overlooking Carthage, details of the landscape below are picked out as the light of the rising sun falls on them.

6. **Engaddi . . . dominait Jérusalem:** Engedi (now Ain-Jidi), a verdant oasis on the shore of the Dead Sea almost opposite Machaerus, was famous in ancient times, like Jericho, for its palms and balsam. It is the verdure that would "tracer une barre noire". Mount Hebron rises 3040 ft., 18 miles behind Engedi looking from Machaerus. Hebron is the reputed birthplace of St John the Baptist. Esquol (Eshcol),

renowned for its vineyards, is just north-east of Hebron; the reference to *grenadiers* is biblical: the children of Israel "brought of the pome-granate" from Eshcol (*Num.* XIII, 23). The River Sorek (Surar) flows into the Mediterranean north-west of Jerusalem. Karmel (Carmel, el Kurmul) is south-east of Hebron. The Tower of Antonia was built by Herod the Great, as part of the fortifications at Jerusalem. It replaced the ruined Bira Tower, and was named in honour of Mark Antony, Herod's first protector.

Flaubert went to great pains to find out what could have been seen from Machaerus on the other side of the Dead Sea; this was one factor restricting his choice of place-names—the other was that they should have a satisfactory rhythm and sonority.

7. **il songea aux autres villes de sa Galilée:** The possessive adjective is a subtle touch, linking description and character, giving some point to the recital of names. Jericho was in Judaea, not Galilee proper; but 'Galilee' is often used by St Mark and Josephus to mean the whole of the tetrarchy of Antipas.

8. **Tibérias:** Founded by Antipas in honour of Tiberius, and the usual residence of Antipas.

9. **Cependant le Jourdain . . . neige:** Flaubert crossed the plain of Jericho from Jerusalem to the Dead Sea in August 1850. These details (especially of colour) are drawn from his memories and notes, *e.g.*: "Le Jourdain à cet endroit a peut-être la largeur de la Toucque à Pont-l'Evêque. La verdure continue encore quelque temps, puis tout à coup s'arrête et l'on entre dans une immense plaine blanche" (*Voyages*, t. II, p. 217).

10. **Le lac . . . lapis-lazuli:** *Cf. Voyages, id.*: "La mer Morte, par son immobilité et sa couleur, rappelle tout de suite un lac." "De temps à autre, entre les gorges, apparaît dans un déchirement de la montagne la nappe outre-mer de la mer Morte" (*ibid.*, p. 214). And in a letter to his mother (25.8.1850) he described how they galloped along "sous un ciel outre-mer comme du lapis-lazuli".

11. **du côté de l'Yémen:** 'in the direction of the Yemen.' The Yemen now constitutes only the S.W. corner of the Arabian peninsula, some 1500 miles away from Jerusalem. But ancient geographers applied the name to all Arabia south of the Gulf of Aqaba. Flaubert is obviously following this usage.

12. **C'étaient les troupes . . . inquiétudes:** In these two paragraphs Flaubert attempts unsuccessfully to summarize the complicated politico-domestic situation, which is clarified in the Introduction.

Herodias, or Herodiade, was first married to Antipas's half-brother,

Herod-Philip (and not, as the Gospels state—*Matt*. XIV, 3, *Mark* VI, 17 —to his half-brother Philip), both of them being her uncles. Herod-Philip was disinherited by his father, Herod the Great, and lived in Rome. But Herodias was not content to be a mere private citizen, and thought the tetrarchy of Antipas more worthy of her. As she was a very beautiful woman, she soon persuaded Antipas this was a good idea, but in addition to the fact that Antipas already had a wife, there was another serious obstacle: by marrying the brother of her husband while the latter was still alive, she would commit a serious infraction of the Jewish law. The double divorce and subsequent marriage did take place, however; thus did Herodias draw down upon her head the wrath of St John the Baptist.

The historian and critic Taine provides us with an amusing example of how Flaubert's obscurity can make even an *érudit* go astray. "... pour éviter toute obscurité à la première lecture," he wrote, "il vaudrait peut-être mieux mettre 'l'un de ses frères Agrippa'; six lignes après, on voit Agrippa et on ne l'identifie pas du premier coup." Taine thinks —and quite justifiably from the context alone—that "l'un de ses frères" means 'one of *her* brothers'; it is, of course, referring to Antipas's brother, Herod-Philip. Small wonder that Flaubert ignored the suggested correction—but he could have made the sentence clearer.

13. **Agrippa ... chez l'Empereur?:** *I.e.*, had probably ruined his reputation with Tiberius, who would not then send troops to defend him. Agrippa, Herodias's brother, was very jealous of his uncle Antipas, and since Agrippa lived in Rome, Antipas's fear of his influence is a reasonable one—in fact, it will be due to Agrippa's machinations that he will be banished nine years after the episode recounted in this story. Note the unnecessary terseness and pedantic obscurity with which Flaubert presents the facts.

14. **Philippe ... s'armait clandestinement:** There is no historical foundation for this statement. Philip was an excellent, peace-loving ruler. One might think that Flaubert is accepting the Gospels' statement that Philip was Herodias's first husband, and imagines him to be seeking revenge on Antipas; but his notes on the *Personnages* show that he well knew her first husband was Herod-Philip. Philip subsequently married Salome (the dancer), daughter of Herodias and Herod-Philip. He died in A.D. 34 after a reign of 37 years.

15. **tous les autres de sa domination:** 'and everyone else was tired of his rule.'

16. **les Parthes:** The semi-nomadic Parthians, from the region between Persia and Syria, beyond the Euphrates, were a constant menace

to Roman rule in Palestine. Antipas is wondering what action to take should his fears about Agrippa and Vitellius prove warranted.

17. **sous le prétexte . . .Galilée:** Details given in *Matt*. XIV, 6 and *Mark* VI, 21.

18. **les routes:** The MS gives us, at this point, an example of the process of condensation and suppression Flaubert persistently carried out: "... routes. Au seuil des cavernes une panthère ou un chacal en y rentrant déplaçait des graviers qui déboulaient sur les pentes abruptes. Puis le silence de la montagne se rétablissait. La voûte du ciel embrassait un espace infini, et des aigles volaient" *etc*.

19. **en claquant dans ses mains:** 'clapping his hands,' *i.e.*, in order to call somebody, not to applaud. The expression is restricted to this usage.

20. **s'informa de Iaokanann:** Rightly or wrongly, Flaubert assumes that the reader will realize it is Iaokanann's voice that has just rung out. It is quite possible to think that Antipas, having asked about the owner of the "voix lointaine", *then* passes to the subject of Iaokanann. Antipas has imprisoned him for political and personal reasons. He suspected him of inciting his people to revolt, and (above all) he wished to put an end to the violent slanderous attacks John was making on him and his wife. The only authority for making Machaerus the place where St John was imprisoned and beheaded is Josephus (*Antiquities*, XVIII, V, 2). Matthew and Mark mention no place.

21. **Avait-on revu . . . venus faire?:** The question, framed in free indirect speech, is put by Antipas to Mannaëi. The detail is from *Luke*, VII, 19: "And John calling unto him two of his disciples sent them to Jesus, saying, Art thou he that should come? Or look we for another?"

22. **Sans avoir reçu . . . accomplissait:** 'Mannaëi was already carrying out these orders, even before receiving them.'

23. **car Iaokanann était Juif . . . des os de morts:** This is the first detail aimed at showing the racial conflicts Flaubert considered such a significant factor in the civilization he was depicting. He made the following note from Josephus: "Sous le gouvernement de Coponius sacrilège des Samaritains dans le temple y répandant des os de morts."

This episode occurred between A.D. 6 and 9, when Coponius was procurator of Judaea. It was Passover, and the Samaritans went about destroying the ritual purity of the worshippers at the Temple in Jerusalem by slipping in through the gates after dark and scattering human remains (snatched from a cemetery) about the cloisters. Samaritans were henceforth forbidden to enter the Temple, and Augustus ordered that anyone found robbing tombs should be put to death.

The Samaritan temple, built on Mount Gerizim in Samaria *c.* 332 B.C., was intended to rival the Jewish temple on Mount Zion in Jerusalem. It was destroyed in about 120 B.C. by John Hyrcanus I, High Priest and King of the Jews from 135 to 105. This Hyrcanus should not be confused (as previous editors of the *Trois Contes* have done) with Hyrcanus II, assassinated by Herod in 30 B.C.

24. **sans paraître scandalisé:** The Herods, being of Arabic (Edomite) origin, had little sympathy for Judaism. Renan (*Vie de Jésus*) refers to "l'irreligieuse famille des Hérodes"—a remark Flaubert echoes in Ch. III of *Hérodias*: "Impie comme les Hérode!" However, Herod the Great and Herod Agrippa (Herodias's brother), unlike Antipas, were zealous protectors of Jewry for political reasons.

25. **« Pour qu'il grandisse, il faut que je diminue ! »:** Cf. *John* III, 30: "He must increase, but I must decrease"—words attributed to John the Baptist.

26. **Tous ces monts . . . palais abattus:** *Cf.* a similar impression of the desert, in a letter to Louis Bouilhet (Cairo, 15.1.1850):

> C'était le matin, le soleil se levait en face de moi; toute la vallée du Nil, baignée dans le brouillard, semblait une mer blanche, immobile, et le désert derrière, avec ses monticules de sable, comme un autre Océan d'un violet sombre, dont chaque vague eût été pétrifiée.

The same image was used in *Salammbô* (Ch. 1):

> Ils étaient sur la terrasse. Une masse d'ombre énorme s'étalait devant eux, et qui semblait contenir de vagues amoncellements, pareils aux flots gigantesques d'un océan noir pétrifié.

27. **Le vent chaud . . . villes maudites:** *Cf. Gen.* XIX, 24: "And Jehovah rained down upon Sodom and Gomorrah sulphur and fire." The small streams flowing into the Dead Sea are fed by sulphurous springs, and the rapid evaporation leaves deposits of sulphur along the shores of the lake.

28. **Une simarre:** A long, loose robe similar to a kimono.

29. **Sortie précipitamment . . . ses deux seins:** Herodias has risen from her bed in haste to bring news to Antipas. It may seem strange and unlikely that she should have been informed before the wakeful, waiting tetrarch, but this was necessary for two reasons: first, it provides a good, dramatic entrance for Herodias and shows her ruthless ambition; secondly, it enables Flaubert to avoid repeating the effect of the first appearance of Salammbô, who is dressed in finery and glittering gems. He cannot refrain from repeating a detail dear to him, however: "Ses narines . . . palpitaient." Salammbô's "narines minces palpitaient."

When Salome dances, "tous, dilatant leurs narines, palpitaient de convoitise." In *Salammbô*, Ch. II, Hannon's nose "se dilatait violemment." The olfactory organ is an infallible emotional indicator in Flaubert.

30. « **César nous aime ! ... l'empire à Caïus !** »: "Sous Tibère," Flaubert noted from Parent, "Agrippa avait été mis en prison pour des paroles prononcées en faveur de Caligula." Gaius Caesar (called Caligula after the *caligae*—military boots—he used to wear) was at this time heir presumptive; Herod Agrippa, Herodias's brother, was his constant companion. Agrippa was heard by his freedman Eutychus to express to Caligula the wish that Tiberius "would quit the stage and leave the government to you, who are so much more worthy of it." For this he was thrown into prison—but he remained there only for six months, until Tiberius died (A.D. 37). This event, then, is another anachronism in Flaubert's story; it is certain, however, that Flaubert was aware of the 'error', and that it was dictated by the artist in him. From the plan of the story, we see that he originally intended to make Herodias bring news of Agrippa's *death* which, since it did not take place until A.D. 44, no doubt seemed too great an anachronism. Flaubert's plan reveals the point of Herodias's bringing good news: "Hérodias lui remonte le moral".

31. **Tout en vivant de leurs aumônes ... comme lui:** In about A.D. 30 Antipas helped Agrippa through a difficult period by giving him a small government post, but took care to make his nephew (who was now over forty) realize that he was a pensioner and a dependant. Matters came to a head at a feast in Tyre (in about A.D. 33) when Antipas, his tongue loosened by drink, told Agrippa before the company he was a pauper. Flaubert's comment is based on this episode, and is again anachronistic. Agrippa (whom we see in this story only through the eyes of Herodias and Antipas—he was really a man of great charm, wit, and statesmanlike ability) was made King by Caligula in A.D. 37, ruling over the region his late uncle Philip had governed as tetrarch, and later over all Judaea.

32. **l'existence n'y est pas sûre:** 'one's life is uncertain in there.'

33. **Ces meurtres ... on ne les comptait plus:** Both Tiberius and Herod the Great were notorious murderers of members of their own families. Flaubert here establishes the attitude of his characters towards murder of expediency: Herodias pitiless and cynical, Antipas conscious of the atrocity of it, but too weak to protest. These characteristics rule the fate of Iaokanann.

34. **Puis elle étala ... Eutychès le dénonciateur:** The ingenious

idea of making Herodias responsible for the denunciation by Eutychus is entirely Flaubert's own. According to Josephus, Eutychus acted out of spite for being accused by Agrippa of stealing some clothes.

35. **Rien ne me coûtait!:** 'I spared no effort!'

36. **Il se demanda pourquoi son accès de tendresse:** 'He wondered what was behind this sudden fit of tenderness.' His suspicion is justified: Herodias has been laying some clever schemes in collaboration with her daughter, Salome.

37. **atrium:** The central court or chief apartment of a Roman villa.

38. **la voie Sacrée:** The Via Sacra, in Rome, which ran from the Palatine Hill to the Capitol.

39. **depuis douze ans bientôt, la guerre continuait:** Another example of art moulding history. Antipas and Herodias were married only three years or so before the death of John the Baptist, *i.e.*, in A.D. 27. As explained in the Introduction, there was no war yet with Harith. But Flaubert, wishing (as in *La Légende de Saint Julien*) to introduce an element of discord and deterioration into the marital relationships, shows his characters as being tired of each other after many more years than this. In fact, when Antipas was banished in A.D. 39, Herodias was very faithful and loyal to him, voluntarily sharing his exile.

40. **Essénien:** The Essenes were a body of pre-Christian Jews who lived a monastic life of hard work, austerity, charity and virtue, but who did not, some scholars state, constitute a distinct sect since they included both Pharisees and Sadducees among their number. They congregated mainly near Engedi and along the western shore of the Dead Sea. Jewish scholars maintain that John the Baptist had Essene affinities, and Flaubert clearly adopts this view: hence Herodias's hatred for Phanuel. This name, meaning 'Vision of God', was that of one of the four classical angels revered by the Essenes.

41. **Néhémias:** Nehemiah (465–424 B.C.) was governor of Judaea under the Persian king Artaxerxes. It was during this period that the last of the prophets, Malachi, prophesied the resurrection of the prophet Elijah. The *espérances* referred to here are that Iaokanann is Elijah; in Ch. III of the story, Jacob states that this is so.

42. **vers Galaad, pour la récolte du baume:** A good example of the skill with which Flaubert fits factual details into his artistic mosaic; he made a note from E. M. Quatremère's *Mémoire sur les Nabatéens* (Paris, 1835): "Le Baume croissait dans le pays de Galaad, à l'orient du Jourdain et de la Mer Morte." This Balm of Gilead (a resinous, viscid fluid obtained from the balsam fir) was used as an ointment.

43. **l'empêchait de vivre:** 'was making life intolerable for her.'

44. **le temple d'Ascalon:** Askalon, a great Philistine city on the shores of the Mediterranean, was a centre of Hellenic culture during Roman and Byzantine times, and Herod had a great affection for it—a fact which seems to lend credence to the story about Herod's ancestry, to which Flaubert (or Herodias) refers: When Idumaean brigands attacked the city of Askalon, in Palestine, among the spoils from the temple of Apollo they took away a captive, Antipater, the child of a certain Herod, who was a hierodule (temple servant). In default of ransom, the child was brought up by the brigands as an Idumaean. The child of this Antipater, says the fourth-century Church historian, Eusebius, "was the Herod of our Saviour's time". The story as it stands is demonstrably incorrect, but may refer to an earlier Antipater (the Elder).

45. **Juda ... David:** David established his household in Hebron where the clans of Judah elected him king.

46. **Tous mes ancêtres ... Edom:** The allusions in this complex sketch of Edomite-Jewish relationships, cleverly presented in terms of family ancestry, can be elucidated together : Antipas was an Idumaean or Edomite through his father, and a Samaritan through his mother Malthake. Herodias, on the other hand, was of Maccabean (or, more correctly, Hasmonean) ancestry, through her mother, Mariamme. However, through her father, Aristobulus, Herodias had exactly the same ancestry as Antipas, Herod the Great being her grandfather (and the sweeper of the temple of Askalon her great-grandfather, by her own reckoning!). She was, then, one-quarter Jewish, and three-quarters Idumaean. Flaubert seems to have overlooked this point. *"Le premier des Makkabi vous a chassés d'Hébron"*: The reference is to the expulsion of the Samaritans from Hebron in about 120 B.C. This was brought about by John Hyrcanus I, however, not *"le premier des Makkabi"*, Judas Maccabaeus. Judas did, on the other hand, wage an avenging war on the Edomites or Idumaeans, the traditional enemies of the Jews. Herodias (and Flaubert) are confusing the attacks on Samaritans and Idumaeans. *"Hyrcan [vous a] forcés à vous circoncire"*: This is Hyrcanus I again, who forced the Idumaeans to accept Judaism and had them circumcised *en masse*. Ironically, this made it possible for the Edomite Herod to become king of the Jews! Renan makes a remark (*Histoire du peuple d'Israël*, V, p. 38), based on Josephus, which indicates that Flaubert owes to Josephus the idea of Herodias's contempt for Antipas: "Les aristocraties ont le souvenir long quand il s'agit d'*humilier les plébéiens religieux* ou politiques. L'Iduméen n'était pour eux qu'un demi-Juif." *"la haine de Jacob contre Edom"*: Edom (Esau) was foolish

enough to sell his birthright to his younger twin brother Jacob for a mess of red pottage.

47. **sa mollesse envers les Pharisiens:** Herodias had two reasons for hating the Pharisees : first, she was a Hasmonean, and the patriarchal Maccabees or Hasmoneans had long been the bitter rivals for power of the more democratic Pharisees. Secondly, the Pharisees rejected all foreign domination and, whilst accepting the Herodean Dynasty as the will of God, disliked it because of its willing subservience to Rome. Therefore Herodias fears that their enmity might result in the deposition of Antipas.

48. **Tu es comme lui . . . :** *I.e.*, 'You detest me, as do the people.'

49. **« Mais ton grand-père . . . et oublie-moi ! »:** The foundations of Flaubert's conception of Herodias's haughty and contemptuous character are laid in his notes on the *Personnages*:

> Juive, mais par ses aïeux et de nature, monarchique. Ses ancêtres avaient été rois et sacrificateurs, et le peuple en voulait aux Asmonéens qui s'étaient imposés comme grands-prêtres. Se moquait d'Antipas, comme la grande Mariamne s'était moquée d'Hérode. . . . Avait pour modèle Cléopâtre, Sémiramis, Thermuse, toutes les reines fortes.

In his notes on Antipas, we read:

> Etait d'Edom, descendant d'Esaü. Les Iduméens convertis de force au Judaïsme par Hyrcan. . . . *Protège les Esséniens*, car ils ne sont pas dangereux. Pour le prouver disait qu'il fallait s'y soumettre comme avait fait Hérode le Grand. . . . Il avait été fasciné par la *grande dame* qui était en Hérodias, en opposition avec la fille bédouine.

The contrast between the two, which this scene is intended to bring out in terms of race and personality, is expressed thus in a letter to Mme Roger des Genettes (19.6.1876): "Ce qui me séduit là-dedans, c'est la mine officielle d'Hérode (qui était un vrai préfet) et la figure farouche d'Hérodias, une sorte de Cléopâtre de Maintenon."

50. **tunique calamistrée:** Tunic pleated with a hollow tubular hot iron (*calamister*) of the kind used by the Romans for curling hair.

51. **péplum:** 'peplum,' a sleeveless tunic fastened on one shoulder.

52. **Elle répondit n'en rien savoir:** 'She replied that she knew nothing about it.' It is, of course, her daughter, Salome. From the fact that she has kept the news of her arrival from Rome a secret (with remarkable success we might think, but as she was the first to hear the news about Agrippa, we gather she is in control of communications at Machaerus) it is clear that she has invited her daughter solely for the purpose of using her to persuade Antipas to execute Iaokanann, should

her own desperate attempt fail (as it has done in this scene). She is "soudainement apaisée" not because she has just had the idea of using Salome, but because Antipas's reactions show her that her plan will succeed.

53. **un Juif de Babylone:** See Note 89.

54. **se développant tout du long sous la corniche:** 'spreading right along [the walls] below the cornice' (*i.e.*, the moulding just below the ceiling).

55. **une action impossible:** *I.e.*, to repudiate Herodias.

56. **« Malgré moi, je l'aime ! »:** According to *Matt.* XIV, 5, Herod (Antipas) wanted to put John the Baptist to death, but "feared the multitude, because they counted him as a prophet". St Mark's version is quite different, however (VI, 20): "For Herod feared John, knowing that he was a just man and an holy, and observed him; and when he heard him, he did many things and heard him gladly." From this, Flaubert made the following note: "Avait du respect pour lui, faisait beaucoup de choses selon ses avis et était bien aise de l'entendre." He chooses the version that renders Antipas less odious, and merely weak and forced to act against his will.

57. **lisaient l'avenir dans les étoiles:** The reason why the subject of astrology is introduced here becomes clear only on a second reading of the whole story; it refers to the prophecy Phanuel wishes to impart to Antipas, but which he is able to only later (near the end of Ch. II). The interruption by the negro delays the telling of the prophecy until a more effective moment.

58. See Note 92 on *le trésor d'Hérode.*

59. **buccins:** < Latin *buccina*, 'a military horn.'

60. **esclaves dispersés:** Each scene of this first chapter has a well-defined function: to show Antipas's dependence on Rome; to give a general picture of the conflicting influences at work upon him in his unfortunate situation (Herodias's contemptuous nagging, Phanuel's pleading, Iaokanann's violent attacks); and to give us a glimpse of his sensuality, so easily roused by Salome.

61. **le laticlave:** The laticlave was the broad purple stripe sewn down the front edges of the toga, as a badge of rank.

62. **Ils plantèrent . . . dans le milieu:** Considering all the little-known information Flaubert expects the reader of this story to supply for himself, it is curious that he should have wasted space on describing the *fasces.* These were symbols of authority carried by the lictors before chief magistrates. A consul was entitled to twelve lictors (attendants).

63. **la majesté du peuple romain:** An ironical way of introducing

the effeminate, self-indulgent, obese Aulus, son of the Proconsul Lucius Vitellius.

64. **Il en sortit . . . doigts:** Flaubert made the following note from Suetonius (*Lives of the Twelve Caesars*) on the appearance of Aulus: "Très grand, visage bourgeonné, gros ventre." The arrival of Aulus is very similar to that of Hannon in Salammbô (Ch. II): "C'était une grande litière de pourpre, ornée aux angles par des bouquets de plumes d'autruche.... Quelquefois une main grasse, chargée de bagues, entr'ouvrait la litière..." Even among the Romans, Aulus was notorious for his gluttony, and it is as a living symbol of *la Gourmandise* (in contrast to Iaokanann, the personification of asceticism) that Flaubert introduces him into the story. The theme of excessive eating recurs in many of Flaubert's works, and originates in his own bulimia (morbid hunger).

65. **Proconsul:** This is not, as one might justifiably think, the adolescent of the last paragraph, but his father Lucius Vitellius. Vitellius was not, as Flaubert states, "gouverneur de la Syrie" at the time of John the Baptist's execution. He was not promoted to Proconsul of Syria until A.D. 35—at least four years after this event. This anachronism, like all those in this story, is fully justified artistically; it enables Flaubert to introduce a Roman with more power than Antipas, so as to bring out the character of the latter before his superior, and to bring subservient Jews and ruling Romans face to face. Racial as well as individual conflicts are sparked off in this way. It may be argued that the same effect could have been obtained by bringing in L. Aelius Lamia, Proconsul of Syria from about A.D. 21 to 32. But the fact is that Flaubert chose Vitellius solely so as to bring Aulus into the story as well. Moreover, Vitellius was present (*as* Proconsul) at the Passover feast in Jerusalem in A.D. 36; as we shall see, Flaubert borrowed some details from this feast, which might indeed have been the *point de départ* for Ch. III.

66. **Ils descendaient . . . leur nom:** These eulogies—and the rest of the paragraph—are the "hyperboles" spoken by the sycophantic Antipas, rendered in free indirect speech. Flaubert has put the most flattering version of Vitellius's ancestry into the tetrarch's mouth. We see from a note he made from Suetonius's *Lives of the Twelve Caesars* that he was quite aware of the other version: "Descendait d'un savetier lequel épousa la fille d'un boulanger dont il eut un fils qui fut chevalier. La voie Vitellia va du Janicule [*one of the seven hills of Rome*] à la mer. .... Remontait (soi disant) à la déesse Vitellia, épouse de Faunus, roi des Aborigènes ..."

67. **questures:** 'quaestorships.' The *quaestor* was an imperial finance officer in the senatorial provinces, on the Proconsul's staff.

68. **vainqueur des Clites:** *Cf.* Flaubert's note from Tacitus (*Annals*, Bk. VI): "Vitellius envoie contre les Clites de la Cilicie [*Cilicia, in Asia Minor*] qui refusaient l'impôt, Tréballius [*his lieutenant*] avec quatre mille légionnaires."

69. **le grand Hérode:** This refers not to Antipas, as stated in some editions, but to Herod the Great. Vitellius is responding to flattery with flattery but, being no friend of Antipas, is indulging in subtle insult by praising the tetrarch's father and thus implying he can find nothing to praise about Antipas himself.

70. **la surintendance des jeux Olympiques:** Flaubert noted this fact from Josephus: "Hérode le Grand est nommé surintendant des jeux Olympiques." In 12 B.C. Herod called at Elis on his way home from seeing Augustus at Aquileia and, finding the Games sadly lacking in funds, he made a generous donation, for which the great honour of being appointed a Director of the Games was bestowed on him.

71. **des temples en l'honneur d'Auguste:** Augustus was elected a god by the Senate (for worship in the provinces) early in his career as emperor, and Herod the Great built four or five temples to him, the most outstanding being at Caesarea Palestina, dedicated in 10 B.C.

72. **Il ignorait l'événement, elle lui parut dangereuse:** 'He was not aware of the event, she seemed to him a dangerous woman.' The two thoughts are unrelated; the only reason for their being united in a single sentence can be that they are almost simultaneous thoughts passing through the mind of Vitellius.

73. **Il avait tiré des otages . . . fournir des secours:** The editor of the 1910 Conard edition rightly comments: "Ce passage, qui par son extrême concision est un des exemples les plus typiques du procédé d'exposition synthétique cher à Flaubert, demeurerait fort obscur si l'on ne se souvenait du récit suivant de Flavius Josèphe, dont il n'est que la condensation . . ." It illustrates admirably the obscure pedantry which often results from Flaubert's extreme terseness, and which becomes even more obvious in the light of the following notes Flaubert had to make from Josephus in order to acquaint himself with the facts he expects his readers to know:

Artabane [*king of the Parthians*] et Vitellius se rencontrent au milieu de l'Euphrate sur un pont. Hérode le tétrarque les y traite. Après quoi Vitellius s'en retourne à Antioche et Artabane à Babylone. Hérode envoie un courrier à Tibère pour l'en prévenir [*i.e., about the treaty by which Vitellius obtained many hostages from Artaban including the king's son*]. De là ressentiment de Vitellius à Antipas.

Vitellius, having had his thunder stolen by Antipas, did not receive from Tiberius the acknowledgment due to him. This did not happen, in reality, until A.D. 36.

74. **cette fleur des fanges de Caprée:** Aulus was one of the favourites of the debauched emperor Tiberius who, it is said, retired to Capri in A.D. 26 in order to indulge undisturbed in a life of orgiastic pleasure. His companions there were rewarded with honours and privileges—hence Lucius Vitellius's dependence on "la souillure du fils".

75. **la sacrificature:** 'the office of High Priest.' This appointment was usually made by the Roman governor or procurator, but sometimes by popular election. The popular party of the Pharisees and the rich, powerful clique of the Sadducees bitterly disputed the office, which gave supreme authority in legal and sacerdotal matters by virtue of the High Priest's position as president of the Sanhedrin (the Jewish supreme legislative and judicial tribunal). Moreover, the High Priest wielded political power as the traditional leader of aspiring Jewish nationalism.

Flaubert makes the mistake of ascribing the High Priesthood to the wrong party. The Pharisees had by this time won a lasting triumph in the interpretation and execution of the Mosaic Law (being less rigorous than the Sadducees who accepted only the written Law); but they did not get control of the Temple until about A.D. 50. The High Priest of Judaea from A.D. 18 to 36 was Joseph Caiaphas, a member of the influential Sadducee family of Annas. It was he who led the attacks on Jesus and His disciples. Vitellius appointed two High Priests during his governorship, both members of the Annas family.

76. **Les pans de leur tunique . . . étaient tracées:** Details taken from *Matt.* XXIII, 5: "They make broad their phylacteries, and enlarge the borders of their garments." The phylactery (for once Flaubert does not use the *mot juste*) consisted of vellum strips inscribed with passages from the Scriptures, enclosed in a leather case and worn on the arm or forehead to remind Jews to keep the Law.

77. **Marcellus:** It was by Marcellus that Vitellius provisionally replaced Pontius Pilate when the latter was recalled to Rome in A.D. 36.

78. **publicains:** 'publicans,' tax-gatherers carrying their account-tablets.

79. **c'était le bourreau:** Notice how this important new detail is given emphasis by the device of making Vitellius draw attention to Mannaëi.

80. **Jonathas:** Jonathan, son of Annas, appointed High Priest by Vitellius in A.D. 36, in place of his brother-in-law, Caiaphas.

81. **Eléazar:** If Flaubert has in mind Eleazar, son of Annas, High Priest in A.D. 16-17, he makes a mistake in referring to him (here and again later) as a Pharisee.

82. **le manteau ... l'autorité civile:** Herod the Great began the practice of keeping in his own custody the High Priest's sacred robes when he transformed the old Bira tower (in which they had always been reposited) into his own fortress-palace, Antonia. In A.D. 36 (Passover) Vitellius handed them over to the Jewish priesthood.

83. **Ensuite, les Galiléens ... criminels seraient punis:** Pontius Pilate was procurator of Judaea, A.D. 27-36. Flaubert made the following note on this episode, from Parent's *Machærous*: "Les Samaritains se plaignirent de Ponce-Pilate à Vitellius gouverneur de Syrie qui l'envoya à Rome d'où il fut exilé à Vienne dans la Gaule." An impostor persuaded a number of Samaritans to assemble on their holy Mount Gerizim, and promised to show them the sacred vessels buried there by Moses. Pilate's soldiers set upon them, killing many and taking a number of prisoners. This happened in A.D. 36.

84. **les *umbo*:** Latin for the boss (raised centre part) of a shield. For fear of contravening the Second Commandment ("Thou shalt not make unto thee any graven image") no Jewish ruler (until Herod Agrippa I) dared to presume to put his image on a coin, shield, etc., and much less could a pagan and alien sovereign parade his likeness publicly before the Jews. This complaint about the *umbo* was no doubt inspired by the occasional disagreements between Pilate and the Jews on the matter, and particularly by the events of A.D. 37, when a Jewish deputation met Vitellius in Acre and persuaded him to cover the Roman standards of his army, which was about to march through Judaea to help Antipas against Harith IV.

85. **en exiler quatre cents en Sardaigne:** This happened in A.D. 19, after a noble lady, Fulvia (a convert to Judaism), was persuaded by four Jewish crooks to give a magnificent purple tapestry and a large sum of gold to the Temple of the God of Israel in Rome. Then they absconded with the offerings. Tiberius was furious that Jews should have cheated a freeborn Roman, and sent 4000 (not 400) Jews (probably from outside Italy, but residing in Rome) as conscripts to Sardinia. Flaubert made notes on this episode from Suetonius (*Lives of the Twelve Caesars*) and Josephus.

86. **cnémides:** 'greaves,'—plate armour for the shins.

87. **grappins:** 'climbing irons,'—for use in besieging fortresses.

88. **Elles n'étaient pas . . . son père:** These are the tetrarch's *explications*, rendered in free indirect speech (see Introduction).

89. **Son père était venu . . . servait Antipas:** Flaubert's own notes from Josephus give us Iakim's background:

> *Zamaris [Iakim's father]* juif de Babylone . . . s'était établi avec 500 cavaliers — archers dans le château de Valathe près d'Antioche. Hérode le fit venir avec tous les siens, et leur donna des terres dans la Batanée pour garantir le pays des invasions des Aroconites. Ils protégeaient la route de Babylone à Jérusalem. Philippe son fils, et Agrippa restreignirent leurs privilèges. Zamaris laissa des enfants semblables à lui.

He also noted from F. de Saulcy's *Histoire d'Hérode, Roi des Juifs* (Paris, 1867): "Les juifs babyloniens forts en équitation. . . . Iakim son fils continue ses services et les rois de race juive avaient à leur service un escadron de ses hommes qui formaient leur garde du corps." Flaubert makes an intelligent surmise, then, in putting Iakim in charge of Antipas's horses.

90. **mitaines de sparterie:** Mittens (or rather, slippers) of esparto-grass (a tough kind of rush used to make cloth) to protect the hooves from wear on the rocky floor.

91. **C'étaient . . . demandant à courir:** Taine considered "magnifique le passage sur les chevaux et leur écurie souterraine avec une percée de lumière". Flaubert's enthusiastic appraisal of the horses' swiftness and fearlessness echoes his description of the hounds in *La Légende de Saint Julien*. One may wonder, however, whether the description is important enough to deserve over a page, when so many details necessary to clarity are suppressed for the sake of economy. Miss M. Tillett defends its inclusion thus in her sensitive article: The description is "an excellent example of his habit of opening up perspectives of freedom beyond temporary imprisonment. . . . Also, it marks the coming into the narrative of a faint breath of the supernatural, for the horses' powers are superequine" ("An Approach to Hérodias", *French Studies*, January 1967, p. 26). From the point of view of the story's plot, the horses are simply evidence of Antipas's military preparedness against Harith. Similarly the discovery of the stables is simply intended to play its part in increasing Antipas's apprehensions about Vitellius, who is already very suspicious. Above all, the search for arms gives Flaubert an excuse to indulge in inventorizing and in describing animals, and a means of leading dramatically to the discovery of Iaokanann.

The whole of the episode of the hidden arms is based on the events which led to the downfall of Antipas in A.D. 39. Agrippa, Herodias's brother, wrote to the emperor Caligula accusing Antipas (i) of having taken part in a plot against Tiberius, and (ii) of being in league with the Parthian king Artaban against Rome, for which purpose he had equipment for 70,000 men in his armoury. Antipas was unable to deny that this was true, and was immediately deprived of his tetrarchy and banished.

92. **le trésor d'Hérode:** This 'discovery' was inspired by the attempt, in 4 B.C., by Sabinus, the rapacious and bureaucratic procurator-fiscal of Syria (the model for Flaubert's publican, no doubt), to annex the entire fortune of Herod the Great immediately after his death. He occupied Herod's palace in Jerusalem and demanded (unsuccessfully) the keys' ledgers, and inventories. Flaubert noted from Josephus: "Sabinus voulait savoir et cherchait partout où étaient les trésors d'Hérode le Grand." His treatment of the 'raw material' offered by this event is reminiscent of the description of the underground rooms in Hamilcar's palace (in *Salammbô*, Ch. 8). There, however, "le trésor d'Hamilcar" *is* housed. We can see how Flaubert's imagination, fired by the Sabinus episode, worked on it in the same manner. Flaubert apparently takes the view that Antipas is, in fact, hiding treasure. This assumption explains the panic-stricken activity on the announcement of Vitellius's approach, and particularly the "vacarme . . . d'argenterie s'écroulant'. —as it is hastily hidden away!

93. **un trou . . . sans rampe:** Renan's hypothetical description of John the Baptist's prison at Machaerus differs considerably from Flaubert's:

> Ce qu'il y a de certain, c'est que la détention se prolongea et que Jean conserva du fond de sa prison une liberté d'action étendue. La prison en Orient n'a rien de cellulaire: le patient, les pieds retenus par des ceps [*fetters*], est gardé à vue dans une cour ou dans des pièces ouvertes, et cause avec tous les passants (*Vie de Jésus*, p. 155).

This would not have fitted in with Flaubert's idea that Iaokanann is a secret prisoner purposely isolated from the population because of his attacks on Antipas and Herodias, and finally discovered in a dramatic way.

94. **Le soleil . . . voix caverneuse:** This moment of tense silence has all the marks of a theatrical set-piece, with the position of each character clearly established in the *tableau* (as Flaubert calls it, in fact, in his plan for the story—see Introduction). Throughout the story the disturbing, mysterious effect of Iaokanann's voice is stressed; it is by this, the living weapon of the prophet, that he is mainly characterized.

95. **La voix s'éleva:** Iaokanann's curses are a *mélange* of biblical quotations, and without precise knowledge of the sources it is impossible to judge either Flaubert's debt or the skill with which he has welded them together. Hence the fulness of the following notes.

96. **race de vipères:** Cf. Jesus's invectives against the scribes and Pharisees: "O generation of vipers" (*Matt.* XII, 34), "Ye serpents, ye generation of vipers" (*ibid.*, XXIII, 33), and John the Baptist's own words "to the multitude that came forth to be baptized": "O generation of vipers . . ." (*Luke* III, 7).

97. **outres gonflées:** *I.e.*, swollen with pride. *Cf. Deut.* I, 43 (Vulgate): "Tumentes superbia, ascendistis in montem"—"Puffed up with pride, you went up into the hill."

98. **cymbales retentissantes:** C.f. *Cor.* XIII, 1: "I am become as sounding brass, or a tinkling cymbal."

99. **ivrognes d'Ephraïm . . . chanceler:** Cf. *Is.* XXVIII, 1: "Woe to the crown of pride, to the drunkards of Ephraim . . . which are on the head of the fat valleys of them that are overcome with wine."

100. **Qu'ils se dissipent . . . le soleil:** Cf. Psalm 58: "Let them melt away as waters which run continually. . . . As a snail which melteth . . . like the untimely birth of a woman, that they may not see the sun."

101. **Il faudra, Moab . . . gerboises:** Cf. Psalm 104: "As for the stork, the fir trees [*cyprès* in the French version] are her house. The high hills are a refuge for the wild goats; and the rocks for the conies [= damans; *gerboises* in French version]."

102. **Les portes . . . villes brûleront:** Cf. *Is.* XXIV, 12: "In the city is left desolation, and the gate is smitten with destruction"; *ibid.*, XXV, 12: "And the fortress of the high fort of thy walls shall he bring down . . ."; *ibid.*, XXIV, 6: "therefore the inhabitants of the earth are burned, and few men left."

103. **Il retournera . . . teinturier:** The idea of blood used as a dye comes from *Is.* LXIII, 3: "[The people's] blood shall be sprinkled upon my garments, and I will stain all my raiment."

104. **il répandra . . . votre chair:** Cf. *Is.* XIV, 24–25: "The Lord of hosts hath sworn, saying, . . . I will break the Assyrian in my land, and upon my mountains tread him under foot."

105. **Les Romains . . . extermination:** The Romans under Titus were to bring about the almost complete destruction of Jerusalem in A.D. 70, and to confiscate Judaea completely.

106. **Les chacals . . . places publiques:** Cf. *Is.* XIII, 22: "Hyenas will cry in its towers, and jackals in the pleasant places." *Ezek.* VI, 5: "I will scatter your bones round about your altars."

107. **Tes vierges . . . l'étranger:** *Cf. Ezek.* XXX, 18: "And the daughters [of Egypt] shall go into captivity."

108. **tes fils . . . fardeaux trop lourds:** *Cf. Is.* XLVI, 1: "Bel boweth down, Nebo stoopeth, their idols were upon the beasts, and upon the cattle: your carriages were heavy loaden; they are a burden to the weary beast."

109. **C'étaient les paroles . . . après l'autre:** *Cf. Hosea* VI, 5: "Therefore have I hewed them by the prophets; I have slain them by the words of my mouth."

110. **Mais la voix . . . un affranchissement:** Like Isaiah, Iaokanann follows his prophecies of punishment and torment with an account of the consolations of life to come. *Cf. Is.* LXI, 1: "the Lord hath sent me . . . to proclaim liberty to the captives."

111. **le nouveau-né . . . dragon:** *Cf. Is.* XII, 8: ". . . and the weaned child shall put his hand on the cockatrice' den." *Cf.* also *Is.* XIV, 29–30.

112. **l'or à la place de l'argile:** Flaubert substitutes clay for the brass of *Is.* LX, 17 ("For brass I will bring gold").

113. **le désert . . . une rose:** *Cf. Is.* LI, 3: "For the Lord shall comfort Zion . . . he will make her wilderness like Eden, and her desert like the garden of the Lord."

114. **kiccars:** Jewish gold coinage.

115. **obole:** A small Greek silver coin, worth one-sixth of a drachma.

116. **Des fontaines . . . rochers:** An oft-repeated prophecy; *e.g.*, *Joel* III, 18: "the hills shall flow with milk . . . and a fountain shall come forth out of the house of the Lord . . ."

117. **on s'endormira . . . ventre plein:** *Cf. Joel* III, 13: "Come, get you down; for the press is full."

118. **Fils de David:** *Cf. John* VII, 42: "Has not the scripture said that the Christ is descended from David?"

119. **Le Tétrarque . . . une menace:** This reaction is based on a note by Flaubert from Renan's *Vie de Jésus*: "On appelait Jésus fils de David — si Jean lui donnait aussi ce nom, cela devait effrayer Antipas."

120. **pour ses jardins . . . l'impie Achab:** Ahab, king of Israel, wished to add Naboth's vineyard to his own garden, worshipped idols, and built an ivory house (I *Kings*, XXI–XXII).

121. **Je crierai . . . femme qui enfante:** *Cf. Is.* LIX, 2: "We roar all like bears"; *Job* VI, 5: "Doth the wild ass bray when he hath grass?"; *Is.* XLII, 14: "Now will I cry like a travailing woman"; and *Is.* XIII, 8, etc.

122. **Dieu t'afflige . . . mulet:** Flaubert made a full note of *Levit.* XX, 21: "And if a man shall take his brother's wife, it is an unclean thing . . . they shall be childless."

123. **que Iaokanann rugissait dans la sienne:** *I.e.*, Aramaic, the vernacular of most of Palestine. It was because Vitellius could not speak Aramaic that Antipas accompanied him to the negotiations with King Artaban, as a matter of historical fact. (Flaubert did not know this—see Note 196.)

124. **Iézabel:** Jezebel was the wife and evil genius of Ahab. She persecuted Elijah and "cut off the prophets of the Lord".

125. **Tu as pris son cœur . . . chaussure:** *Cf. Song of Solomon* VII, 1: "How beautiful are thy feet with shoes, O prince's daughter!"

126. **Tu hennissais comme une cavale:** *Cf. Jer.* XIII, 27: "I have seen thy adulteries, and thy neighings"; V, 8: "Everyone neighed after his neighbour's wife."

127. **Tu as dressé . . . sacrifices:** *Cf. Is.* LVII, 7: "Upon a lofty and high mountain hast thou set thy bed: even thither wentest thou up to offer sacrifice."

128. **Le Seigneur . . . ta mollesse:** The borrowings here (and in the next paragraph but two) are seen more clearly when compared with the French version of the Bible (Reuss translation), *Is.* III, 17–25:

> Puisque les filles de Sion sont orgueilleuses, et marchent la tête haute . . . allant à petits pas et cliquetant avec les anneaux de leurs pieds, le Seigneur . . . découvrira leur nudité. Et ce jour-là le Seigneur leur ôtera leur parure, les anneaux des chevilles, les soleils et les croissants, les boucles d'oreilles, les bracelets et les voiles . . . les boîtes à parfum et les amulettes, les bagues . . . les habits de fête et les robes . . . et les miroirs . . .

Flaubert omits the "anneaux des chevilles", no doubt as part of his determined effort not to repeat *Salammbô*, in which the heroine ". . . portait entre les chevilles une chaînette d'or pour régler sa marche" (Ch. 1). Mirrors were hung from the belt for adornment.

129. **et les cailloux . . . l'adultère:** *Cf.* Flaubert's note, "*Fornication punie par lapidation*," taken from *Deut.* XXII, 21: ". . . and the men of her city shall stone her with stones that she die."

130. **Etale-toi . . . sera vu:** *Cf. Is.* XLVII, 1–3: "Come down and sit in the dust, O virgin daughter of Babylon. . . . Take the millstones and grind meal, put off your veil, strip off your robe, uncover your legs, pass through the rivers. Your nakedness shall be uncovered, and your shame shall be seen." And *Is.* XX, 2: "Go, loose the sackcloth from your loins and take off your shoes from your feet."

131. **tes sanglots . . . les dents:** *Cf.* Psalm LVIII, 6: "O God, break the teeth in their mouths."

132. **L'Eternel . . . tes crimes:** *Cf. Prov.* X, 7: "The name of the wicked will rot."

133. **une chienne:** The term 'dog' is frequently used in O.T. and N.T. to mean 'one who has lost all modesty'.

134. **Sans doute ... proscrire absolument:** According to the Levirate Law (*Deut.* XXV)—which still stands—a man may not obtain his brother's wife by divorce if there are children. The Sadducee is characteristically quoting the letter of the Law.

135. **Absalon ... son père:** We shall see how unfortunate are the examples Antipas quotes in his defence! Absalom, after rebelling against his father, David, took possession of his harem in Jerusalem. But Antipas seems to have forgotten Absalom's fate: to be hacked to pieces while suspended from a tree by his hair!

136. **sa bru:** *I.e.,* Tamar, who dressed up like a harlot to deceive Judah and make him lie with her (Judah was involved unwittingly—hardly an ally for Antipas!).

137. **Ammon avec sa sœur:** This was *Amnon*, not Ammon. He fell in love with his half-sister Tamar, and his end was also unpleasant: her brother Absalom slew him in revenge.

138. **Loth avec ses filles:** Or rather, "Les filles de Loth avec leur père," since he—like Judah—was unaware of the occurrence, having been made drunk beforehand.

By the weakness of his excuses, Antipas inculpates himself further in the eyes of the Jews, and fails dismally and ludicrously to meet Iaokanann on his own ground by quoting the Prophets.

139. **Il ordonne au peuple de refuser l'impôt:** *Cf.* the accusation made against Jesus: "We found this man ... forbidding us to give tribute to Caesar" (*Luke* XXIII, 2).

140. **Quel soulagement!:** Flaubert attributes to Antipas the attitude of Pontius Pilate when faced with the task of condemning Jesus. Pilate tried in the same way to avoid this responsibility, first, by sending Him to Antipas, and then by abdicating his power of decision to the Jews.

141. **Il:** Namely, Antipas. The time sequence of the two previous paragraphs is reversed: Antipas felt relieved, saw Phanuel the Essene, called him, and was talking to him when Jonathan observed them together.

142. **La cour ... son cœur:** This is an effective device repeated several times throughout the story; between the successive 'scenes' in chapters I and II a transition or bridge passage is inserted, describing the landscape and/or indicating the passing of time and change of atmosphere: (*i*) p. 137, mountains still "dans l'ombre". (*ii*) p. 137, "L'aube ..." (*iii*) p. 139, "Le soleil faisait resplendir ses murailles ..." (*iv*) p. 140, "Le vent chaud ..." (*v*) p. 141, "Les chemins de la montagne com-

mencèrent à se peupler." (*vi*) p. 145, arrival of Vitellius "avant trois heures", in the heat of the day. And now (*vii*) sunset, tension is relaxed, the tents have gone, Iaokanann is off his hands, all is well . . . for a brief moment.

143. **Depuis . . . avait disparu:** These astronomical details were culled with customary precision. Flaubert asked Laporte to find out from Arago's *Astronomie populaire* "Quelles sont les planètes que l'on voit vers la fin d'août?" And the philologist Frédéric Baudry was asked to supply the Arabic and Hebrew names of certain stars and constellations; he replied that *Agalah* was the Hebrew for the Great Bear, *Algol* the Arabic for Vampire ("C'est la traduction de la tête de Méduse que cette étoile est censée figurer, dans la constellation, sur le bouclier de Persée"). About *Mira-Cœti* he could find nothing. The Essenes were astrologers of note; one predicted to Herod the Great he would be king.

144. **On n'exécuterait pas Iaokanann:** It is one of Flaubert's *trouvailles* to have made one of the reasons for Antipas's subsequent agreement to the execution of Iaokanann, his hope that the prediction will thus be turned away from him.

145. **ses relations avec les Parthes:** See notes 16 and 91.

146. **Polyclète:** Polycleitus the Elder, Greek sculptor (5th century B.C.) renowned for the rhythm, balance and perfection of bodily form with which he endowed his statues.

147. **escabelle:** = *escabeau*, 'wooden stool.'

148. **Sous une portière . . . muraille:** We can see here how Flaubert has transformed a personal experience dating from August 1864, when he was travelling in the region of Sens in search of material for *L'Education Sentimentale*. He wrote to Jules Duplan:

> J'étais tellement mouillé à Corbeil, que j'ai pris un bain chaud pour faire sécher mes vêtements. Dans l'établissement aquatique de cette infâme localité, on est servi par *des jeunes filles de quinze ans*, et *une dame entr'ouvre la porte* des cabinets avec une décence sans pareille — rien n'est convenable comme *ce bras s'allongeant le long du mur, pour prendre vos nippes*.

149. Flaubert appears to have based the architecture of this imaginary hall on that of the Temple built in Jerusalem by Herod the Great, in the style of a Roman basilica, *i.e.*, a long rectangular hall with rows of columns down the aisles, divided into three chambers (atrium, nave, and apse). Renan, using the same authority, apparently, likens the Temple to a "basilique à trois nefs" (*Histoire du peuple d'Israël*, V, p. 289, 1893).

150. **des colonnes . . . sculptures:** Renan notes (*ibid.*, II, p. 121, 1889) that sandalwood (*bois de santal*, or—in Hebrew—*algum*: Flaubert

chooses the *mot juste* for the occasion) was used in the days of Solomon
for the balustrades of the temple of the royal palace.   But, he adds,
"passé ce temps-là, on ne vit plus de bois de santal à Jérusalem."   In
Vie de Jésus (p. 140, 1863) Renan remarks that ancient Jewish synagogues
had "le goût assez mesquin" on account of the "profusion d'ornements
végétaux, de rinceaux, de torsades, qui caractérise les monuments juifs."

151. **vaisseau:** 'nave,' the body of the hall.

152. **faisaient des buissons de feux:** 'were like bushes of lights'
(*cf.* '*feux* de circulation,' 'traffic *lights*').   From the description it seems
likely that Flaubert pictures these as similar to the *menorah*, the tree-like
"seven-branched candlestick"—although Jewish doctrine does not allow
this form to be used for ceremonies other than religious ones.

153. **« l'Asiatique »:** The friendship between Aulus and Asiaticus is
an historical fact (Flaubert noted from Suetonius's life of Vitellius
(Ch. 12) that the future emperor was "Dès sa jeunesse (*adulescentulus*) ami
d'Asiaticus"), but the placing of the first meeting at Machaerus is just
another example of chronological compression.

154. **triclinium:** The "trois lits d'ivoire" mentioned above; for the
Roman, the reclining position was the natural one for feasting.

155. **ses pieds nus dominaient l'assemblée:** This grotesque detail
epitomizes the Roman's scorn for the wrangling Jews below, and serves
as a transition to the next section, in which the minor actors in this
dramatic scene are enumerated.   Note how much more space is
devoted to describing Aulus than either the proconsul or the tetrarch—
because his picturesque if repulsive appearance fascinates Flaubert.

156. **Kana:** Cana, in Galilee, the scene of Christ's first miracle.
Now probably Kefr Kenna (between Nazareth and Tiberias).

　　Ptolémaïde: Ptolemais (Acre), a Syrian port.

　　Palmyre: Palmyra (Arabic: Tadmor), a Syrian city of great fame
and importance 150 miles north-east of Damascus.   It was still a
wealthy place in the fourteenth century, and is now famous for its
Roman ruins.

　　Eziongaber: A Red Sea port.

157. **couronnes de fleurs:** Flaubert's authority on banquets, Dezobry,
wrote: "On distribue ensuite des couronnes de fleurs ou de feuillage, que
les convives gardent sur leur tête pendant toute la durée du repas"
(*Rome au siècle d'Auguste*, Vol. I, p. 155).

158. **galbanum:** The resinous sap of an umbelliferous plant which
grows in Syria.   Flaubert's note (source not stated) explains the practice:
"Le galbanum et l'encens pur mêlés avec du sel — il était défendu [*i.e.*,
for Jews] d'employer ce mélange pour l'usage commun."

159. **couffes:** 'baskets.'

160. **Tibériade:** Referred to earlier in its alternative form, *Tibérias*. This was the capital city of Antipas. What are the extraordinary happenings the captain wishes to report? Clearly, the miracles performed by Jesus at Capernaum, near Tiberias (they are mentioned a few lines later), which have apparently convinced the soldier, for the next we hear of him he has tried to prevent the execution of Iaokanann.

161. **Mais son attention . . . tables voisines:** Another skilful transition enabling the religious controversies to be introduced without inhibiting the 'flow', the continuous forward movement of the story.

162. **Simon de Gittoï:** Simon of Gitta, or Simon Magus (the Sorcerer), who had established himself in the city of Samaria before its evangelization by Philip. His sorcery led a large following to call him "the power of God which is called great", and the Simonian movement was a serious rival to early Gentile Christianity. (See *Acts* VIII)

163. **chlamyde:** 'chlamys, mantle.'

164. **Antipas . . . Renseigne-nous!:** *Cf.* Flaubert's note: "Hérode souhaitait voir Jésus depuis longtemps, espérait lui voir faire des miracles", taken from *Luke* XXIII, 8: "And when Herod saw Jesus, he was exceeding glad . . . and he hoped to have seen some miracle done by him."

165. **Alors il conta . . . abordait Jésus:** This miracle is recorded in *Matt.* VIII.

166. **le baaras:** A plant grown in the Lebanon, having reputedly magical powers; it could heal poisoned wounds, make one invisible, transmute metals into gold, and keep off evil spirits, we are told.

167. **« Les démons, évidemment »:** *Cf.* Flaubert's note: "Jésus censé de chasser les démons par la vertu de Béelzabuth", taken from *Luke* XI, 15 and especially *Matt.* XII, 24: "But when the Pharisees heard it, they said, This fellow doth not cast out devils, but by Beelzebub the prince of the devils."

168. **Gog et Magog:** *Ezek.* XXXVIII, XXXIX, and *Rev.* XX refer by these names to the symbols of all the nations of the North who will march against Israel, led by Satan. The following note made by Flaubert from Michel Nicolas (*Doctrines religieuses des Juifs*) explains: "Puis les Juifs attendaient deux Messies, l'un fils d'Ephraïm qui devait combattre Gog mais être vaincu par lui, et l'autre fils de David auquel était réservée la gloire d'abattre le prince des nations."

169. **Tous . . . la veuve de Sarepta:** Elijah, to whom "the ravens brought bread and flesh", went to Zarepath and there resuscitated the son of a poor widow woman (I *Kings*, XVII). The "fire of the Lord"

consumed his sacrificial altar, and the prophets of Baal were thrown into the brook of Kishon (*ibid.*, XVIII).

170. « **Mais il est venu, Elie!** . . . **Iaokanann!** »: *Cf. Matt.* XVII, 12–13: "Elias is already come, and they knew him not. . . . The disciples understood that he spake unto them of John the Baptist."

171. **Rien de plus sot . . . vie éternelle:** The words are Jonathan's, expressed in free indirect speech. They sum up the Sadducees' views on these matters, and we can see from Flaubert's note (taken from M. Nicolas, *op. cit.*) how he transformed and adapted his sources: "*Pas de résurrection.* L'homme ne revient pas du sépulcre. . . . N'admettait pas l'immortalité de l'âme ni la résurrection des corps.—*A citer dans le festin* par un Sadducéen."

172. *Nec crescit . . . videtur:* "After death, the body does not grow, nor, apparently, is it preserved." The words are from Lucretius (*De Rerum Natura*), who died in 55 B.C. Hardly a contemporary!

173. **Les Sadducéens . . . fut rendue:** As a result of their feigned anxiety about Aulus, they were rewarded next day with the High Priesthood by Vitellius who—in contrast to them—hides his real fear under a mask of indifference. He thinks that if his son, the favourite of Tiberius, died, he would lose his own position. Flaubert undoubtedly based this episode on the appointment of Jonathan the Sadducee as High Priest by Vitellius in A.D. 36.

174. **Qu'on me donne . . . eau de mer:** The fact that finely ground marble or schist was used as a face-powder (like talc, a similar mineral) has led some editors and critics to assume that Aulus wishes to make up his face. It is much more likely that Aulus knows from experience about the use of these forms of calcium carbonate to relieve acidity and gastric pain. The salt-water would induce vomiting—an essential part of Roman feasting—so that he can start eating all over again.

175. **une terrine de Commagène:** *Cf. Salammbô* (Ch. 2): "Il y avait . . . des petits pots de Commagène, graisse d'oie fondue recouverte de neige et de paille hachée." If the explanation is necessary in *Salammbô*, it is no less so in *Hérodias*.

176. **On servit . . . :** For the details of dishes and eating habits of this period, Flaubert consulted Dezobry's *Rome au siècle d'Auguste*, making notes under the heading "Service, Mets, Mobilier".

177. **Ammonius:** A fictitious character for whom Flaubert borrowed the name of two later Alexandrian philosophers, Ammonius Hermiae (5th century A.D.) and Ammonius Saccas (c. 160–242). Philo (Judaeus), born c. 20–10 B.C., was the greatest of Hellenistic Jewish philosophers;

his closest affinities were with Plato, but his aim was to make Judaism acceptable to the Greeks. One reason why his disciples might consider the priests to be *stupides* is that the Sadducees did not believe in the immortality of the soul, as Philo did. But why should Greeks be ridiculing oracles, which were a distinguishing feature of Greek religion?

178. **s'étaient joints:** 'had joined each other.'

179. **Mithra,** or Mithras, a god mentioned in Sanskrit and Old Persian documents. The cult of Mithra spread to the Roman world during the 1st century B.C., and gradually gained a firm foothold, particularly among soldiers, sailors and traders. Initiation involved a ritual of purification by water not unlike baptism—one of many apparent similarities to Christianity, whose adherents were bitterly antagonistic towards Mithraism since it seemed to them a parody of Christianity. The victory of Theodosus (394) brought about the downfall of Mithraism in western Europe, but recent researches show that in Britain it was a popular cult until much later.

180. **Safet:** (or Safed), chief town of Upper Galilee, famous for its fine olives and wine.

Byblos: (Jebeil) in Syria, 20 miles north of Beirut. Now a village, but once greater than Tyre and Sidon.

181. **amphores:** 'amphoras,' storage jars with two handles.

182. **cratères:** 'craters,' large bowls for mixing wine and water.

183. **Iaçim . . . planètes:** *I.e.,* as a Babylonian, Iakim still retains his Chaldean faith in astrology.

184. **Aphaka:** Aphek (Fik), a town in Palestine.

185. **Hiérapolis:** Not the Syrian town of that name, as suggested by Ferrère (*L'Esthétique de G. Flaubert,* p. 315); the temple there was sacked long before (in 53 B.C.). Flaubert is referring to the Phrygian Hierapolis, 6 miles north of Laodicea (Asia Minor), but has possibly confused it with the Syrian town, for he writes "*le* temple" whereas the Phrygian city had several temples in which—as in that of the Syrian town before its destruction—orgiastic pagan rites ("les merveilles") were held.

186. **avec les rayons de leurs figures:** 'with their faces gleaming.' The reference is to Asgard, the sacred place reserved, in Scandinavian mythology, for the abode of the gods and goddesses. It can be reached only by the bridge Bifrost.

187. **des gens de Sichem . . . Azima:** Sichem is "a city of Samaria . . . near to the parcel of ground that Jacob gave to his son

Joseph" (*John* IV, 5). Flaubert noted from *La Vie de Jésus* (by
D. Strauss?): "Les Juifs reprochaient aux Samaritains d'adorer la
colombe Achima."

188. **redoutant les taches . . . une grande souillure:** A detail noted
and developed from M. Nicolas, *Etudes critiques sur la Bible*: "*Peur* de
l'huile — ne s'oignent pas — en redoutent les taches."

189. **édifié votre temple:** The Temple of Jerusalem had been
plundered by Crassus in 54 B.C., and later completely rebuilt and enlarged
by Herod the Great, between 21 and 13 B.C.

190. **les fils des proscrits, les partisans des Matathias:** The name
'Pharisee'—derived from the Hebrew word meaning 'expelled' or
'separate'—was applied originally to the lay teachers who were expelled
from the priestly Sanhedrin. Two Matathias are intended here:
they could be considered 'partisans' of (*i*) the Matathias who began the
Jewish revolt against Greek and Syrian domination in 167 B.C., for they
too refused to be reconciled to foreign rule; (*ii*) the Matathias burned
alive by Herod the Great for trying to remove the Roman eagles from
the gate of the Temple. Flaubert makes Mannaëi the executioner of the
second, mentioned later.

191. **le ragoût chéri de Mécène:** Gaius Maecenas (*d.* 8 B.C.), the
friend and adviser of Augustus and famous patron of literature, had a
very refined taste in food. Ass-meat was considered a delicacy in
imperial Rome, but to Jews it is 'unclean' because the ass (like the horse)
is not cloven-footed and does not chew the cud (*Leviticus*, XI).

192. **la tête d'âne:** One of the many calumnies circulating about
Jewish ritual was that Jews worshipped an ass's head. Swine are
'unclean' to the Jews because they do not chew the cud.

193. **Moloch:** A heathen god once worshipped throughout the
Middle East. The men of Judah propitiated him by the sacrifice of
their own children. The Hebrew prophets protested against the grosser
forms of sacrifice and marked out Moloch (or Baal) as a false god quite
distinct from their own Yahweh (Jehovah). The seat of the Moloch-
cult appears to have been at Jerusalem. According to the Greek Strabo,
children were still being burnt alive in sacrifice during the first two
decades of the Christian era. Flaubert gives a vivid description of a
Carthaginian ceremony in *Salammbô* (Ch. 13).

194. **leur achoppement de brute:** 'their mulish stubbornness.'

195. **Antigone:** Antigonus, who was imposed on the Jews as king
by the Parthians in 40 B.C., and deposed by Herod the Great three years
later—but it was Roman help that made this possible.

Crassus: the triumvir, invaded Parthia in 54 B.C. for his own glory, ravaging Mesopotamia and plundering the Temple in Jerusalem on his way. It was not the Jews but the Parthians who destroyed his army and put him to death.

Varus: P. Quinctilius Varus, Governor of Syria 6–4 B.C., brutally suppressed an anti-Roman rising on the death of Herod, crucifying 2000 Jews. However, it was the German (Cheruscan) Arminius who finally defeated him at the battle of Teutoburger Wald in A.D. 9.

Not one of these *conquérants*, then, was *châtié* by the Jews, even though they had suffered at the hands of each. We must see here another example of Flaubert's donnish irony: the Jews were finding it difficult to quote genuine victories of their own—"la gloire d'Israël" being rather remote.

196. **il entendait le syriaque:** As stated in note 123, Vitellius did not understand Aramaic. Syriac, a closely-related Semitic language, would also be incomprehensible to him. However, the detail is justified in a work of fiction, since it is intended to reveal a human characteristic: the shrewdness of Vitellius.

197. **il la présentait du côté de l'image:** He uses the medallion given to him by Herodias as a protective talisman; it also serves as a sign to the watchful Herodias that it is time to provide some diversion —first by her own startling and theatrical entrance, then by her daughter's dance.

198. **péplos:** 'peplum' (upper garment). Describing Salome earlier. Flaubert uses the Latinized spelling.

199. **trésor des Atrides:** The Treasury of Atreus, the largest 'bee-hive tomb' just outside the ancient Greek citadel of Mycenae. It was in the news in 1876, when Flaubert was writing this story, but it was not, as Maynial wrongly states in his edition, discovered then—it had been known for ages; new light was thrown on Aegean civilization in that year, and brought to popular notice, by Schliemann's excavations at Mycenae. As for the two monstrous lions mentioned by Flaubert, there were no lions carved in the tomb itself; he no doubt had in mind the Lion Gate of Mycenae, with its two confronting stone lions, each ten feet high. The topicality of things Mycenaean explains these rather *recherchés* details in the story. (*Cf.* the Porch of the Treasury in the British Museum.)

200. **Cybèle:** Cybele, originally a goddess of Asia Minor, known to the Romans as the Great Mother of the Gods. She usually appears in statue form accompanied by two lions.

201. **patère:** 'patera,' a libation-dish used in offerings.

202. **... et les prêtres:** But not by the Pharisees.

203. **calcédoines:** 'stones of chalcedony,' a variety of quartz. The term covers several semi-precious stones, *e.g.*, onyx, jasper, sard, etc.

204. **soie gorge-de-pigeon:** 'dove-coloured shot silk.' This material is repeatedly used by Flaubert as a sensual image (see J.-P. Richard, *Littérature et Sensation*, p. 177).

205. **mandragores:** 'mandrakes.' This plant was often used for love-philtres; no doubt Herodias thought its presence would increase her daughter's chances of success on this occasion.

206. **C'était Hérodias...:** "Pas très clair," wrote Taine, "pour le lecteur non préparé." Salome *reminds* Antipas of Herodias in her youth.

207. **Puis, elle se mit à danser:** The ensuing description of the dance, the climax and probably the *point de départ* of the whole story, is based on literary sources and on the author's reminiscences of his visit to the dancers Kuchouk-Hanem at Esna and Azizeh at Aswan, in 1850. The difficulties involved in evoking such fleeting rhythmic movements, and in rendering something of the intense sensuality of the dance, were overwhelming. In fact, Flaubert found it impossible to describe in words Kuchouk-Hanem's dance (although he tried), as he explained to Louis Bouilhet (13.3.1850): "Je t'épargne toute description de la danse, ce serait raté. Il faut vous l'exposer par des gestes, pour vous la faire comprendre — et encore j'en doute!" He faced the challenge in *Hérodias*, but not with complete success. Salome's dance is rather static, the fluidity of the description is destroyed by abstruse references and by the enigmatic concision of the two paragraphs "Vitellius la compara... maintenant". The "invisibles étincelles" are conventional and unconvincing abstractions. The "angle droit" of her neck and vertebrae strikes an unfortunate geometrical and physiological note. In brief, the style is not moulded to the content as perfectly as we should expect even from a lesser writer than Flaubert.

208. **la gingras:** A low-pitched flute similar to the pan-pipe or syrinx.

209. **elle se tordait la taille ... houle:** *Cf.* the description of the dancer Hassan-el-Bilbesi whom Flaubert saw in Cairo: "Torsions de ventre et de hanches splendides, il fait rouler son ventre comme un flot" (*Voyages*, t. II, p. 45).

210. **Mnester, le pantomime:** Caligula's favourite. In Latin, *pantomimus* denoted both 'drama in mime' and the actor-dancer of this kind of play.

211. **Il crut la voir . . . maintenant:** This passage is clearer in the MS version:

> Un moment il crut la voir au bas de la dernière marche, près des Sadducéens, courbée comme une panthère guettant sa proie. Heureusement la vision s'éloigna. Ce n'était pas une vision. Afin de garder son pouvoir, elle avait fait instruire à Rome puis venir à Machærous sa fille Salome . . . pour que le tétrarque l'aimât. L'artifice était bon; elle n'en doutait pas maintenant.

212. **les bacchantes de Lydie:** The female attendants (Bacchae or Maenads) of Dionysus, the god of the vine, who was worshipped in Lydia (and elsewhere throughout Asia Minor) with wild, sensual dances.

213. **le rhombe des sorcières:** A humming top (*rhumbus*) used in Dionysiac mysteries.

214. **tympanons:** The Romans applied the word *tympanum* to both kettledrum and tambourine.

215. **Un claquement . . . tribune:** It is Herodias recalling Salome to give her instructions about what to ask for. Flaubert adopts the version given by St Mark (VI, 24-25): "And [the daughter of Herodias] went forth, and said unto her mother, What shall I ask? And she said, The head of John the Baptist. And she came in straightway and asked . . ." etc. According to St Matthew, Salome knew what to ask for before she started dancing. It was clearly the former version which gave Flaubert the ironic but picturesque idea of making Salome an ingenuous, smiling child, simply doing as her mother tells her and dutifully making her terrible request.

216. **Aristobule:** Aristobulus, High Priest and brother-in-law of Herod the Great, who feared the young man's popularity, and had him drowned in Jericho at the age of 18 (in 33 B.C.), "par des amis d'Hérode en faisant semblant de jouer avec lui dans une piscine", as Flaubert noted from Saulcy's *Histoire d'Hérode*. (The reference is obviously not to the "roi des Juifs en 70 av. J.-C.", as Maynial states in his edition!)

Alexandre: Son of Herod the Great, strangled (with his brother, another Aristobulus) in Sebaste in 7 B.C. on Herod's orders. They were accused—probably falsely—of conspiring to murder their father, by their elder half-brother, Antipater, who was himself executed for plotting against Herod five days before the latter died (4 B.C.). Augustus truly said that it was safer to be Herod's pig than Herod's son. Contrary to Maynial's belief, Antipater is very "facile à identifier."

Matathias, as already noted, was burned alive by Herod, with 42 others, for trying to remove the Roman eagles from the Temple gate.

Zosime: (Sohaemus) was put in charge of Herod's wife Mariamme while he was absent. When Herod returned, he accused Mariamme of committing adultery with Sohaemus and had him and Mariamme put to death (c. 30–28 B.C.). This is not, then, as Maynial states, a "personnage imaginé par Flaubert".

Pappus: Not imaginary, as Maynial remarks, but a general in the army of Antigonus. Herod had his head severed from his corpse in revenge for the killing of his own brother Joseph.

Joseph, whom Maynial also finds impossible to identify, was Herod's paternal uncle and brother-in-law. He was, like Sohaemus, put in charge of the beautiful Mariamme (when the king had to go and explain away the death of the High Priest Aristobulus). Herod ordered that should he not return alive, Joseph was to put Mariamme to death so that no other man should have her; Joseph revealed this order to her, Herod found out, and executed him out of hand (33 B.C.).

Flaubert legitimately goes beyond the bounds of historical truth in order to integrate these murders into the story by ascribing them to Mannaëi, the executioner Antipas has inherited from his father. It is thus established that Mannaëi is not a sensitive or nervous person, and the effects of the angel's appearance are made all the more striking.

217. **le Grand Ange des Samaritains:** "On voit figurer dans la théologie des Samaritains un Grand Ange, chef des autres" (Renan, *Les Apôtres*, éd. déf., p. 634).

218. **Ils n'avaient rien vu . . . n'existait plus:** *I.e.,* "But they said they had seen nothing," etc. The Jewish captain is presumably the one from Tiberias (see note 160).

219. **Des pleurs . . . du Tétrarque:** Antipas was "sorry" (*Matt.*), even "exceeding sorry" (*Mark*) at having to put John to death. Flaubert transforms this into profound grief, bringing the feast to a surprisingly sudden close in order to enhance the contrast offered by the description of the darkening hall, empty but for Antipas staring at the head, and the Essene praying.

220. **A l'instant . . . longtemps espérée:** Flaubert has welded together two details given in the Gospels in order to round off the story. He noted from *Luke* VII, 19: "Jean envoie vers J.C. deux disciples pour lui demander s'il est le Messie"; and from *Matt.* XIV, 12 and *Mark* VI, 29, that John's disciples "vinrent prendre son corps et l'ensevelirent et l'allèrent dire à Jésus". As Renan points out (*Vie de Jésus*), it is not known whether the two disciples managed to bring back the news from

Jesus to John before his execution.   Flaubert makes the same two men return, but it is the head, not the body, that they take away.   It is the head which dominates the end of the story, right to the last sentence.   Dr C. A. Burns ("Flaubert's *Hérodias*—A New Evaluation", *Montjoie*, May 1953) suggests persuasively that the head of Iaokanann has something of the symbolic value of the ancient mythical conception that a leader's head continues to live and give guidance and comfort after his death.   The carrying away of the head, alone, which is an abnormally heavy burden, would thus symbolize the carrying on of his ideas by others.

SUGGESTIONS FOR FURTHER READING

ALBALAT, ANTOINE: *Gustave Flaubert et ses amis* (Paris, 1927).

BERTRAND, LOUIS: *Gustave Flaubert, avec des fragments inédits* (Paris, 1912).

BOPP, LÉON: *Commentaire sur Madame Bovary* (Neuchâtel, 1951).

BROMBERT, VICTOR: *The Novels of Flaubert: a Study of Themes and Techniques* (Princeton, 1966). [This contains a full bibliography.]

COLLING, ALFRED: *Gustave Flaubert* (Paris, 1941).

DEMOREST, D.-L.: *L'Expression figurée et symbolique dans l'œuvre de Gustave Flaubert* (Paris, 1931).

DESCHARMES, RENÉ: *Flaubert avant 1857* (Paris, 1909). With R. Dumesnil: *Autour de Flaubert* (2 vols., Paris, 1912).

DUMESNIL, RENÉ: *Flaubert. Son hérédité, son milieu, sa méthode* (Paris, 1905); *En marge de Flaubert* (Paris, 1928); *Gustave Flaubert, l'homme et l'œuvre* (Paris, 1932).

FERRÈRE, E.-L.: *L'Esthétique de Gustave Flaubert* (Paris, 1913).

FLETCHER, JOHN: *A Critical Commentary on Flaubert's* TROIS CONTES (London, 1968).

GÉRARD-GAILLY: *Flaubert et les fantômes de Trouville* (Paris, 1930).

GUILLEMIN, HENRI: *Flaubert devant la vie et devant Dieu* (Paris, 1939).

LA VARENDE: *Flaubert par lui-même* (Paris, 1951).

MAYNIAL, EDOUARD: *A la gloire de Flaubert* (Paris, 1943).

SEILLIÈRE, ERNEST: *Le romantisme des réalistes: Gustave Flaubert* (Paris, 1914).

SPENCER, PHILIP: *Flaubert. A Biography* (London, 1952).

THIBAUDET, ALBERT: *Gustave Flaubert* (Paris, 1922).

THORLBY, ANTHONY: *Gustave Flaubert and the art of realism* (London, 1956).

The most complete edition of Flaubert's Correspondence is that published by Conard (1927) in nine volumes, with the Supplement (1954) edited in four volumes by MM. Dumesnil, Pommier and Digeon.